못생긴 소년,
결국엔 진정한 사랑을 완성하다

못생긴 소년,
결국엔 진정한 사랑을 완성하다

ⓒ 배상대, 2026

초판 1쇄 발행 2026년 3월 31일

지은이   배상대
펴낸이   이기봉
편집   좋은땅 편집팀
펴낸곳   도서출판 좋은땅
주소   서울특별시 마포구 양화로12길 26 지월드빌딩 (서교동 395-7)
전화   02)374-8616~7
팩스   02)374-8614
이메일   gworldbook@naver.com
홈페이지   www.g-world.co.kr

ISBN   979-11-388-5836-6 (03810)

못생긴 소년,
결국엔 진정한 사랑을 완성하다

배상대 장편소설

좋은땅

아름다운 노년을 위한 멜로디

『못생긴 소년, 결국엔 진정한 사랑을 완성하다』는 80세에 결혼을 하고, 100세에 부부 동반 자살을 하는, 치열하게 살아 낸 한 남자의 생애를 아름답게 그린 소설이다. 장편 시리즈 영화를 본 느낌이다. "메멘토 모리(Memento Mori): 죽음을 기억하라. 메멘토 아모리스(Memento Amoris): 사랑을 기억하라." 여운이 길어 영화가 끝나고 자막이 다 올라가도 일어서지 못한다.

어떻게 살 것인가보다 어떻게 죽을 것인가를 더 생각하게 한다. 내 나이가 노년으로 접어들고 있어서일까. 요즘 어딜 가나 노인시설이 눈에 띈다. 주간보호센터, 요양원, 요양병원, 경로당, 노인복지센터 등 많기도 하다. 그만큼 노인 인구가 많다는 뜻이다. 우리나라는 2017년 '고령화 사회'에 진입해 2024년 말에 세계에서 가장 빠른 속도로 '초고령 사회'에 진입했다. 전체 인구의 20% 이상이 노인인 나라가 되었다. 건강하고 품위 있는 노년의 삶과 죽음에 대해 고민하지 않을 수 없다.

배상대 소설가의 첫 장편소설 『못생긴 소년, 결국엔 진정한 사랑을 완성하다』는 '못생긴 놈의 사랑 완성법' 이야기지만 노년의 삶에 대한 방향 제시이자, 이 시대에 던지는 질문이기도 하다. 이 책을 읽으며 황혼의 결혼과 '어떻게 죽을 것인가?'하는 문제를 오래 생각했다. 소설 속 황혼 부부가 스스로 죽음을 선택하고 이를 '동반 조력 존엄사'라고 이름 붙인다. 그러나 현재 우리의 식견으로 보면 동반 자살이다. 사람은 누구나 죽는다. 언제일지는 몰라도 언젠가는 맞이할 수밖에 없는 게 죽음이다.

존엄사는 삶의 마지막에 대한 자기 결정권을 말한다. 사전연명의료의 향서를 신청한 나도 부분적으로는 존엄사에 찬성한다. 그러나 끝없는 연명치료, 통제 불능한 고통, 인간으로서의 선택권이 사라진 상태의 경우가 아니라면 좀 더 깊이 고민해 봐야 한다. 단지 나이가 많다는 이유로 '이만큼 살았으면 됐어. 가족들 고생시키지 말자.' 이런 생각으로 죽음을 결정할 위험도 있기 때문이다. 이것은 사회적 무능이 강요한 죽음으로 결코 존엄사로 보기 어렵다. 충분한 돌봄과 지지가 전제되지 않는 죽음은 윤리적으로도 문제일 수밖에 없다.

이러한 존엄사에 대한 법정 공방도 흥미롭지만 이 소설은 사랑 이야기다. 주인공은 황혼 녘에 사랑의 대상을 만난 기쁨을 이렇게 토로한다. "그녀는 그가 평생을 찾아 헤맨 '나를 있는 그대로 봐 주는 맑은 눈을 가진 사람. 나의 결핍을 가능성으로 읽어 주는 사람'이었다." ―「6. 오만과 방관, 결국엔 영웅의 발견」중에서

이렇게 노년에 완전한 사랑이 시작되었음을 알린다. 사람의 삶에 가장 큰 재미와 활력을 주는 것이 바로 사랑이다. 나의 사랑이든 타인의 사랑이든 사랑하는 사람들의 이야기는 늘 흥미진진하다.

　　　　　　　　　　　　　못생긴 소년, 결국엔 진정한 사랑을 완성하다

　　주인공 배정대는 이순셋의 나이에 치매 노모를 돌보기 위해 고향인 고령으로 낙향한다. 평생 어머니가 했을 돌봄의 삶이 주인공에게 결코 쉽지만은 않다. 돌봄에 지친 주인공은 치매안심센터를 찾아가 상담을 하고 도움을 받게 된다. 그곳에서 그의 마지막 사랑을 만나 아주 오래 정성을 들인다. 노년의 사랑은 청춘의 사랑과는 다르다. 불타는 사랑이 아니라 저녁노을처럼 은은하게 서로의 마음을 데우며 물들이는 사랑이다. 작가는 겉모습이 아닌 성숙한 내면에 이끌리는 노년의 사랑을 이야기하기 위하여 이 소설을 집필한 듯하다.

　　아름다운 첫사랑을 가슴에 품은 주인공은 분명한 목표의식과 고군분투의 노력으로 원하는 학교를 졸업하고, 꿈꾸던 해군 장교가 된다. 그럼에도 가정적으로는 아내와 이혼을 하는 불행을 겪는다. 사회적 성공과 좌절을 거듭하며 이어진 두 번의 만남도 실패로 끝난다. 환갑의 나이에 치매 노모와 동거하며 주인공은 비로소 마음의 안정과 행복, 노후의 존엄한 삶을 몸으로 체득한다. 이것이 소설의 6부까지 펼쳐지는 주인공의 인생 여정이다.

　　그러다 마지막 7부는 100세가 된 주인공과 92세의 아내가 동반 자살을 실행하려는 밤으로 훌쩍 세월을 건너뛴다. 젊은 날 실패한 사랑이 노년의 완전한 사랑을 위한 준비 과정이라 여겨 온 주인공은 따뜻한 온기로 마음을 나누며 부부가 함께 한 날들을 회상한다. 자신의 진정한 모습대로 산 세월이었다. "사랑은 이제 정대에게 뜨거운 열병이 아니라, 매일 묵묵히 수행해야 할 존엄의 절차가 되었다. 그는 자신의 못생긴 외모 뒤에 가려져 있던 진정한 모습(헌신하고 존경할 줄 아는 자기 자신)을 발견했다."
—「5. 존경과 동경의 사랑」중에서

　이 소설은 노년의 사랑을 진지하고 깊이 있게 다루고 있다. 젊은 날의 인생 여정이 '사랑을 할 수 있는 자격을 갖추어 가는 과정'이라 말하는 주인공은 80세에 사랑하는 여인에게 프러포즈를 한다. 연륜의 품격과 신선함이 있는 멋진 프러포즈다. 노인의 결혼에 대해서 긍정적인 생각을 품게 만든다. 초고령 사회의 문제점 중 하나가 고독사다. 그런 의미에서 이 소설은 노노 케어의 한 예를 보여 주는 것 같기도 하다.

　자전 에세이『묻다, 어떻게 살아야 하는가?』의 저자 배상대 작가가 에세이 출간 후 바로 소설을 집필한다고 해 놀라고 한편으론 걱정을 했었다. 그러나 소설을 읽고는 경이로움에 할 말을 잃었다. AI로봇이 사람의 노동을 대신하는 미래 사회에서 사람의 온기를 귀하게 여기는 소설 속 노부부의 삶과 죽음이 하나의 이정표가 될 수 있지 않을까 기대가 된다. 초고령 사회에서 노년의 사랑과 죽음에 대하여 나름의 해답을 제시하며 동시에 당신은 어떻게 사랑하고 죽을 거냐고 묻는 듯한 여운을 남긴다. 재미와 함께 품격 있는 노후를 위한 선물 같은 소설이다. 읽어 보길 추천한다.

— 시인, 수필가 강여울

저자의 초대장

"못생겼다는 열등감에 갇혀 있던 한 소년이 호감 가는 장년으로 성장해 간 긍정적인 자기실현의 기록으로 인생의 황혼에서 진정한 사랑의 완성이라는 반전을 이룬 정체는 무엇일까요?"라고 묻고,

2061년 겨울, 사랑하는 이와 존엄한 마지막 소풍을 선택하며 그가 마침내 찾아낸 '어떻게 살아야 하는가'에 대한 기적 같은 해답이,

지금 펼쳐집니다.

— 저자 배상대 올림

1. 사랑의 기준

거울은 그에게 있어 잔인하리만치 정직한 법관이었다. 열일곱 살, 세상 모든 것이 꽃피워야 마땅할 그 사춘기의 문턱에서 그는 매일같이 그 서늘한 은색 심판대 앞에 섰고, 어김없이 유죄 판결을 받았다.

조물주가 빚다 만 듯 앞뒤로 기이하게 툭 튀어나와 아이들에게 곰배라 놀림받던 머리통, 실오라기처럼 가늘게 찢어져 도무지 그 깊이를 가늠할 수 없던 눈매, 하늘에서 내리는 빗물을 고스란히 받아 낼 기세로 콧구멍이 훤히 들린 들창코까지.

거울 속 소년은 친척들이 혀를 차며 내뱉던 '공부도 지지리 못하고 인물도 없는 아이'라는 그 낡고 끔찍한 낙인을 온몸에 문신처럼 새기고 서 있었다. 그의 학창 시절은 철저히 투명 인간이었다. 여인(女人)의 온기란 상상조차 불허하는, 물 한 방울 나지 않는 바싹 마른 사막, 그것이 그의 세계의 전부였다.

그 메마른 황무지에 기적처럼 소나기가 퍼부은 것은, 그의 외가 쪽 먼 친척 여동생 순연이를 재발견하면서부터였다. 밀양 예림리 대성동 들판에 펼쳐진 그의 외삼촌 댁의 비닐하우스 단지, 그곳은 한여름의 땡볕이 돋보기로 빛을 모으듯 작열하는 열기의 도가니였다. 금오공고 입학을 코앞에 둔 그해 겨울, 그는 입학 준비물이라도 직접 마련해 보겠다는 일념으로 그 열기 속으로 뛰어들었다.

비닐하우스 안은 바깥세상과는 다른 차원의 공기가 흐르고 있었다. 숨을 들이켤 때마다 폐부 깊숙이 덥고 습한 흙냄새가 훅 끼쳐 왔다. 땀이 비 오듯 쏟아져 눈을 뜰 수조차 없던 어느 오후, 흐릿한 시야 너머로 믿을 수 없는 풍경이 들어왔다. 창녕에서 중학교를 마치고 마산여상 진학을 앞둔 순연이가 방학을 맞아 농장으로 내려온 것이다.

　　　　　　　　못생긴 소년, 결국엔 진정한 사랑을 완성하다

그녀의 등장은 마치 흑백 영화가 갑자기 천연색 시네마스코프로 바뀌는 듯한 충격이었다. 흙먼지와 땀 냄새로 뒤범벅된 그의 세상과 달리, 그녀에게선 갓 빨래를 마친 옥양목 같은 맑은 향기가 났다.

"오빠, 그쪽 말고 이쪽 줄부터 쳐야지. 토마토가 숨을 못 쉬잖아."

그녀가 그에게 처음 건넨 말은 작업에 대한 평범한 지적에 불과했다. 하지만 그의 귀에는 그 목소리가 천사의 나팔 소리처럼, 혹은 구원의 계시처럼 울려 퍼졌다. 흙 묻은 목장갑으로 이마의 땀을 훔치며 그를 올려다보는 그녀의 얼굴, 햇빛을 받아 투명하게 빛나는 솜털 하나하나가 그의 시신경을 마비시키는 것 같았다. 심장이 갈비뼈를 부수고 튀어나올 듯 널뛰는 통에, 그는 "어… 어, 그래…"라는 바보 같은 대답을 간신히 뱉어 내는 데 꼬박 이틀 밤낮이 걸렸다.

그들의 무대는 세상과 단절된 고온다습한 비닐하우스 안, 그 밀폐된 공간이었다. 그것은 서툰 청춘들에게 신이 허락한 유일하고도 은밀한 에덴동산이었다. 함께 토마토 곁순을 치고, 긴 호스를 끌어와 물을 주고, 해가 서산으로 넘어가면 볏짚 거적으로 하우스 지붕을 덮는 고단한 노동이 이어졌다. 그 반복되는 몸짓 속에서 그들은 서로의 호흡을 맞추는 법을 배워 갔다.

어느 나른한 오후, 호스로 물을 주던 순연이가 장난스러운 눈빛으로 그를 곁눈질했다.

"오빠, 덥지?" "어? 어, 좀…"

대답이 채 끝나기도 전, 차가운 물줄기가 그의 등줄기를 때렸다.

"앗, 차가워! 야, 너 진짜…"

놀라 돌아보는 그를 향해 그녀가 까르르 웃음을 터뜨렸다.

"오빠가 너무 더워 보여서 식혀 준 거야. 이제 좀 살겠지?"

도망치는 그녀의 뒷모습을 보며 그는 멍하니 서 있었다. 물방울이 맺힌 그녀의 긴 속눈썹이 비닐하우스를 뚫고 들어온 오후의 햇살을 받아 다이아몬드처럼 부서져 내렸다. 그는 그 찰나의 순간, 그가 세상에서 가장 못생긴 아이가 아니라, 그녀를 웃게 만든 유일한 남자가 된 것 같은 황홀한 착각에 빠져들었다. 그의 젖은 등보다 가슴 안쪽이 더 뜨겁게 달아올랐다.

가장 치명적이고 은밀한 기억은 달빛조차 구름 뒤로 숨어 버린 그믐밤에 만들어졌다. 모두가 잠든 시각, 그들은 약속이라도 한 듯 몰래 비닐하우스 안으로 숨어들었다. 낮 동안의 열기가 채 식지 않은 하우스 안은 후덥지근했고 짙은 어둠 속에서 토마토 잎사귀 특유의 풋내와 흙냄새가 진동했다. 그들의 거친 숨소리만이 그 적막을 채우고 있었다.

"오빠, 이거 먹어 봐."

어둠 속에서 순연이가 불쑥 무언가를 내밀었다. 아직 붉은 기가 돌지 않은 푸르스름한 설익은 토마토였다.

"아직 안 익었잖아." "아니야, 이게 진짜 맛있는 거야. 남들 다 아는 빨간 맛 말고, 우리만 아는 맛."

그녀의 말에 홀린 듯 토마토를 받아 입에 넣었다. '아삭' 하는 파열음과 함께 시큼하면서도 떫고 그러면서도 묘하게 풋풋한 과즙이 입안 가득 터져 나왔다. 혀끝이 아릴 정도로 강렬한 산미였다.

"으… 시다." "그치? 근데 이상하게 자꾸 생각난다? 이 맛이."

어둠에 눈이 익자 별처럼 빛나는 그녀의 눈동자가 바로 코앞에서 그를 응시하고 있었다. 그들은 흙바닥에 주저앉아 세상이 아직 허락하지 않은

 못생긴 소년, 결국엔 진정한 사랑을 완성하다

그 비밀스러운 과실을 나누어 먹었다. 풋내 나는 그 맛. 그것은 훗날 그가 평생을 앓게 될 사랑의 맛이자 영원히 잊지 못할 첫사랑의 원형질이었다.

총알보다 빠르게 지나간 일주일, 그 마지막 밤이 찾아왔다. 그들은 아무 말 없이 논두렁을 걸었다. 개구리 울음소리가 장송곡처럼 혹은 축복처럼 배경음악으로 깔렸고 밤바람이 그녀의 머리카락을 흩날려 그의 뺨을 스쳤다.

"오빠, 일 끝나고 가면… 금오공고 가는 거지? 거기 가면 멋진 제복 입겠네?" "응… 공부 죽어라 해서, 꼭 훌륭한 사람 될게. 너한테 안 부끄럽게." "나도 마산 가서 열심히 할 거야. 우리 나중에… 어른 돼서 꼭 다시 만나."

그녀가 내미는 새끼손가락에 그의 거친 손가락을 걸었다. 그 약속은 단순한 다짐이 아니라 그의 영혼을 건 맹세였다.

그러나 이별의 후폭풍은 예고 없이 그리고 잔인하게 닥쳐왔다. 그녀가 떠나자마자 세상의 모든 색채와 소리가 일시에 소거된 듯했다. 가슴 한구석이 몽땅 도려내진 것 같은 끔찍한 공허감이었다. 다음 날 아침, 그는 거짓말처럼 자리에 눕고 말았다. 펄펄 끓는 고열이 온몸을 휘감았다. 단순한 몸살이 아니었다. 의식은 혼미했고 헛소리처럼 순연이의 이름만을 되뇌었다.

외숙모는 갑자기 생기를 잃고 앓아누운 그를 보며 사색이 되셨다.

"아이고, 멀쩡하던 애가 와 이라노? 혹시 객귀라도 붙은 거 아이가?"

결국, 외숙모는 용하다는 무당을 불러 굿판을 벌이셨다. 징 소리와 방울 소리가 요란하게 울려 퍼지는 가운데 그는 희미해지는 의식 속에서 쓴웃음을 삼켰다. 귀신 따위가 아니었다. 무당의 칼춤으로도, 굿 밥으로도 쫓아낼 수 없는 병이었다.

시간이 강물처럼 흘러 그가 어른이 되었을 때야 비로소 깨달았다. 그때 그의 온몸을 불덩이처럼 달구었던 그 열병의 이름은 세상에서 가장 순수하고도 치명적인 병, 바로 상사병(相思病)이었던 것이다. 비닐하우스 안의 뜨거운 열기와 설익은 토마토의 시큼한 맛 그리고 그녀의 향기가 뒤섞여 만들어 낸 그 병은 그의 척박한 인생에 내려진 가장 가혹하고도 아름다운 형벌이었다.

금오공고의 육중한 교문을 넘어선 순간 그는 직감했다. 이곳은 단순한 학교가 아니라 소년들을 규격화된 강철 부품으로 깎아 내는 거대한 선반(旋盤)과도 같은 곳이었다. 공기는 무거웠고 교정에는 쇠 냄새와 팽팽한 긴장감이 감돌았다. 물리적인 성벽은 없었지만 그곳에는 눈에 보이지 않는 엄격한 위계와 규율이라는 세상에서 가장 높고 차가운 벽이 존재했다.

기숙사에 발을 들이고 실습복으로 환복한 첫날, 대운동장에 도열한 그들 앞에는 2학년 조교들이 서 있었다. 그들의 눈빛은 예리하게 벼려진 칼날 같았고 자세는 마치 강철 조각상처럼 흐트러짐이 없었다. 그들이 뿜어내는 압도적인 위압감 앞에서 갓 입학한 신입생들은 숨소리조차 제대로 낼 수 없었다.

"교가는 딱 한 번 부른다. 두 번은 없다. 귀를 열고 심장에 새겨라."

선배의 목소리는 낮았지만 운동장의 흙먼지를 잠재울 만큼 서늘했다. 두 번 이상 지도하지 않아도 숙지한다는 금오공고의 비정한 불문율이었다. 그것은 단순한 암기가 아니라 생존을 위한 본능을 요구하는 명령이었다. 한 번 들려준 멜로디와 가사를 외우지 못해 얼차려를 받는 동기들의 거친 숨소리를 들으며 그는 입술을 깨물었다. 이곳은 실수가 용납되지 않

   못생긴 소년, 결국엔 진정한 사랑을 완성하다

는 프로들의 세계 아니 예비 군인들의 전장이었다.

그들을 쇳덩이 두드리듯 단련시킨 것은 RNTC(기술하사관후보생)라는 특수한 교육 시스템이었다. 연대장에서 분대장으로 이어지는 피라미드형 계급 체계는 촘촘한 그물처럼 그들을 옥죄었다. 열 명씩 배정된 기숙사 내무반은 꿈을 꾸기엔 너무나 비좁고 차가웠다. 시멘트 바닥 위에 놓인 평상, 마주 보는 책걸상, 그리고 머리맡의 좁은 사물함, 그것이 그에게 허락된 영토의 전부였다.

밤 9시, 공포의 저녁 점호가 시작되면 내무반의 공기는 납덩이처럼 무거워졌다. 점호는 하루의 일과를 정리하는 시간이 아니라 정신력을 시험하는 의식이었다.

"동작 그만. 전방에 함성 3초간 발사." "와아아악!" "목소리가 작다. 전원, 원산폭격 실시."

지옥의 문이 열리는 순간이었다. 그들은 일제히 평상 끝에 발을 올리고 책상의 날카로운 모서리나 차가운 시멘트 바닥에 머리를 박았다. 뒷짐을 진 채 머리로만 온몸의 하중을 버텨야 하는 고통이 따랐다. 시간이 지날수록 머리통이 쪼개질 듯한 통증이 정수리를 타고 내려와 목뼈를 짓눌렀다. 툭, 툭, 툭. 이마에서 흐른 땀방울이 바닥에 떨어져 동그란 얼룩을 만들었다. 옆에 있던 동기의 얼굴이 새빨갛게 변하는 것이 보였다.

그 극심한 고통 속에서 그를 지탱해 준 것은 역설적이게도 비닐하우스의 기억이었다. 머리가 터질 것 같을 때마다 그는 순연이의 환한 미소를 떠올렸다. '이까짓 고통은 아무것도 아니다. 나는 순연이에게 부끄럽지 않은 사람이 되어야 한다. 여기서 무너지면, 그녀를 볼 면목이 없다.' 점호가 끝나고 머리에 깊게 파인 책상 모서리 자국을 문지르며, 그는 그것을 수치스러운 상처가 아니라 이 차가운 질서를 견뎌 낸 훈장이라고 스스로 위로했다.

하지만 육체적 고통보다 그를 더 힘들게 한 건 말의 장벽이었다. 경상도 토박이인 그의 사투리는 억세고 빨라서 타지에서 온 친구들은 그의 말을 외계어처럼 못 알아듣기 일쑤였다.

"뭐라 카노? 좀 천천히 말해 봐라."

친구들의 되물음이 반복될수록 그는 입을 다물게 되었다. 군중 속의 고독, 왁자지껄한 내무반 안에서도 그는 투명한 유리 벽 안에 갇힌 섬처럼 외로웠다.

그 숨 막히는 규율과 고립감 속에서 숨통을 트게 해 준 건 의외의 인물인 동기 정철수였다. 그는 타고난 배짱과 체력으로 학교의 짱으로 통하는 친구였다. 어느 날 밤, 철수가 내게 은밀한 눈짓을 보냈다.

"야, 공부만 하다가 똥 된다. 따라와라."

그를 따라 건물 뒤편 으슥한 곳으로 갔을 때, 철수는 품에서 하늘색 소주병을 꺼냈다. 월담해서 구해 온 전리품이었다.

"마셔라. 이게 남자다."

그날, 그는 생전 처음 알코올의 쓴맛을 보았다. 목구멍을 타고 내려가는 뜨거운 액체가 식도를 태우는 것 같았다. 하지만 그 화끈거림은 묘하게도 가슴속에 응어리진 답답함을 잠시나마 잊게 해 주었다. 규율의 벽 바깥, 일탈이 주는 짜릿한 해방감. 철수, 그리고 또 다른 친구 석태와 함께 나누었던 그 밤의 쓴 소주는 그들이 '3인방'이라는 끈끈한 동지애로 묶이는 계기가 되었다.

그러나 일탈은 잠시뿐, 그의 본질적인 탈출구는 오직 면학(勉學)이었

  못생긴 소년, 결국엔 진정한 사랑을 완성하다

다. 그것은 성공을 위한 수단이 아니라 이곳에서 살아남기 위한 유일한 동아줄이었다. 밤 10시, 소등 나팔 소리와 함께 세상이 어둠에 잠기면 그의 진짜 일과가 시작되었다. 모두가 잠든 시각, 그는 조용히 책과 노트를 챙겨 도서관으로 향했다. 자정을 알리는 도서관의 괘종 소리를 놓칠 정도로 집중하여 공부하였고 면학에 대한 갈증이 해소되지 않을 때에는 기숙사 복도 끝 화장실로 향했다.

화장실. 그곳은 지린내 나는 배설의 공간이었지만, 자정이 넘으면 그에게만큼은 세상에서 가장 고요한 도서관으로 변모했다. 타일 바닥에서 올라오는 냉기가 엉덩이를 시리게 했지만 그는 개의치 않았다. 희미하게 깜빡이는 30촉 백열전구, 그 노란 불빛 아래 쪼그리고 앉아 영어 단어 하나를 외울 때마다, 수학 공식 하나를 풀 때마다 그는 순연이에게 한 걸음 더 다가간다고 믿었다. 백열등 주위로 모여든 나방들이 부딪혀 타닥거리는 소리가 유일한 벗이었다.

졸음이 쏟아지면 허벅지를 꼬집었고 그래도 안 되면 찬물로 세수를 하며 거울 속의 그를 노려보았다. 거울 속 충혈된 눈의 소년에게 그는 최면을 걸듯 속삭였다. '너는 못생기지 않았다. 너는 할 수 있다. 순연이가 보고 있다.' 그 희미하고 고독한 백열등 불빛은 세상의 모든 어둠과 맞서 싸우던 그의 간절한 소망의 등대였다.

주말이 되면 기숙사는 텅 빈 동굴처럼 공허해졌다. 대구 인근에 사는 친구들은 가벼운 발걸음으로 집으로 향했지만 그는 갈 곳이 없었다. 텅 빈 내무반에 홀로 남아 창밖을 바라보면, 상상 속의 기차가 지나가는 소리가 들려왔다.

'덜컹, 덜컹…' 그 상상의 소리는 그의 영혼을 싣고 이미 남쪽으로 달리고 있었다. 구미에서 대구를 거쳐 마산으로, 그리움은 겨울 기숙사의 문틈으로 스며드는 외풍처럼 뼈마디를 파고들었다. 차가운 관물대에 기대어 눈을 감으면, 마산 회현동 골목길을 걷는 순연이의 발자국 소리가 환청처럼 들려왔다. 당장이라도 담을 넘어 그녀에게 달려가고 싶은 충동을 억누르며 그는 다시 펜을 잡았다. 이 지독한 그리움을 이기는 방법은 더 높이 비상하여 그녀를 맞이할 준비를 하는 것뿐이었으니까.

금오공고 1학년, 안동의 향토사단인 36사단에서의 병영훈련을 무사히 마치고 맞이한 여름방학 때에는 억눌러 왔던 그리움이 기어이 임계점을 넘어 폭발하고 말았다. 기숙사의 답답한 공기와 고된 훈련, 그 모든 현실을 잠시 잊게 만드는 마법의 주문은 오직 순연이라는 이름 두 글자뿐이었다. 그들은 편지를 통해 떨리는 마음으로 만남의 날짜를 잡았고 대구 서부정류장에서 만나기로 약속했다.

약속 장소에 도착했을 때, 대구의 하늘은 금방이라도 비를 뿌릴 듯 잔뜩 찌푸린 잿빛이었다. 수많은 인파 속에서 그는 까치발을 들고 두리번거렸다. 그때였다. 회색빛 인파를 가르고 하얀빛이 그에게로 걸어왔다. 단정한 단발머리에 풀 먹인 하얀 블라우스 그리고 무릎을 살짝 덮는 감색 스커트, 멀리서 그녀가 그를 발견하고 환하게 손을 흔드는 순간, 칙칙했던 대구의 풍경은 거짓말처럼 총천연색으로 되살아났다. 그의 세상에 다시 태양이 뜬 것이다.

"오빠!" "순연아!"

그들은 주변의 시선도 아랑곳하지 않고 서로를 바라보며 한참을 웃었다. 그 웃음만으로도 지난 몇 달간의 고독은 눈 녹듯 사라졌다.

　　　　　　　　못생긴 소년, 결국엔 진정한 사랑을 완성하다

"오빠, 우리 바다 보러 가자. 파도 소리가 듣고 싶어."

그들은 동대구역으로 이동해 포항으로 향하는 통일호 열차에 몸을 실었다. 에어컨도 없이 선풍기 몇 대가 힘겹게 돌아가는 낡은 객차였지만, 그들에겐 그 어떤 특실보다 안락한 천국이었다. 열차가 '덜컹, 덜컹' 규칙적인 리듬을 타며 출발하자 창문 너머로 초록빛 들판이 춤을 추듯 스쳐 지나갔다.

마주 보고 앉은 좁은 좌석, 기차가 흔들릴 때마다 서로의 무릎이 살짝살짝 닿았다. 그때마다 찌릿한 전류가 온몸을 관통하는 듯해 그는 숨을 제대로 쉴 수 없었다. 순연이는 수줍은 듯하면서도 그의 시선을 피하지 않았다. 매점에서 산 삶은 달걀과 사이다 한 병. 순연이는 조심스러운 손길로 달걀 껍데기를 까서 그의 입에 넣어 주었다. 그녀의 하얀 손가락 끝이 그의 입술에 스쳤을 때, 그는 달걀의 맛보다 더 고소하고 달콤한 전율을 느꼈다. 그들은 사이다 한 모금을 나눠 마시며 서로의 눈동자 속에 비친 자신의 모습을 확인했다. 말이 없어도 공기 자체가 달콤했던 시간이었다.

포항역에 내려 버스를 타고 도착한 영일대 해수욕장, 눈앞에 펼쳐진 것은 압도적인 푸르름이었다. 검푸른 동해가 그들을 삼킬 듯 넘실거렸다. 내륙 분지에서만 자란 그들에게 바다는 미지의 세계이자 자유 그 자체였다. 그들은 약속이나 한 듯 신발과 양말을 벗어 던지고 맨발로 뜨거운 모래사장을 밟았다.

"앗, 뜨거! 오빠, 빨리 와!"

순연이가 모래사장 위를 경중경중 뛰어가며 그의 손을 잡아끌었다. 그들은 손을 꼭 잡고 파도가 밀려오는 끝자락까지 달려갔다. 차가운 바닷물이 발가락 사이를 간지럽히며 하얗게 부서졌다.

“오빠, 나 잡아 봐라!”

유치한 연인들의 놀이라 비웃던 그 몸짓들이 그들에겐 세상에서 가장 성스러운 의식이 되었다. 바닷물에 젖은 바짓단을 걷어 올린 채 그들은 파도와 술래잡기를 했다. 물을 튀기며 도망가는 그녀의 뒷모습, 햇살에 반짝이는 물방울, 그리고 귓가를 때리는 파도 소리가 망막과 뇌리에 깊게 박혔다. 그는 생각했다. 이 순간이 영원히 박제될 수만 있다면 그의 영혼을 악마에게 팔아도 좋다고, 아니, 이 시간이 멈춘다면 그가 파도가 되어 부서져도 좋으리라.

한바탕 뛰놀고 난 뒤, 그들은 젖은 발로 모래사장에 주저앉았다. 순연이가 나뭇가지 하나를 주워 젖은 모래 위에 무언가를 쓰기 시작했다. ‘조… 순… 연… 하… 트…’ 그녀가 자신의 이름을 쓰고 그 옆에 하트를 그리려던 찰나, 심술궂은 파도가 밀려와 글자들을 순식간에 지워 버렸다.

“어? 지워졌어…”

순연이가 아쉬운 듯 입술을 비죽거렸다. 그는 그녀의 손을 잡으며 말했다.

“괜찮아. 모래에 쓴 건 지워져도, 마음속에 쓴 건 절대 지워지지 않아.”

그의 서툰 고백에 그녀의 볼이 저녁노을처럼 붉게 물들었다. 그들은 서로를 바라보며 파도가 앗아 가지 못한 예쁜 조약돌 하나씩을 주워 주머니에 넣었다. 이 바다를 기억할 그들만의 작은 증표였다.

어느덧 해가 지고 어둠이 깔리자, 갈 곳 없는 어린 연인들은 다시 현실의 문제에 부딪혔다. 숙소를 잡을 돈도 용기도 없었던 그들은 포항역 대합실로 향했다. 딱딱한 나무 벤치에 나란히 앉아 밤을 지새워야 했지만 그 불편함조차 낭만이었다. 창밖에는 도시에서는 볼 수 없는 수만 개의

 못생긴 소년, 결국엔 진정한 사랑을 완성하다

별들이 쏟아지고 있었다.

"오빠, 자?" "아니, 안 자."

순연이가 조용히 그의 어깨에 머리를 기대 왔다. 그녀의 머리카락에서 나는 샴푸 향기가 땀 냄새와 섞여 묘하게 가슴을 울렁이게 했다.

"나중에… 우리가 진짜 어른이 되면 어떤 모습일까?"

그녀의 질문은 밤하늘의 별처럼 아득했다.

"글쎄… 나는 제복을 입은 아주 멋진 해군 장교가 되어 있겠지. 바다를 지키는."

"그럼 나는?"

"너는…"

그는 잠시 말을 멈추고 그녀의 정수리에 턱을 괴었다.

"너는 세상에서 제일 예쁜 신부가 되어 있을 거야."

"치, 그게 뭐야, 누구 신부인지가 중요하지."

그 말끝이 흐려지자, 그는 그녀의 손을 깍지 껴 더 꽉 쥐었다. 그 신부의 옆자리에 서 있는 남자가 바로 자신이기를, 이 밤하늘의 모든 별에게 간절히 기도했다. 그들은 설익은 토마토 냄새가 났던 비닐하우스의 추억을 꺼내어 씹으며 다가올 미래를 함께 색칠해 나갔다.

다음 날 새벽, 그들은 첫차를 타고 안동으로 향했다. 하회마을의 고즈넉한 돌담길과 유유히 흐르는 낙동강은 격정적이었던 바다와는 또 다른 평온함을 주었다. 마치 그들의 사랑이 열정을 지나 평생을 함께할 동반자의 모습으로 변해 가는 과정을 보여 주는 듯했다.

하지만 꿈같은 1박 2일의 여정은 끝을 향해 달리고 있었다. 동대구 고속버스 터미널, 순연이를 태워 보낼 버스가 플랫폼에 들어서는 순간, 갑자기 목구멍이 뜨겁게 메어 왔다. 현실로 돌아가야 한다는 공포와 그녀를 보내야 한다는 상실감이 쓰나미처럼 밀려왔다. 순연이의 눈시울도 이미 붉게 물들어 있었다.

"잘 가, 몸 건강히 잘 지내고… 학교생활 잘해."

그는 쥐어짜듯 겨우 목소리를 냈다. 순연이는 아무 말 없이 그를 빤히 바라보다가 결국 참았던 울음을 터뜨리며 고개를 숙였다.

"오빠도… 오빠도 아프지 마."

그녀가 버스에 오르고 차창 너머로 그녀의 모습이 보였다. 손수건으로 입을 틀어막고 흐느끼는 그녀의 어깨가 가냘프게 떨리고 있었다. 버스 엔진 소리가 굉음을 내며 그의 심장을 찢어 놓는 것 같았다. 버스가 멀어져 점이 될 때까지, 그는 차마 발걸음을 뗄 수 없었다. 뜨거운 눈물이 뺨을 타고 흘러내려 입가에 닿았다. 그 짭짤한 맛은 어제 영일대에서 맛보았던 바닷물보다 더 짰고 더 깊었다. 그의 그리움은 그렇게 더 깊고 푸른 강물이 되어 그의 가슴속을 영원히 흐르게 되었다.

금오공고 2학년, 그의 삶은 회색빛 작업복과 쇳가루 냄새로 뒤덮여 있었다. 군대를 방불케 하는 엄격한 규율, 매일 반복되는 점호와 실습, 선배들의 서슬 퍼런 기합. 그 삭막한 기숙사 생활을 버티게 해 준 것은 오로지 하나의 이름, 순연이었다. 그녀가 없었다면 그는 그 숨 막히는 회색 벽 속에 갇혀 질식해 버렸을지도 모른다. 그리움은 그를 고문했지만 역설적이게도 그를 숨 쉬게 하는 유일한 산소통이었다.

기숙사의 밤은 유난히 길고 차가웠다. 점호가 끝난 뒤, 모두가 잠든 시간에도 그는 쉽게 눈을 감을 수 없었다. 모포를 뒤집어쓰고 손전등 불빛

 못생긴 소년, 결국엔 진정한 사랑을 완성하다

에 의지해 펜을 들었다. 낮 동안 쇠를 깎고 다듬느라 거칠어진 손마디가 편지지 위에서 덜덜 떨렸다. '순연아, 오늘은 실습 시간에 쇠를 깎다가 손을 조금 베었어. 피가 나는데 아프기보다 네가 호- 하고 불어 주면 금방 나을 것 같다는 생각부터 들더라.' 매일 밤 그는 그녀에게 닿을 수 없는 편지를 썼다.

우표 살 돈이 아까워 부치지도 못할 편지들이 관물대 깊숙한 곳에 쌓여 갔다. 그 종이 뭉치에서는 쇳내 대신 희미한 비누 냄새가 나는 것만 같았다. 그 편지들을 쓰는 순간만큼은, 그는 삭발 머리의 공고생이 아니라 사랑에 빠진 평범한 소년으로 돌아갈 수 있었다. 그것은 그만의 은밀한 도피처였고 다음 날의 고된 훈련을 버티게 하는 정신적 진통제였다.

일주일에 한 번, 체육관 앞 공중전화 부스는 전쟁터를 방불케 했다. 수십 명의 까까머리 학생들이 길게 줄을 서서 자신의 차례를 기다렸다. 추운 겨울바람이 휩쓸고 지나가면 몸이 사시나무 떨듯 떨려 왔지만, 그 누구도 자리를 뜨지 않았다. 그의 차례가 다가올수록 심장은 터질 듯 요동쳤다. 동전 몇 개를 손에 꽉 쥐고 수화기를 들었을 때, '여보세요?' 하고 들려오는 순연이의 목소리는 구원 그 자체였다.

"오빠야? 밥은 먹었나?"

그 한마디에 하루 종일 얼어붙었던 마음이 눈 녹듯 사라졌다. 하지만 야속한 기계음은 그들의 애틋함을 봐주지 않았다.

"뚜뚜- 뚜뚜"

소리와 함께 통화가 끊어질 때마다 그는 세상이 무너지는 듯한 절망감을 맛보았다. 뒷사람의 눈총에 밀려 수화기를 내려놓고 돌아서는 길, 발걸음은 납덩이를 매단 듯 무거웠다. 그 짧은 3분의 목소리를 듣기 위해 그는 일주일이라는 지옥을 견뎌 냈다.

그리움이 임계점을 넘는 날이면, 그는 주말마다 미친 사람처럼 기숙사를 뛰쳐나갔다. 목적지는 마산, 순연이가 있는 곳이었다. 주머니 사정이 뻔한 가난한 학생에게 고속버스는 사치였다. 그에게 허락된 유일한 교통수단은 구미 IC 앞에서의 히치하이킹뿐이었다.

"아저씨! 마산 한 번만 태워 주세요! 제발요!"

쌩쌩 달리는 차들을 향해 손을 흔들 때마다 매연과 먼지가 얼굴을 때렸다. 수십 대의 차가 무심하게 지나쳤다. 어떤 운전자는 경적을 울리며 욕설을 퍼붓기도 했다. 하지만 자존심 따위는 중요하지 않았다. 그의 머릿속엔 오로지 그녀를 봐야 한다는 일념뿐이었다. 절박한 눈빛이 통했는지, 가끔 마음씨 좋은 화물차 기사님들이 갓길에 차를 세워 주곤 했다.

"학생, 거기까지 뭐 하러 가는데?"

"여자친구 보러 갑니다."

"허허, 좋을 때다. 타라."

덜컹거리는 트럭 조수석에 올라타면 그제야 안도의 한숨이 나왔다. 트럭의 진동이 온몸으로 전해졌지만 그의 마음은 이미 마산 앞바다에 가 있었다. 차창 밖으로 스쳐 지나가는 풍경들은 아무런 의미가 없었다. 그는 가는 내내 순연이의 얼굴, 웃을 때 반달이 되는 눈매, 그를 부르는 목소리만을 되감기 하듯 떠올렸다.

마산 회현동, 좁고 가파른 골목길을 숨이 턱까지 차오르도록 뛰어 올라가 그녀의 자취방 문을 두드렸다. 예고도 없이 불쑥 나타난 그를 보고 순연이는 눈을 동그랗게 떴다.

"오빠… 어떻게 왔어? 연락도 없이."

　　　　못생긴 소년, 결국엔 진정한 사랑을 완성하다

"그냥… 보고 싶어서. 미치도록 보고 싶어서."

놀라움도 잠시 그녀의 눈에 물기가 어렸다. 그들은 댓거리 해변을 말 없이 걸었다. 차가운 바닷바람이 불어왔지만 잡은 두 손의 온기는 뜨거웠다. 어시장의 시끌벅적한 소음 속에서도 그들은 서로의 숨소리만을 들었다. 꼬깃꼬깃 모은 용돈으로 사 먹은 싸구려 떡볶이 하나에도 세상을 다 가진 듯 행복했다. 금오공고의 잿빛 생활은 까맣게 잊혀졌다. 그곳은 총천연색의 천국이었다.

하지만 행복한 시간은 야속하게도 빨리 흘렀다. 해가 뉘엿뉘엿 넘어가고 헤어져야 할 시간이 다가오면 그들의 발걸음은 늪에 빠진 듯 느려졌다. 고속버스 터미널과 자취방 사이를 수십 번이나 오갔다. 보내기 싫은 마음과 가야만 하는 현실 사이에서 그들은 길 잃은 아이들처럼 서성였다.

"진짜 간다."

"응… 조심해서 가. 가서 아프지 말고."

뒤돌아서 몇 걸음 가다가 다시 뒤를 보면, 그녀는 여전히 그 자리에서 손을 흔들고 있었다. 가로등 불빛 아래 작아져 가는 그녀의 모습이 너무나 처연하여 그는 몇 번이고 다시 달려가 그녀를 부서져라 안아 주고 싶었다. 버스에 올라타 창밖을 보면 어둠 속에 홀로 서 있는 그녀의 실루엣이 보였다. 그 잔상은 구미로 돌아오는 내내 아니 며칠 동안 그의 가슴에 박혀 빠지지 않았다.

그 지독하고도 처절한 사랑의 대가는 육체의 붕괴로 찾아왔다. 며칠 밤을 새우며 편지를 쓰고 주말마다 길바닥에서 몇 시간씩 떨며 히치하이킹을 강행한 결과였다. 어느 날 실습 시간, 목구멍이 불타는 듯한 통증과 함께 눈앞이 하얘지며 쓰러졌다.

양호실 침대에서 눈을 떴을 때, 그는 침조차 삼킬 수 없었다. 양호선생님은 악성 편도선염이라고 진단했다. 피로 누적과 영양실조 그리고 극심한 스트레스가 원인이라고 했다.

하지만 그는 진짜 병명을 알고 있었다. 그것은 그리움이었다. 삼키지 못하고 꾹꾹 눌러 담은 그리움이 독이 되어 목구멍을 막아 버린 것이다. 말하고 싶은 사랑을 다 토해 내지 못해서 보고 싶은 마음을 억지로 참아 내서 생긴 병이었다.

기숙사 평상의 매트리스에 누워 고열에 시달리며 끙끙 앓고 있을 때, 고향에서 편지 한 통이 도착했다. 정숙이 누나가 보낸 위문편지였다. '동생아, 얼마나 힘들고 외롭니. 하지만 지금의 그 아픔이 너를 더 단단하게 만들 거야. 사랑도 공부도 네가 훌륭한 사람이 되기 위한 과정이란다.' 누나의 투박하지만 따뜻한 글귀를 읽으며 그는 밤새 소리 죽여 울었다. 뜨거운 눈물이 베개를 적시고 나서야 목을 꽉 막고 있던 응어리가 조금씩 풀리는 기분이었다.

다음 날 아침, 거짓말처럼 목의 부기가 가라앉기 시작했다. 양호선생님은 약 덕분이라고 했지만 그는 알았다. 누나의 편지가 준 위로와 꿈속에서 그를 어루만져 준 순연이의 손길이 그를 살린 것이다.

사랑은 그를 병들게 했지만 또한 그를 살게 하는 유일한 약이었다. 그 삭막했던 금오공고 시절, 그는 그리움이라는 고문을 견디며 비로소 어른이 되어 가고 있었다. 차가운 기숙사의 평상 위에서도 그의 심장이 뜨겁게 뛸 수 있었던 건 저 멀리 마산 하늘 아래에서 그를 기다리는 사람이 있다는 믿음, 오직 그 하나 때문이었다.

    못생긴 소년, 결국엔 진정한 사랑을 완성하다

금오공고 3학년, 그들에게 주어진 시간은 모래시계의 모래처럼 빠르게 그리고 무겁게 흘러갔다. 산업의 역군 양성이라는 학교의 주된 목표 속에서도 제복 입은 장교의 꿈을 꾸던 이들이 모인 곳이 바로 '사관반'이었다. 그 좁고 후덥지근한 독서실 구석에는 그와 석태, 철수, 이렇게 '사관반 3인방'이 있었다. 그들은 서로의 어깨를 지지대 삼아 밤을 밝혔다.

"야, 졸지 마라. 우리 여기서 나가서 진짜 멋지게 한번 살아 봐야 안 되겠나."

석태가 꾸벅꾸벅 조는 그의 등짝을 때리며 건넨 말이었다. 그들은 기름밥 먹는 기능공이 아닌 조국을 지키는 리더가 되겠다는 일념으로 똘똘 뭉쳐 있었다. 남들이 코를 골며 잠든 새벽 두 시, 그들은 찬물로 세수를 하고 돌아와 다시 영어 단어장을 펼쳤다. 쏟아지는 잠을 쫓기 위해 허벅지를 꼬집어 가며 풀었던 수학 문제집은 너덜너덜해져 있었다.

결국 석태는 금오공대로 진학해 학문의 길을 택했고, 철수는 육군 기술하사관을 거쳐 훗날 삼성전자에 입사해 산업의 역군이 되었다. 그리고 그는, 푸른 바다를 지키는 해군사관학교의 문을 두드렸다.

합격 통지서를 손에 쥐던 날, 그는 세상을 다 가진 듯 포효했다. 쇳가루 날리는 공장 실습동을 벗어나 드넓은 대양으로 나갈 자격을 얻은 것이다. 합격 소식을 가장 먼저 전하고 싶은 사람은 단연 순연이었다. 공중전화 수화기 너머로 들려오는 그녀의 떨리는 목소리는 그 어떤 합격 축하 노래보다 달콤했다.

"오빠, 진짜야? 해군사관생도가 되는 거야? 너무 장하다, 우리 오빠."

그녀의 그 한마디는 지난 3년의 고된 기숙사 생활을 한순간에 보상해 주었다. 그가 흘린 땀방울이 헛되지 않았음을, 그가 그녀에게 자랑스러운 남자가 될 수 있었음을 증명한 순간이었다.

4년 뒤, 해군사관학교 졸업식 날은 그의 인생의 하이라이트였다. 혹독한 생도 생활을 견뎌 내고 소위 계급장을 달던 날, 그는 영예롭게도 국방부장관상을 수상했다. 단상 위에서 상을 받고 내려오는 그를 향해 수많은 인파 속에서 순연이가 손을 흔들고 있었다. 검은색 동정복을 입은 그의 모습이 낯설면서도 벅찼는지 그녀의 눈가에는 이슬이 맺혀 있었다.

"오빠, 오늘 세상에서 제일 멋있다. 저 반짝이는 계급장보다 오빠 눈이 더 빛나."

순연이는 그의 목에 걸려 있는 메달과 계급장을 어루만지며 아이처럼 기뻐했다. 그녀의 눈동자에 비친 그는 더 이상 가난한 공고생이 아니었다. 그는 그녀를 지킬 힘을 가진 늠름한 청년 장교였다. 그때 그는 확신했다. 이제 고생은 끝났고 우리 앞에는 탄탄대로가 펼쳐질 것이라고 믿었다. 그녀와 함께라면 어떤 파도도 헤쳐 나갈 수 있을 것 같았다.

하지만 현실의 궤도는 그의 순진한 기대와는 미묘하게 그리고 잔인하게 어긋나기 시작했다. 초임 장교의 삶은 낭만보다는 생존에 가까웠다. 잦은 함정 근무와 훈련, 격오지 발령으로 점철된 군인의 삶은 안정과는 거리가 멀었다. 거친 파도와 싸우며 며칠씩 연락이 두절되는 것은 예사였고 순연이가 아플 때 곁에 있어 주지 못하는 날들이 쌓여 갔다.

그는 그녀에게 걸맞은 더 훌륭한 남자가 되기 위해 치열하게 달렸다. 국방대학원 입학이라는 목표를 세우고 밤잠을 줄여 가며 입학시험 준비를 했다. 그가 계급이 오르고 학식이 깊어질수록 그녀를 더 행복하게 해 줄 수 있다고 믿었기 때문이다.

하지만 아이러니하게도 그가 성취를 향해 달려갈수록 그녀는 철저히 혼자가 되어 갔다. 그의 성장은 그녀의 외로움을 담보로 하고 있었다.

마산에서 직장 생활을 하던 순연이는 지쳐 가고 있었다. 그녀가 원한 것은 멋진 제복을 입은 영웅도 미래가 보장된 엘리트 장교도 아니었다. 그저 비 오는 날 우산을 씌워 주고 퇴근길에 소소한 이야기를 나눌 수 있는 따뜻한 곁이었다.

그런 그녀의 빈자리에 김창수라는 남자가 스며들었다. 창원시청 공무원인 그는 성실하고 듬직했다. 무엇보다 그는 그가 줄 수 없는 아니 주지 못했던 일상의 안정을 가진 남자였다. 그는 그녀가 원할 때 언제든 달려갈 수 있는 거리에 있었다.

그들의 이별은 싸움이나 다툼이 아니었다. 서로가 서 있는 땅이 너무나 달라져 버린 서글픈 체념이었다. 그는 바다 위에 떠 있었고, 그녀는 육지에 뿌리를 내리고 싶어 했다. 1988년, 그는 그토록 원하던 국방대학원에 합격했다. 군인으로서 최고의 엘리트 코스에 진입한 것이다. 하지만 그 합격의 기쁨을 함께 나눌 순연이는 이미 그의 곁에 없었다.

그는 그해 다른 여인과 결혼을 했다. 그녀는 순연이를 닮아 단정하고 순수했다. 어쩌면 그는 무의식중에 그녀에게서 순연이의 그림자를, 잃어버린 그의 순수를 찾으려 했는지도 모른다. 아내에게는 미안한 일이지만 그의 마음 깊은 곳에 봉인된 방에는 여전히 열아홉의 순연이가 살고 있었다.

국방대학원의 치열한 학업 속에서도 문득문득 창밖을 보면 마산의 바다가 떠올랐다. 그가 이 자리에 오기까지 그를 지탱해 준 것은 무엇이었을까. 그것은 '순연이에게 부끄럽지 않은 사람이 되겠다'는 이제는 갈 곳

잃은 다짐 덕분이었다.

그해 겨울, 유난히 눈이 많이 내리던 날이었다. 외숙모를 통해 순연이의 소식을 전해 들었다.

"순연이가 시집을 간다더구나. 밀양 사람이라던데, 식을 올린단다."

그 말을 듣는 순간, 윙윙거리는 이명과 함께 세상의 소리가 차단되었다. 머리로는 축하해야 한다고 그녀가 행복해지길 바란다고 수백 번 되뇌었다. 하지만 심장은 그의 의지와 상관없이 바닥으로 곤두박질쳤다. 명치 끝이 아려 와 숨을 쉴 수가 없었다.

그의 첫 페이지이자 사랑의 기준이었던 그녀, 그의 청춘의 모든 기쁨과 슬픔을 관통했던 이름, 이제 그녀는 타인의 아내가 되어 그가 닿을 수 없는 궤도로 영원히 멀어지고 있었다. 그가 입고 있는 제복의 금빛 단추가 그날따라 유난히 차갑게 느껴졌다. 그는 국방대학원 연구실 창가에 서서 밀양 쪽 하늘을 바라보며 소리 없는 작별 인사를 건넸다.

'잘 가라, 내 사랑. 부디 나보다 덜 아프고, 나보다 더 행복해라.'

그의 20대는 그렇게 화려한 성취의 기록 뒤편에 아릿한 상실의 마침표를 찍으며 저물어 가고 있었다.

1989년 12월, 밀양의 겨울바람은 유독 날카로웠다. 살을 에는 듯한 칼바람이 불어오는 오후, 그는 밀양의 어느 작은 교회당 담벼락 뒤에 몸을 숨기고 있었다. 정복을 입은 당당한 장교였지만 그 순간만큼은 세상에서 가장 초라한 도둑고양이가 된 기분이었다. 그는 초대받지 못한 손님이었고 축복할 자격을 스스로 박탈한 죄인이었다. 담장 너머로 들려오는 결혼행진곡 소리가 그의 심장을 난도질했다. 그것은 그의 청춘을 장사 지내는 장송곡과도 같았다.

그녀는 외가 쪽 8촌이었다. 세상이 정해 놓은 질서 안에서 그들은 결코 하나가 될 수 없는 운명이었다. 피는 물보다 진하다지만 그에게는 그 피가 원망스러울 만큼 지독한 족쇄였다. 어른들이 말하는 천륜이라는 거창한 단어 앞에서 그들의 감정은 철없는 불장난 취급을 받아야 했다.

하지만 그에게 순연이는 단순한 혈육이 아니었다. 가난과 열등감으로 얼룩졌던 그의 사춘기, 그 암흑 속에서 유일하게 빛나던 구원이었다. 그러나 사회적 금기와 가족이라는 울타리는 그들의 사랑을 허락하지 않았고 그는 그 거대한 벽 앞에서 무릎 꿇을 수밖에 없었다. 오늘 이 결혼식은 그 잔인한 현실에 마침표를 찍는 의식이었다.

끼익, 무거운 교회 문이 열렸다. 그는 숨을 멈췄다. 하얀 웨딩드레스를 입은 순연이가 눈부신 햇살 속으로 걸어 나왔다.

"아…"

그도 모르게 탄식이 흘러나왔다. 그녀는 그가 상상했던 것보다 아니 그 옛날 영일대 해수욕장의 모래사장 위에서 꿈꾸었던 그 어떤 모습보다 훨씬 더 아름다웠다. 순백의 드레스는 그녀의 맑은 영혼을 그대로 보여 주는 듯했다. 사람들의 환호와 꽃가루 속에서 그녀가 환하게 웃었다. 비닐하우스에서 그에게 물을 뿌리며 장난치던 그 싱그러운 미소와는 다른 한없이 성숙하고 평온한 미소였다. 그것은 이제 더 이상 그의 것이 아닌 다른 남자를 위한 미소였다.

그녀의 곁에는 듬직한 신랑이 서 있었다. 김창수 씨, 성실하고 온화해 보이는 그는 그가 줄 수 없었던 평범한 행복과 떳떳한 사랑을 줄 수 있는 남자였다. 그를 보는 순간, 질투심보다는 안도감이 먼저 들었다. 자신처럼 숨어서 사랑하지 않아도 되는 사람, 세상 앞에서 당당하게 그녀의 손을 잡을 수 있는 사람이었다. 그래, 순연이는 저런 사랑을 받아야 마땅했다.

그녀와 그 사이, 불과 수십 미터의 거리였지만 그 사이에는 사회적 통념과 윤리 그리고 혈연이라는 건널 수 없는 강이 흐르고 있었다. 그는 담벼락의 거친 돌을 손으로 꽉 쥐었다. 손바닥이 긁혀 붉은 피가 배어 나왔고 쓰라림이 느껴졌지만 가슴을 찢는 듯한 통증에 비할 바가 아니었다.

눈을 감자 지난날들이 파노라마처럼 스쳐 지나갔다. 비닐하우스 안의 풋내 나는 설익은 토마토 냄새, 포항행 기차의 덜컹거리는 진동, 그리움을 참지 못해 올랐던 화물차 조수석에서의 쪽잠, 그리고 삼키지 못한 사랑이 독이 되어 앓았던 편도선염의 고열까지…, 그 모든 고통과 환희의 순간들이 주마등처럼 흘러갔다.

"잘 가라, 순연아. 부디 행복해라… 나보다 백 배는 더 행복해야 한다."

그는 차가운 바람에 실어 보낼 작별 인사를 나지막이 읊조렸다. 뜨거운 눈물이 볼을 타고 흘러내려 입가에 닿았다. 짭짤했다. 그것은 풋사과 같던 첫사랑이 완전히 익어 땅으로 떨어지는 완결의 맛이었다. 비로소 인정해야 했다. 그들의 사랑은 실패한 것이 아니라 여기까지가 운명이었던 것이다. 이루어지지 못했기에 오히려 영원히 더럽혀지지 않을 순수로 남게 되었다.

그는 돌아섰다. 그의 등 뒤로 하객들의 박수 소리가 멀어졌다. 발걸음을 뗄 때마다 심장이 뜯겨 나가는 것 같았지만, 동시에 가슴 한구석에서 설명할 수 없는 단단한 기둥 하나가 세워지는 것을 느꼈다. 그것은 바로 사랑의 기준이었다.

왜 그녀가 그의 삶의 기준이 되어야만 하는가. 누군가는 물을지도 모른다. 이루어지지 못한 첫사랑에 대한 미련이 아니냐고. 하지만 그것은 미련 따위의 감정을 넘어선 그의 존재의 근원에 대한 문제였다.

첫째, 그녀는 그의 자존(自尊)을 발견해 준 사람이었다. 못생긴 외모, 가난한 집안, 공고생이라는 콤플렉스 덩어리였던 그를 그녀는 '오빠는 눈이 맑아. 오빠는 큰 사람이 될 거야'라며 믿음으로 대우해 주었다. 그녀의 그 믿음 어린 시선이 없었다면 그는 평생을 열등감 속에 갇혀 살았을 것이다. 그가 그 자신을 사랑할 수 있게 만든 힘, 그 시작점에 그녀가 있었다.

둘째, 그녀는 그를 성장시킨 동력이었다. 삭막한 기숙사 생활을 버티게 했고 해군사관학교라는 높은 벽을 넘게 했으며 국방부장관상을 받는 엘리트 장교로 그를 키워 냈다. 그녀에게 부끄럽지 않은 남자가 되겠다는 일념, 그것이 그를 나태함의 늪에서 건져 올린 유일한 밧줄이었다. 사랑이 사람을 어떻게 위대하게 만드는지 그는 그녀를 통해 뼈저리게 배웠다.

셋째, 그녀는 희생의 참뜻을 가르쳐 주었다. 그들은 서로를 너무나 원했지만, 서로의 미래를 위해 그리고 가족들의 평화를 위해 각자의 길을 가기로 했다. 사랑하기 때문에 떠나보낸다는 그 진부한 말이 그에게는 살점이 떨어져 나가는 듯한 현실이었다. 그의 욕심보다 상대의 평안을 비는 마음, 그것이 진짜 사랑임을 깨달았다.

이제 그는 세상의 모든 아름다움과 가치를 판단할 때, 무의식적으로 순연이라는 잣대를 들이대게 될 것이다. '이 사랑은 순연이가 보여 준 믿음만큼 순수한가?' '이 열정은 순연이를 향했던 그 시절만큼 뜨거운가?' '그의 삶은 그녀가 기대했던 모습만큼 당당한가?'

그녀는 이제 그의 현재가 아닌 전설이 되었다. 물리적인 실체는 밀양의 어느 집 안주인이 되어 살아가겠지만, 그의 영혼의 방에는 영원히 늙지 않는 열아홉 살의 순연이가 살고 있다. 그녀는 그가 길을 잃을 때마다 북극성처럼 나아갈 방향을 일러 줄 것이다. 그의 못난 모습을 잊게 해 주었고, 그를 강철 같은 군인으로 제련했으며, 끝내 아픈 이별을 통해 그를 진짜 어른으로 성장시킨 그녀였다.

그의 영원한 별, 순연이는 그렇게 그의 가슴속 신화의 세계로 영원히 이주해 갔다. 교회당을 뒤로하고 내려오는 길, 겨울 하늘은 시리도록 파랬다. 그는 제복의 매무새를 고치고 눈물을 닦았다. 이제 다시 그의 삶을, 그녀가 선물해 준 이 단단해진 삶을 살아갈 차례였다.

 못생긴 소년, 결국엔 진정한 사랑을 완성하다

2. 책임감에 의한 결혼의 결말

1981년 10월, 가을의 끝자락이 차창 밖으로 빠르게 스쳐 지나가고 있었다. 기차는 구미를 출발해 대구로 향하는 통일호였다. 규칙적인 덜컹거림은 마치 그의 심장 박동을 조율하려는 듯 집요하게 바퀴 소리를 냈다.

그의 손에는 해군사관학교 합격 통지서가 들려 있었다. 그것은 단순한 종이가 아니라 가난하고 비루했던 곰배의 시절을 끝내고 제복 입은 신사로 다시 태어나게 해 줄 면죄부이자 보증수표였다.

좌석은 좁았고 공기는 탁했지만 그의 마음은 이미 저 먼바다 위를 항해하고 있었다. 그때였다. 앞좌석에서 까르르 터지는 웃음소리가 상념을 깨뜨렸다.

"오빠, 대구 가요?"

고개를 들어 보니 앳된 얼굴의 여학생들이었다. 순심중학교 3학년이라고 했다. 그 무리 한가운데 김영희가 있었다. 교복 깃을 단정하게 여미고 있었지만 눈빛만은 호기심으로 반짝이는 아이, 발랄하고 거침없었다.

당시 그는 특수목적 고등학교로서 명문고라고 불리는 금오공고를 곧 졸업하고 해군사관학교 입교를 앞둔 어깨에 잔뜩 힘이 들어간 예비생도였고, 그녀는 세상 무서운 줄 모르는 중학생이었다.

대화는 묘하게 끊기지 않았다. 그의 무거움과 그녀의 가벼움이 시소처럼 균형을 맞췄다. 그녀의 발랄함은 그가 짊어진 삶의 무게를 잠시 잊게 했다. 기차가 대구역 플랫폼에 닿았을 때, 그는 무언가에 홀린 듯 연락처를 적어 주었다. 그것이 운명의 레일이 엉뚱한 방향으로 틀어지는 첫 번째 분기점인 줄은 꿈에도 몰랐다.

사관학교 입교 후, 가입교 특별훈련은 혹독했다. 옥포만의 차가운 바닷바람과 선착순의 고통 속에서 영희가 보내오는 위문편지는 달콤한 사탕 같았다. 휴가 때 구미 모교를 방문하면 으레 그녀를 불러내 제과점에서 빵을 사 주었다. 그건 연애라기보다 제복 입은 오빠로서의 우월감과 귀여운 동생을 챙긴다는 가벼운 책임감이 섞인 유희였다.

졸업을 하고 소위 계급장을 달았을 때, 그녀는 대학생이 되어 있었다. 그녀는 활달하고 외향적인 성격으로 인한 통솔력을 인정받았는지 과대표로 활동했고 그러한 모습이 묘하게 매력적으로 보였다.

빵을 사 주던 관계는 자연스럽게 연인이라는 이름표를 달았다. 하지만 그의 마음속 깊은 곳에는 늘 순연이가 있었다. 밀양 비닐하우스에서 설익은 토마토를 나눠 먹던 첫사랑, 그녀가 그에게는 사랑의 원형이자 기준이었다면, 영희는 현실의 습관이었다.

1988년, 강원도 동해 1함대 고속정 부장으로 근무하던 시절이었다. 파도가 유난히 거칠던 어느 주말, 영희가 면회를 왔다. 그리고 얼마 지나지 않아 걸려 온 전화. 수화기 너머의 목소리는 떨리고 있었다.

"오빠, 아기가 생겼어."

순간, 눈앞에 동해의 시퍼런 물살이 덮치는 듯했다. 머릿속이 하얘졌다. 하지만 그의 입에서 나온 말은 반사적이었다.

"책임질게."

그것은 사랑의 고백이라기보다는 장교로서의 명예와 남자로서의 도리를 지키겠다는 선언이었다. 손만 잡아도 책임을 져야 한다고 믿었던 지독하게 보수적이었던 20대의 그는 그렇게 결혼이라는 항구에 닻을 내렸다. 사랑의 확신이 없는 항해 오직 책임감이라는 낡은 지도 한 장만 들고서.

그는 국방대학원에 합격을 하고서 결혼식을 치렀다. 1988년 12월이었다. 이듬해 8월, 첫아들 현철이 태어났다. 학업과 가장의 의무가 동시에 어깨를 눌렀다.

당시, 그들은 서울 은평구의 수색시장 인근에 방을 얻어서 신혼살림을 차렸다. 전체 학생 중에서 막내였는지 몰라도 관사가 나오지 않았기 때문이었다. 그런데, 약 2주일쯤 흘러서 관사 관리사무소에서 연락이 왔다. 안보과정 학생이 미입주한 아파트가 있는데 입주하라는 것이었다.

그런데 운명의 장난인지, 배정받은 관사가 안보과정의 육해공군 대령급 장교들이 거주하는 105동의 3층이었다. 1층과 4층에는 하늘 같은 해군의 대선배 장교들이 살고 있었다.

그 아파트는 치명적인 결함이 있었다. 소음이었다. 숟가락 놓는 소리, 기침 소리조차 위아래 층으로 고스란히 전달되는 구조였다. 신혼 초, 부부라면 으레 겪어야 할 탐색전과 다툼마저 허락되지 않았다.

"조용히 해. 바로 위에 고 대령님 계셔."

아내와 의견이 부딪힐 때마다 그는 입술을 깨물며 이 말을 삼켰다. 싸움을 피하는 것이 가정의 평화를 지키는 것이라 믿었다. 하지만 그것은 평화가 아니라 억압된 침묵이었다. 그는 일방적으로 아내에게 주도권을 넘겼다. 그녀가 원하는 대로 해 주는 것, 그것이 소란을 막는 유일한 방법이었으니까.

아내는 10남매의 장남과 11남매의 장녀 사이에서 태어난 외동딸이었다. 온 집안의 사랑을 독차지하며 자란 탓에 사랑을 받는 법은 알았으나 사랑을 주는 법에는 무지했다. 그녀의 세계에서 타인에 대한 배려는 배우지 못한 과목이었다.

그의 인내는 밖에서 행복한 가정이라는 포장지로 둔갑했다. 동료들과

    못생긴 소년, 결국엔 진정한 사랑을 완성하다

선후배들은 그들 부부를 보며 '배 대위네는 잉꼬부부야'라고 부러워했다. 그 칭찬을 들을 때마다 속이 쓰렸다. 남편을 출세시키는 내조가 아니라, 남편이 아내를 위해 자신의 본모습을 지워야 하는 기형적인 관계였다. 그는 유리 온실 속에 갇힌 식물처럼 시들어 갔다.

그러나 성격 차이보다 더 견디기 힘든 것은 생활의 민낯이었다. 연애 시절에는 보이지 않았던 것들이 한 이불을 덮으면서 적나라하게 드러났다.

어느 날 아침, 씻지도 않고 잠든 아내의 등짝을 보았다. 붉게 피어오른 여드름이 등을 뒤덮고 있었다. 충격이었다. 위생 관념의 부재, 목욕탕에 다녀오라고 등을 떠밀어도 그녀는 요지부동이었다.

"오빠가 좀 씻겨 주면 안 돼?"

어리광 섞인 그 말이 신혼의 애교로 들리지 않았다. 불결함과 게으름이 뒤섞인 냄새가 그의 비위를 건드렸다. 하지만 그는 그때도 도망치지 못했다. 요람에 누워 있는 현철, 핏줄에 대한 책임감이 발목을 잡고 있었다.

그의 아내는 철저한 야행성이었다. 밤늦도록 친구들과 어울리거나 전화를 붙들고 있었고 아침에는 해가 중천에 뜰 때까지 일어나지 않았다.

군인의 아침은 전쟁이다. 빳빳하게 다려진 제복, 광이 나는 구두, 든든한 아침 식사가 필요했다. 하지만 그의 결혼 생활에서 그런 호사는 사치였다. 그는 새벽같이 일어나 직접 다림질을 했다. 슉슉 슉슉, 스팀 소리만이 고요한 거실을 채웠다. 안방 문은 굳게 닫혀 있었다.

어느 날 아침, 출근 전에 회식으로 속이 쓰려 해장국을 부탁한 적이 있었다.

"여보, 속이 너무 아픈데 해장국 좀 끓여 줄 수 있어?"

아내는 부스스한 얼굴로 주방으로 나왔다. 덜그럭거리는 소리가 나더니 식탁 위에 냄비 하나가 툭 던져졌다.

'갱숙이', 경상도식 김치죽이었다. 밥과 김치를 넣고 끓이기만 하면 되는 음식이었다. 그것조차 숟가락 하나 놓여 있지 않았다. 그녀는 '됐지?'라는 말 한마디를 남기고 다시 안방으로 들어가 이불을 뒤집어썼다. 식어 가는 김치죽을 바라보며, 그는 그의 결혼 생활도 이렇게 식어 버렸음을 인정해야 했다.

두 아들, 현철과 민철은 방치된 채 자랐다. 아내는 그것을 자율적인 양육이라 불렀다.

"애들은 놔두면 알아서 커. 우리가 편해야 애들도 편하지."

그녀의 확신에 찬 목소리에 그는 말문이 막혔다. 싸우기 싫어서 큰소리가 밖으로 새어 나갈까 봐 그는 침묵했다. 그 침묵이 아이들에게 어떤 상처가 될지 그때는 미처 알지 못했다.

결정적인 사건은 동해 1함대사령부 예하의 초계함 작전관 시절에 아이들이 유치원에 다닐 무렵 터졌다. 퇴근 후 집에 돌아왔는데 현관문 앞에 119 구조대가 출동해 있었다.

"무슨 일입니까?"

사색이 되어 묻자, 구조대원이 난감한 표정으로 말했다.

"신고를 받고 왔는데… 아이가 안방에 갇혔다더군요."

자초지종은 이랬다. 아내는 집을 비우고 외출 중이었고, 현철이 장난감을 꺼내러 안방에 들어갔다가 문이 잠겨 버린 것이었다. 겁에 질린 아이가 119에 신고를 한 것이었다. 구조대원이 문을 따고 안방에 들어가니 방 안이 워낙 난장판이어서 도둑이 든 줄로 알고 순간 당황하였으나 울고

 못생긴 소년, 결국엔 진정한 사랑을 완성하다

있는 아이를 다독였다고 했다.

"대위님, 집 관리 좀 하셔야겠습니다."

젊은 구조대원의 힐난 섞인 눈빛이 비수처럼 꽂혔다. 그는 고개를 들수 없었다. 아내가 돌아왔을 때, 그는 처음으로 소리를 질렀다. 하지만 그녀는 태연했다.

"애가 기특하네. 119 부를 줄도 알고."

그 무렵, 아내는 사회 활동이라는 명목으로 밖으로 돌기 시작했다. 그리고 1992년, 그녀가 믿고 따르던 민간인 언니라는 사람에게 3,000만 원을 사기당했다는 사실을 알게 되었다.

당시 대위 월급으로는 상상도 할 수 없는 거금이었다. 가계는 휘청였고 그의 속은 까맣게 타들어 갔다. 하지만 이미 엎질러진 물이었다. 그는 또다시 책임감이라는 단어로 그 구멍을 메웠다.

1997년, 그는 해군 장교로서 오래전부터 준비해 왔던 꿈에 그리던 기회를 잡았다. 일본 해상자위대 간부학교 '지휘막료과정' 유학이었다. '지일(知日)로 극일(克日)하자'는 비장한 각오를 품고 현해탄을 건넜다.

당시 도쿄에는 그를 포함해 한국 해군의 미래를 짊어질 장교들이 모여 있었다. 그중에서도 방위연구소에 유학 중이던 한 모 대령은 그들 장교단 사이에서 절대적인 영향력을 가진 인물이었다.

한 대령은 특정 지역 출신의 대부(代父) 격으로 해군 내에서 그의 위명은 대단했다. 그의 눈에 드는 것은 곧 진급의 보증수표와도 같았고 그와 척을 지는 것은 군 생활의 사형 선고나 다름없었다. 유학 생활은 단순한 학업이 아니라 이러한 인적 네트워크를 다지는 고도의 정치적 장이기도

했다. 그는 후배로서 그리고 유학생으로서 그와의 관계를 신중하게 쌓아 가려 노력했다.

하지만 공든 탑을 무너뜨린 건 다름 아닌 아내였다.

일본에서의 부인들 모임은 장교 사회의 축소판이다. 계급과 서열이 존재하고 그 안에서 지켜야 할 보이지 않는 예의와 선이 있었다. 하지만 아내에게 그런 눈치는 존재하지 않았다. 그녀 특유의 제멋대로인 성정과 무례함은 도쿄의 선후배 간 사교모임에서도 여지없이 드러났다.

한 대령의 사모님을 비롯한 선배 장교 부인들 모임에서 아내는 선을 넘었다. 기본적인 예우를 갖추기는커녕, 본인의 기분대로 행동하고 말대꾸를 하며 분위기를 싸늘하게 만들었다. 특히 한 대령 부부와의 식사 자리에서 아내의 태도는 결정적이었다. 그녀는 상대방을 존중하는 법을 몰랐다. 자신이 주인공이어야 했고 자신의 비위가 거슬리면 그 자리가 얼마나 중요한 자리인지 상관없이 불쾌함을 드러냈다.

"사모님, 그건 좀 아니지 않아요?"

아내가 한 대령의 부인에게 쏘아붙이던 그 순간, 그는 등줄기에 식은 땀이 흐르는 것을 느꼈다. 정적이 흘렀다. 한 대령의 표정이 굳어지는 것을 보며 그는 절망했다. 그것은 단순한 실수가 아니었다. 해군 장교 사회의 가장 내밀하고 강력한 네트워크인 한 대령 라인인 특정 지역 대부의 심기를 정면으로 건드린 하극상이었다.

그날 이후, 한 대령은 그를 투명 인간 취급했다. 그가 주최하는 모임에서 그는 배제되었고 도쿄의 장교 사회에서 그의 입지는 급격히 좁아졌다. 한 대령의 평가는 곧 본국으로 이어지는 핫라인이었다. '배 소령은 처신이 가볍다', '가정 단속도 못 하는 장교'라는 꼬리표가 보이지 않게, 그러나 확

 못생긴 소년, 결국엔 진정한 사랑을 완성하다

실하게 그의 인사기록부 위에 덧씌워지고 있었다. 그는 아내를 다그쳤지만, 그녀는 오히려 적반하장이었다.

"당신이 못나서 그런 걸 왜 내 탓을 해? 그 사람들이 꼰대인 걸 어떡하라고!"

그녀에게 그의 절박함은 꼰대의 잔소리로밖에 들리지 않았다. 그는 도쿄의 밤거리에서 담배를 피우며 그가 쌓아 올린 13여 년의 군 생활이 모래성처럼 허물어지는 소리를 들었다.

한 대령과의 관계가 파탄 난 것은 서막에 불과했다. 진짜 지옥은 도쿄의 번화가 시부야에서 기다리고 있었다.

어느 날 오후, 학교에서 한창 전술 토의 강의에 집중하고 있을 때였다. 주머니 속에서 진동이 요란하게 울렸다. 낯선 번호였다, 그리고 뒤이어 들려오는 익숙한 목소리의 비명 섞인 울먹임, 아내였다.

"여보… 나 좀 살려줘… 여기 시부야 경찰서야… 빨리 좀 와 줘…"

머리털이 쭈뼛 섰다. 무슨 큰 사고라도 난 것인가 싶어 앞뒤 재지 않고 시부야로 달려갔다. 도착한 곳은 시부야 경찰서 형사과였다. 살벌한 공기 속에 아내가 머리칼이 헝클어진 채 고개를 숙이고 앉아 있었고, 그 맞은편에는 한 젊은 일본 여성이 분을 못 이긴 듯 씩씩거리며 서 있었다.

상황은 참담했다. 시부야의 번화한 쇼핑가에서 길을 비켜 주지 않는다는 사소한 시비가 붙었는데, 아내가 감정을 주체하지 못하고 상대의 멱살을 잡고 밀쳐 버린 것이었다. 철부지 같은 아내의 자제력 없는 행동은 타국에서 폭행 사건이라는 무거운 이름으로 비화해 있었다.

"절대 용서 못 합니다! 이 한국 여자가 다짜고짜 나를 때렸어요! 경찰에 정식으로 고소하겠습니다!"

피해 여성의 고함이 취조실을 울렸다. 나는 눈앞이 캄캄해졌다. 현역 해군 장교의 부인이, 그것도 우방국인 일본의 수도 한복판에서 폭행범으로 조사를 받는다? 이건 단순한 부부 싸움의 연장이 아니었다. 유학 중인 장교에게 가장 치명적인 품위 유지 위반이자 명백한 국위 손상이었다. 만약 이 사건이 정식 입건되어 대사관 무관부나 본국 해군본부에 보고된다면?

그의 군 생활은 그것으로 끝이었다. 강제 전역은 물론이고 불명예 제대라는 끔찍한 결말이 기다리고 있었다. 십수 년을 쌓아 온 모든 커리어가 아내의 그 가벼운 손찌검 한 번에 날아갈 판이었다.

그는 제복 입은 자존심 따위는 쓰레기통에 처박아야 했다. 피해 여성 앞에 무릎을 꿇었다. 차가운 경찰서 바닥에 머리를 박았다.

"죄송합니다. 정말 죄송합니다. 제 아내가… 타국 생활에 스트레스가 심해 잠시 이성을 잃었습니다. 제가 군인입니다. 제발 한 번만 용서해 주십시오. 이게 기록에 남으면 저는 죽습니다. 제발 살려 주십시오."

통역도 없이 더듬거리는 일본어로 그는 비굴하게 빌고 또 빌었다. 이마에서 흐르는 것이 식은땀인지 눈물인지, 아니면 수치심인지 알 수 없었다. 피해 여성은 그의 필사적인 읍소에, 그리고 상대가 외국 군인이라는 사실에 잠시 멈칫했다. 그녀는 한참 동안 그를 내려다보다가 경멸 어린 시선으로 혀를 찼다.

결국, 법적인 처벌을 면하기 위해 그녀가 요구한 금액은 상상을 초월하는 고액의 합의금이었다. 그것은 자비가 아니라 명백한 갈취였고, 나약한 처지에 놓인 외국인 장교를 향한 조롱이었다. 그는 지갑에 있는 현금을 모두 털고, 부족한 돈은 급하게 카드를 긁고 지인에게 송금까지 받아

겨우 그 액수를 맞췄다.

합의서를 쓰고 경찰서를 나오는 길, 시부야의 화려한 네온사인이 그의 눈을 찔렀다. 아내는 제 잘못은 잊은 듯 뒤를 따라오며 여전히 훌쩍거리고 있었지만, 그는 뒤를 돌아볼 힘조차 없었다.

그날 밤, 그는 아내에게 소리치지도 화를 내지도 못했다. 그저 베란다에 나가 도쿄 타워를 바라보며 쓴 소주를 들이켰다. 그의 안의 무언가가 완전히 부서져 버렸다. 책임감이라는 단어로 억지로 봉합해 왔던 그들 부부의 관계가, 그리고 대한민국 해군 장교로서의 그의 자부심이 시부야의 차가운 보도블록 위에서 산산조각 났다.

귀국 후, 예상했던 결과들이 도미노처럼 쓰러졌다. 한 대령과의 관계 악화는 나비효과가 되어 그의 진급 심사 테이블 위에 태풍을 몰고 왔다. 군 인사는 냉정했다. 평판은 실력보다 무서운 무기였다. '우수하지만 가정사에 문제가 있다', '윗선과의 관계가 원만하지 않다'는 보이지 않는 평가는 치명타였다.

그는 중령 진급 심사에서 탈락했다.

그와 함께 임관했던 동기들이 하나둘 중령 계급장을 달 때, 그는 쓴잔을 삼켜야 했다. 도쿄에서의 그 악몽 같던 시간들이 그의 발목을 잡고 놔주지 않았다. 시부야 사건은 공식적인 징계 기록에는 남지 않았지만 그의 영혼에 지워지지 않는 주홍글씨를 새겼다. 그는 더 이상 당당한 장교가 아니었다. 아내의 경솔한 행동을 덮기 위해 무릎 꿇었던 비굴한 남편일 뿐이었다.

결국 그는 2002년, 소령으로 군복을 벗었다. 17년 3개월의 청춘을 바친 바다였지만 떠나는 뒷모습은 쓸쓸했다. 표면적인 이유는 새로운 도전이었지만 내면 깊은 곳에는 도저히 회복할 수 없는 좌절감과 가정불화로 인한 피로감이 깔려 있었다.

아내는 그의 전역을 말리지 않았다. 오히려 반겼다. 그녀에게 군인의 명예 따위는 중요하지 않았다. 그녀는 그가 군복을 벗자마자 전북 장수로 이사해 새로운 환경에서의 삶을 즐겼다. 그의 추락이 그녀에게는 그저 거주지의 이동일 뿐이었다.

2002년 6월, 그는 소령으로 전역했다. 17년 3개월의 군 생활을 마감하고 사회라는 정글로 발을 내디뎠다. 전북 장수. 그곳에서 그는 전통 벼루를 만드는 고태식 장인과 교류하며 문화예술촌 건립에 힘을 더하였다.

아내는 장수 생활을 의외로 즐기는 듯했다. 특유의 사교성으로 지역 주민들과 빠르게 어울렸다. 그는 안심했다. 이제야 정착할 수 있겠구나.

하지만 배움에 대한 갈망이 그를 다시 불렀다. 경북대학교 일반대학원에 전통양조학과가 신설된다는 소식을 들었다. 국순당의 배상면 회장께서 사재를 털어서 전통양조인을 양성한다는 취지로 전액 장학금으로 다닐 수 있는 과정이었다. 그는 꿈을 위해 그리고 가족의 미래를 위해 대구 유학을 결심했다. 장수에 아내와 아이들을 남겨 두고 떠나는 발걸음이 무거웠지만 주말마다 오가면 된다고 생각했다.

그러나 대구로 떠난 지 얼마 되지 않아 아내와의 연락이 뜸해지기 시작했다. 전화를 해도 받지 않거나 꺼져 있기 일쑤였다. 불길한 예감이 스멀스멀 올라왔다.

아이들을 대구 북문 근처 그의 자취방으로 불렀다. 엄마의 손길이 닿

     못생긴 소년, 결국엔 진정한 사랑을 완성하다

지 않은 아이들의 행색은 초라했다. 그해 겨울, 답답한 마음에 장수의 집으로 차를 몰았다. 현관문은 굳게 닫혀 있었다. 우편함에는 고지서만 수북했다. 집은 텅 비어 있었다. 먼지가 뽀얗게 앉은 거실에 서서 그는 그가 지키려 했던 가정이 모래성처럼 무너져 내렸음을 실감했다.

2003년, 아버지 생신날이었다. 며느리로서 아내로서 반드시 참석해야 할 자리였다. 그는 보름 넘게 연락이 닿지 않던 아내를 수소문 끝에 찾아냈다. 대전이었다.

약속 장소에 나타난 그녀는 아무렇지 않은 표정이었다.

"오빠, 왜 이렇게 닦달이야? 나도 내 생활이 있어."

그 뻔뻔한 얼굴을 보는 순간 그의 안의 댐이 무너졌다. 이성의 끈이 툭 끊어졌다. 그는 그녀의 손에 들린 최신형 휴대폰을 낚아챘다. 그리고 힘껏 아스팔트 바닥에 내동댕이쳤다.

"와장창!"

파편이 튀었다. 액정이 산산조각 났다. 그것은 휴대폰이 아니라, 그가 20여 년 동안 억지로 붙들고 있었던 인내심이었고 책임감이라는 이름의 족쇄였다.

"이제 끝내자."

그의 입에서 나온 말이었지만 낯설게 들렸다. 그녀는 놀란 눈으로 그를 쳐다보았다. 바닥에 흩어진 플라스틱 조각들이 오후의 햇살을 받아 날카롭게 빛나고 있었다.

그 후, 그녀는 기다렸다는 듯 이혼을 요구했다. 하지만 그는 거부했다.

"애들은? 애들 미래는 어쩔 건데? 엄마 없는 애들 만들 수 없어."

마지막까지 그는 아빠로서의 책임을 방패 삼아 버텼다. 그것이 아이들을 위한 길이라고 믿었다.

대학원을 졸업하고 전통주류연구소, 배혜정누룩도가를 거쳐 인천에서 EMBC 사업에 뛰어들었다. 몸은 고단했지만 정신은 또렷했다. 떨어져 지내고 있었지만 법적으로 우리는 부부였다. 그는 언젠가 그녀가 정신을 차리고 돌아올 것이라는 막연한 어쩌면 미련한 희망을 품고 있었다.

어느 날, 그녀의 성화에 못 이겨 대구북구가정법원에 갔다. 합의 이혼 신청서를 작성했다. 판사 앞에 섰다.

"두 분, 이혼에 합의하십니까?"

"네."

기계적인 대답이 오갔다.

판사는 덧붙였다.

"숙려 기간이 지났다고 해서 바로 이혼이 되는 게 아닙니다. 쌍방 중 일방이라도 구청이나 읍면동 사무소에 가서 이혼 신고를 해야 법적으로 효력이 발생합니다. 만약 3개월 내에 신고하지 않으면 이 합의는 무효가 됩니다."

그는 그 말을 동아줄처럼 잡았다. '그래, 내가 신고 안 하면 그만이야. 그녀도 설마 진짜 신고하진 않겠지. 이건 그냥 홧김에 하는 쇼일 거야.' 그는 서류를 서랍 깊숙이 처박아 두었다. 그리고 잊었다. 사업에 몰두했다. 1년이라는 시간이 바람처럼 흘렀다.

EMBC 사업은 이상과 현실의 괴리 속에서 난항을 겪고 있었다. 수익은 나지 않았고 찜질방을 전전하는 날들이 이어졌다. 가장으로서의 무력감이 뼈에 사무쳤다.

　　　　　　　　　　　못생긴 소년, 결국엔 진정한 사랑을 완성하다

그러던 중, 대전에 있는 털보네식품이라는 곳에서 사업본부장을 모집한다는 공고를 봤다. 지푸라기라도 잡는 심정으로 지원했다. 면접 오라는 연락을 받았다.

면접 구비 서류 중에 주민등록등본이 있었다. 대전시 둔산동의 어느 동사무소에 들러 등본을 발급받았다. 창구 직원이 건네준 얇은 종이 한 장이었다. 무심코 서류를 내려다보던 그의 시선이 한 지점에 멈췄다.

[이혼]

배우자란이 비어 있었다. 그리고 하단에 선명하게 찍힌 두 글자였다.

세상이 멈춘 것 같았다. 동사무소의 소음이 순식간에 진공 상태로 빨려 들어갔다. 다리가 후들거렸다. 그녀는 1년 전, 법원을 나서자마자 홀로 구청으로 달려가 신고를 마쳤던 것이다. 그만 몰랐다. 그만 우리는 아직 부부라고 믿고 있었다.

그들은 계속 함께일 것이라 여겼던 그의 믿음은, 사실 믿음이 아니라 회피였다. 그는 책임을 다하고 있다는 명분 뒤에 숨어 이미 썩어 문드러진 관계를 직시하지 않았던 것이다.

판사의 말만 믿고 안심했던 1년. 그녀는 그 시간 동안 자유를 만끽했을까. 그는 등본을 손에 쥔 채 망연자실 서 있었다. 면접은 중요하지 않았다. 심장 속을 채운 건 슬픔도 분노도 아니었다. 거대한 공허였다.

사관학교 시절, 동기생들은 그를 보며 가장 이상적인 장교의 미래를 꿈꾼다고 했었다. 행복한 가정의 표본이라고 불리던 배 소령이었다. 그 모든 수식어가 이 종이 한 장 앞에서 조롱거리가 되어 그를 비웃고 있었다.

그는 벤치에 주저앉았다. 지나가는 사람들의 평범한 일상이 낯설게 느껴졌다. 원형탈모가 생긴 머리가 욱신거렸다. 스트레스와 혼돈이 육체를 갉아먹고 있었다.

면접을 어떻게 봤는지 기억나지 않는다. 떨어진 것은 당연했다. 그는 다시 빈손으로 세상에 던져졌다.

이혼남에 사회적으로 실패한 가장이었다. 40대 중반에 맞닥뜨린 이 성적표는 너무나 가혹했다. 하지만 인정해야 했다. 책임감으로 시작된 결혼은 책임감만으로는 유지될 수 없었다.

사랑 없는 책임은 모래 위에 지은 성이었다. 파도가 치면 무너질 수밖에 없는 그 성을 지키기 위해 그는 영혼을 갈아 넣었지만 결국 남은 것은 폐허뿐이었다.

구미 국가산업단지 내에 있는 ㈜프로텍 기술연구소장으로 취업하고 기숙사에 짐을 풀면서 비로소 숨이 트였다. 좁은 방, 혼자 누운 침대, 적막이 감돌았지만, 그 적막은 신혼 초의 억압된 침묵과는 달랐다. 그것은 패배의 쓴잔을 들이켠 자만이 누릴 수 있는 쓰라리지만 정직한 고요였다.

그는 천장을 바라보며 자문했다. '결혼이란 무엇인가?'

가슴이 떨려 숨이 넘어갈 정도의 사랑이거나 아니면 철저하게 이해타산이 맞아떨어지는 비즈니스여야 했다. 어설픈 연민과 의무감, 그가 아니면 안 된다는 오만함이 섞인 책임감은 결국 모두를 불행하게 만들었다.

영희와의 만남부터 이혼 도장까지 20여 년의 세월이 필름처럼 스쳐 갔다. 기차 안의 발랄했던 중학생, 빵을 먹으며 웃던 대학생, 그리고 휴대폰이 깨지던 날의 싸늘한 얼굴이 보였다.

 못생긴 소년, 결국엔 진정한 사랑을 완성하다

그녀도 불행했을 것이다. 사랑받을 줄만 알았던 공주님이 사랑을 주는 법을 모른 채 엄마가 되고 아내가 되어야 했으니까. 그의 책임감은 그녀에게도 숨 막히는 감옥이었을지 모르겠다는 생각이 들었다.

그는 일어나 창문을 열었다. 낙동강에서 불어오는 바람이 차가웠다. 하지만 그 바람 속에서 그는 미약하게나마 새로운 기운을 느꼈다.

실패했다. 완벽하게 실패했다. 그러나 이 실패는 끝이 아니다. 그는 이제야 비로소 책임이라는 무거운 갑옷을 벗고 맨살로 세상과 마주하게 되었다.

상처받은 마음은 무거웠지만 진정한 위로를 갈구하고 있었다. 그 갈망이 그를 또 다른 섣부른 인연 ─ 이옥자 ─ 에게로 이끌게 될지라도, 지금 이 순간만큼은 뼈아픈 진실을 가슴에 새겼다.

사랑의 기준 없는 선택은 형벌이다. 그리고 그는 그 형기를 막 마친 초라하지만 자유로운 죄수였다.

3. 위로 갈구가 낳은 불행한 동거

인생의 바닥은 소리 없이 다가왔다. 거대한 파도가 모든 것을 쓸어가기 전, 바다가 유난히 고요하듯 그렇게 말이다. 2002년, 해군 소령의 굳건했던 계급장을 떼어 내고 차가운 사회라는 냉혹한 정글에 던져졌을 때, 그리고 그 정글 속에서 길을 잃고 헤매다 아내 김영희로부터 이혼이라는 절망적인 선고를 받았을 때가 그러했다.

그의 영혼은 이미 바람에 너덜너덜해진 낡은 깃발 같았다. 온몸의 힘이 쪽 빠져나가 휘청이는 순간에도, 그는 매 순간 자신을 증명해야 하는 고통 속에 놓여 있었다. 그는 이제 더 이상 흔들리지 않을 단단한 기둥이 필요했고, 누군가에게 기댈 곳을 미친 듯이 찾아 헤맸다.

서울 소공동 롯데백화점 식품 매장, 반짝이는 조명 아래 화려하게 진열된 음식들 사이에서 그는 제복 대신 앞치마를 두른 채 뜨거운 호떡을 굽고 찜케이크를 팔았다. 과거, 빳빳하게 다림질된 제복에서 늘 풍기던 콧대 높은 섬유유연제 냄새는 온데간데없었다. 대신 이제는 하루 종일 살갗에 들러붙어 떨어지지 않는 비릿한 기름 냄새가 그의 존재를 규정했다. 그 냄새는 단순한 음식 냄새가 아니었다. 성공의 궤도에서 이탈해 버린 그의 현실을 적나라하게 보여 주는 냉혹한 운명의 악취였다.

"상무님, 얼굴에 기름기가 가득하네요. 잠시 쉬었다 하세요."

매장 바로 옆, 제주 특산물 코너에서 일하던 이옥자 씨가 환하게 웃으며 건넨 말이었다.

조그마한 체구에 오목조목한 이목구비, 맑고 단정한 인상, 그보다 더 그의 귀를 사로잡았던 것은 능숙한 일본어로 관광객들을 홀리듯 물건을 파는 그녀의 모습이었다. 그 활기찬 모습은 그에게 묘한 동질감과 동시에 잃어버린 에너지였고 다시 시작할 수 있다는 희망처럼 느껴졌다. 마치 어

 못생긴 소년, 결국엔 진정한 사랑을 완성하다

둠 속에 갇힌 그에게 작은 빛줄기라도 찾아온 것만 같았다.

"식사는 하셨어요? 여기 주스라도 한 잔 마셔요."

그녀가 내민 차가운 종이컵 하나가 메마른 논바닥 같던 그의 마음에 가느다란 물길을 텄다.

그는 누구라도 좋았다. 자신을 실패한 인간이 아니라, 이 지옥 같은 현실 속에서도 살아 있는 인간으로 온전히 바라봐 줄 사람이 절실했다.

나중에 뼈저리게 깨달았지만, 그때 그것은 사랑이 아니었다. 벼랑 끝에 매달린 사람이 썩은 동아줄이라도 잡으려는 본능적인 갈구, 아니면 혹독한 추위에 떨던 사람이 불의 출처도 따지지 않고 달려드는 뜨거운 온기에 대한 절박한 몸부림이었다.

그는 좁디좁은 백화점 지하를 벗어나 더 넓은 공간을 갈망했다. 무엇보다도 흩어진 자신의 몸과 마음을 온전히 의탁할 수 있는 안식처가 필요했다. 그러던 어느 날, 그는 조심스럽게 입을 열었다.

"옥자 씨, 보광동 집이 너무 좁지 않소? 혜지도 이제 다 컸는데….."

그의 목소리에는 간절함이 묻어 있었다.

그는 수중에 남은 전 재산 6천만 원을 그녀에게 내밀었다. 그것은 단순한 돈이 아니었다. 다시는 혼자가 되지 않겠다는 일종의 암묵적인 허가증이자, 위태롭게 흔들리는 자신에게 주는 마지막 기회 같은 것이었다.

"이걸로 좀 더 넓은 곳으로 이사 갑시다. 내 짐도 옮기고, 우리 제대로 한번 시작해 봅시다."

그는 그녀의 눈을 똑바로 바라보며 말했다. 그녀의 손을 잡는 것이 어쩌면 그에게는 유일한 선택처럼 느껴졌다.

그렇게 시작된 동거는 겉보기에 평온했다. 그는 이옥자의 딸 혜지에게 텅 빈 아버지의 자리를 채워 주려 애썼다. 혜지는 전문대를 졸업하고, 육군 대위 김병수와 결혼하겠다고 선언했다.

그날, 그는 기꺼이 그들의 진짜 아버지가 되어 주기로 결심했다. 그의 가슴 한구석에는 잃어버렸던 가족의 따뜻함을 다시 느끼고 싶다는 강렬한 열망과 실패했던 가장의 역할을 이번에라도 만회하고 싶다는 책임감이 뒤섞여 복잡하게 요동쳤다.

결혼식을 한 달여 앞둔 어느 가을 저녁, 여의도 63빌딩 고층 레스토랑에 있었다. 통창 너머로 붉게 물든 한강의 야경이 그림처럼 펼쳐졌지만, 실내의 공기는 얼음장처럼 차갑고 무거웠다. 신랑 측 부모님과의 상견례 자리였다.

그는 해군 장교 시절의 몸가짐을 되살려 흐트러짐 없이 정중하게 앉아 있었다. 하지만 가슴속은 시시각각 조여 왔다. 혹여 그의 초라한 현재가 드러날까 봐, 그 화려한 과거의 껍질이 벗겨질까 봐, 온몸의 신경이 곤두섰다.

"저, 혜지 아버님 되시지요? 말씀 많이 들었습니다. 해군 장교 출신이시라고요."

신랑의 아버지가 술잔을 건네며 물었다. 그의 찰나의 망설임은 가면을 쓸 시간을 벌기 위함이었다. 이내 그는 엷은 미소를 지었다.

"네, 그렇습니다. 지금은 잠시 사업 현장에 있습니다만, 우리 혜지를 이토록 예쁘게 봐주셔서 감사합니다."

그의 곁에서 이옥자는 한껏 화려하게 꾸민 모습으로 맞장구를 쳤다. 목소리는 들뜬 듯 높아졌다.

"어머, 사돈어른. 우리 아빠가 혜지를 얼마나 끔찍이 아끼는지 몰라요.

혼수도 최고로 해 주고 싶어 해서 제가 말릴 정도였다니까요."

그녀의 목소리가 한 톤 한 톤 높아질수록 그의 심장은 차갑게 내려앉았다. 지금 그의 손에 묻은 기름 냄새를 저들이 눈치챌까 봐, 백화점 지하에서 뜨거운 호떡을 뒤집던 손을 들킬까 봐, 그는 식탁 아래서 주먹을 꽉 쥐었다.

엘리트 코스를 밟았던 찬란한 과거와 장돌뱅이 같은 비루한 현재 사이의 괴리가 칼날처럼 그의 영혼을 베었다. 그는 가짜 아버지 노릇을 하고 있었다.

하지만 테이블 건너편 혜지의 수줍은 미소를 보며 그는 애써 다짐했다. 이 아이의 앞날에 부모 없는 설움 같은 건 절대로 두지 않겠노라고. 그것이 비록 6천만 원이라는 입장료를 내고 들어선 위태로운 연극일지라도, 오늘만큼은 완벽한 아버지가 되어야만 했다.

식사가 끝나갈 무렵, 그는 화장실에 가겠다며 먼저 자리에서 일어났다. 복도 끝 거울에 비친 자신의 모습은 화려한 식당 조명 아래서 유난히 창백해 보였다. 마네킹처럼 굳어진 미소가 처량했다.

'나는 지금 무엇을 지키려 하는가. 이 위태로운 평화가 정말 나의 것인가.'

그 질문에 답할 틈도 없이, 이옥자가 사뿐히 다가와 그의 팔짱을 꼈다. 그녀의 목소리는 다정했지만, 그의 귓가에는 날카로운 비수처럼 박혔다.

"당신, 오늘 정말 멋졌어. 명예가 뭐 별거야? 이렇게 앉아 있으면 그게 소령이고 소장이지."

그녀의 말은 위로였지만 동시에 독이었다. 그는 자신이 지은 모래성이 무너지지 않기를 간절히 기도하며 다시 식당으로 발을 옮겼다. 발걸음마다 불안의 모래가 부서지는 것 같았다.

한 달 뒤, 결혼식 날. 그는 혼주석에 당당히 앉았다. 혜지의 손을 잡고 버진 로드를 걷지는 못했지만, 하객들을 맞이하며 신부 아버지로서 고개를 숙였다. 쏟아지는 축하의 말들이 그의 텅 빈 가슴을 일시적으로 채워 주는 듯했다. 잃어버렸던 가족의 온기를 다시 찾은 것 같은 착각에 빠져들었다. 전처 김영희와의 결혼 생활에서 실패했던 가장의 역할을 이곳에서 만회하고 있다는 묘한 카타르시스가 느껴졌다. 그래, 여기까지는 완벽한 드라마였다.

하지만 행복의 절정에서, 피로연장 구석에서 이옥자가 누군가와 은밀히 전화를 나누는 뒷모습을 보았을 때, 그는 설명하기 힘든 한기를 느꼈다. 싸늘한 불안감이 뼈를 파고들었다.

'그래, 조금만 더 버티자. 이 평화가 가짜라 할지라도, 지금은 이 따뜻함이 필요하다.'

그는 애써 스스로를 속이며 영혼에 난 구멍을 외면했다. 그의 눈을 가린 위로와 간절함은 보지 말아야 할 것을 보지 못하게 했고, 듣지 말아야 할 것을 듣지 못하게 했다.

하지만 그 구멍 아래에는 언젠가 이 모든 행복을 한순간에 삼켜 버릴 거대한 어둠이 끈적한 아가리를 벌리고 있었다. 위태로운 모래성 위에 세워진 가정이자 위로에 눈이 멀어 잡은 독이 든 성배였다.

그는 애써 미소 지으며 잔을 들어 올렸다. 샴페인 잔에 비친 그의 모습은 알 수 없는 그림자에 덮여 있었다. 눈앞의 화려한 예식장 풍경이 안개처럼 흐릿해졌다. 그것은 앞으로 다가올 참혹한 파국의 전주곡이었음을, 그는 그때 미처 알지 못했다.

    못생긴 소년, 결국엔 진정한 사랑을 완성하다

기회는 뜻밖의 장소에서, 마치 벼랑 끝에 내밀어진 구원의 손길처럼 찾아왔다. 구미 국가산업단지에 위치한 ㈜프로텍의 한주명 대표가 그를 기술연구소장으로 파격 스카우트한 것이었다. 그것은 단순한 이직이 아니었다.

그는 어쩌면 서울에서의 구차한 기억들로부터 도망치듯 내려갔을지도 모른다. 낙동강 변의 낯선 공업도시, 그곳은 그에게 새로운 희망의 땅이거나 혹은 마지막 은신처였다.

처음 얼마간은 기숙사 생활을 하며 주말부부처럼 지냈다. 평일의 고단함을 씻어 내는 주말의 짧은 만남은 역설적이게도 애틋한 평화를 유지해 주었다.

그러나 그 평화는 이옥자가 구미로 완전히 내려오면서 산산조각 나기 시작했다. 본격적인 갈등의 씨앗은 공간에 대한 욕망에서 싹트기 시작했다. 구미에 정착할 아파트를 계약하던 날, 이옥자는 서류를 챙기던 그의 손을 멈춰 세웠다.

"이거, 내 명의로 해 줘요."

망설임 없는 목소리였다. 부탁하는 조가 아니라, 당연한 권리를 주장하는 채권자처럼 단호했다. 그는 펜을 멈추고 그녀를 바라보았다.

"공동명의도 아니고, 왜 굳이 당신 단독 명의여야 하오?"

"당신 사업이라는 게 언제 어떻게 될 줄 알고 그래요? 세상일 모르는 거잖아. 내 이름으로 된 집 한 채는 있어야 나도 안심이 되고, 우리 혜지도 발 뻗고 자지. 당신, 나 못 믿어?"

그녀의 논리는 치밀했다. 사업의 불안정성이라는 방패 뒤에 재물에 대한 맹목적인 집착을 교묘히 숨겼다. 그녀의 눈빛에는 그에 대한 일말의 신뢰보다는 차가운 계산이 앞서 있었다.

그는 충분히 거절할 수 있었다. 하지만 김영희와의 결혼 생활 내내 갈등을 피하기 위해 스스로를 꺾어 왔던 그놈의 평화주의가 다시 그의 발목을 잡았다.

'그래, 명의가 뭐가 중요하겠나. 우리가 같이 살 집인데, 시끄럽게 싸우느니 그냥 들어주자.'

굴종의 그림자가 그의 영혼을 덮었다. 결국, 그는 구미의 아파트를 그녀의 명의로 넘겨주었다. 그것이 훗날 자신의 목을 조여 올 치명적인 올가미가 될 줄은 꿈에도 모른 채였다.

탐욕은 전염병처럼 번졌다. 딸 혜지가 남편을 따라 포천으로 이사하게 되자, 그녀는 포천 시내에 신축 중인 아파트를 한 채 더 분양받자고 보챘다.

"혜지 근처에 집 하나 있으면 얼마나 좋아? 나중에 집값도 오를 텐데, 이건 당연히 내 앞으로 해야 하는 거 알지?"

그녀는 마치 그가 당연히 지불해야 할 할부금이라도 되는 양 떠들었다. 그는 망설였고 다시 체념했다. 그렇게 두 채의 집이 모두 그녀의 손에 들어갔다.

그때 그에게 이것은 더 이상 사랑이 아니었다. 지긋지긋한 싸움을 피하기 위해 돈으로 그녀의 입을 막으려 했던 비겁한 거래였다. 그의 영혼은 그렇게 한 조각씩 그녀에게 갉아먹히고 있었다.

이옥자의 집착은 재물에만 머물지 않았다. 어느 날 퇴근한 그에게 그녀는 차가운 종이 한 장을 내밀었다.

"이게 뭐요?"

"구청 가서 혼인신고 하고 왔어. 이제 당신 법적으로 내 남편이니까 딴 생각하지 마."

상의 한마디 없이 일방적으로 진행된 혼인신고였다. 등본 위에 선명하게 박힌 그녀의 이름은 부부의 연을 맺는 신성한 약속이 아니라, 그라는 존재를 자신의 소유물로 확정 짓는 강제 등기와 다를 바 없었다.

"어떻게 이런 일을 나한테 묻지도 않고…!"

"왜? 법적인 부부 되는 게 싫어? 이제 와서 딴 맘이라도 품는 거야?"

그녀의 쏘아붙이는 말 앞에 그는 허탈함을 넘어선 씁쓸한 좌절감을 느꼈다. 반기를 드는 것조차 엄청난 에너지가 소모되는 일임을 알기에 그는 또다시 침묵을 선택했다. 그 침묵은 평화가 아니라 서서히 죽어 가는 자의 체념이었다.

구미에서의 생활은 겉으로 보기에는 화려했다. 기술연구소장, 성공 CEO포럼 사무국장, 지역 사회의 유지들과 어울리며 활발하게 활동하는 그를 보며 사람들은 성공한 사업가라 추켜세웠다. 하지만 집으로 들어서는 순간, 그는 감옥에 갇힌 죄수였다.

그녀의 의부증은 날이 갈수록 광기로 변해 갔다. 회의 중이든, 운전 중이든 휴대폰은 쉴 새 없이 울려 댔다.

"어디야? 누구랑 있어? 지금 옆에 여자 목소리 들린 것 같은데?"

"회의 중이라니까. 나중에 통화합시다."

전화를 끊으면 수십 통의 부재중 전화가 화면을 가득 채웠다. 그 숫자들은 단순한 기록이 아니라 그를 옭아매는 무형의 족쇄였다.

한번은 성공CEO 포럼 회원들과 구미 인동의 한 당구장을 찾았을 때였다. 게임에 열중하느라 잠시 휴대폰을 테이블 위에 두었는데, 당구장 사장이 사색이 되어 그를 찾아왔다.

"배 소장님, 그… 사모님이라는 분이 전화가 오셔서… 지금 난리가 났습니다."

그는 등골이 서늘해졌다. 그녀는 그가 전화를 받지 않자 구미 인동 시내에 있는 모든 당구장에 전화를 돌려 그를 찾아낸 것이었다. 떨리는 손으로 수화기를 들자, 고막을 찢는 듯한 날카로운 목소리가 터져 나왔다.

"거기서 뭐 해! 어떤 년이랑 당구 치고 있는 거야? 내가 모를 줄 알아? 당장 안 기어 들어와!"

주변 회원들의 시선이 그에게 꽂혔다. 수치심에 얼굴이 달아올랐다. 그녀에게 그는 더 이상 존중받아야 할 남편이 아니라, 감시하고 통제해야 할 소유물일 뿐이었다. 그녀의 사랑은 집착이었고, 그녀의 관심은 잔인한 구속이었다.

퇴근길, 멀리서 보이는 아파트의 불빛은 따뜻한 안식처가 아니라 거대한 감옥의 감시탑처럼 보였다. 그는 차마 발걸음이 떨어지지 않아 아파트 주차장에서 한참을 망설이다 겨우 차 문을 열곤 했다. 집 안으로 들어서면 차가운 의심의 눈초리가 그의 전신을 훑었다.

그는 점차 모든 사회활동을 포기했다. 친구들과의 연락도, 동료들과의 가벼운 술자리도 끊었다. 스스로를 고립된 섬에 가두는 것만이 당장의 평화를 사는 유일한 길이었기 때문이다. 그의 영혼은 그렇게 소리 없이 말라 가고 있었다.

2010년, 그는 스스로 안락한 성벽을 허물고 다시 거친 야생으로 나섰다. ㈜프로텍의 기술연구소장이라는 안정적인 직함을 내던진 이유는 EMBC(유용미생물군)라는 거창한 이름의 환상 때문이었다. 지구를 살리는 기술이라는 이상은 그를 매료시켰고, 그는 홀린 듯 인천으로 근무지를 옮겼다. 하지만 그 화려한 명분 뒤에는 절박한 속사정이 숨어 있었다. 그것은 이옥자의 숨 막히는 감시와 집착으로부터 멀리 달아나고 싶었던, 한 남자의 마지막 비명이자 발버둥이었다.

그러나 인천의 겨울은 소리 없이 찾아와 그의 목을 죄었다. 현실은 냉혹한 얼음덩어리였다. 겉으로 본 기술은 완벽해 보였으나, 회사의 속살은 자금난과 경영 부실로 썩어 들어가고 있었다. 일본 원천사와의 조율은 번번이 삐걱거렸고, 야심 차게 추진하던 투자 유치는 신기루처럼 사라졌다.

직원들의 급여가 몇 달째 밀리기 시작했을 때, 그의 삶도 무너져 내렸다. 집으로 돌아갈 수 없었던 그는 찜질방을 전전하며 밤마다 식어 가는 온기에 몸을 맡겼다. 단 한 벌뿐인 양복은 그의 자존심처럼 구겨지고 때가 탔다. 일주일 내내 같은 옷을 입고, 컵라면 국물로 끼니를 때우며 버티는 날들이 이어졌다.

어느 날 오후, 사무실의 문이 거칠게 열렸다. 이옥자였다. 순간, 그의 마음 한구석에 가느다란 기대가 피어올랐다.

'그래도 아내인데, 이 처참한 몰골을 보면 따뜻한 위로 한마디라도 건네주겠지.'

하지만 이옥자의 입에서 터져 나온 것은 위로가 아니라 날카로운 비수였다.

"야, 배정대! 너 여기서 지금 뭐 하고 자빠졌어? 돈도 못 벌어오면서 소장 노릇 하니까 좋아?"

직원들이 고개를 숙인 채 눈치를 살피는 가운데, 그녀의 고함이 정적을 깼다.

"내 인생 어떻게 책임질 거야! 당신 때문에 내 팔자가 이게 뭐야! 당장 돈 내놔!"

그는 고개를 들 수 없었다. 단순히 실패가 부끄러워서가 아니었다. 자신이 사랑이라고 믿고 선택했던 사람의 민낯이, 그 바닥이 이토록 추악하다는 사실을 마주해야 하는 고통이 그를 난도질했다. 그날, 그녀가 남기고 간 것은 깨진 유리 조각 같은 상처뿐이었다.

상황은 벼랑 끝으로 치달았다. 그는 지푸라기라도 잡는 심정으로 그녀에게 전화를 걸었다. 자존심은 이미 컵라면 용기와 함께 쓰레기통에 처박은 지 오래였다.

"옥자 씨… 정말 미안한데, 한 번만 도와주시오. 지금 자금이 너무 막혀서 그래. 우리 구미 집이나 포천 집을 담보로 대출이라도 좀 받으면 안 되겠소? 금방 해결하고 갚을게. 제발…."

잠시 정적이 흐른 뒤, 수화기 너머로 냉소적인 웃음소리가 들렸다.

"미쳤어? 당신 제정신이야? 내 집을 왜 건드려!"

"내 집이라니… 그 집들, 내가 6천만 원 보태고 내 월급으로 융자 갚아가며 마련한 거잖소. 우리 같이 살려고 만든 우리 집 아니오?"

그의 절박한 호소에 그녀의 목소리는 한층 더 서늘해졌다.

"우리 집? 웃기지 마. 법적으로 내 명의고 내 거야. 당신 사업 망했다고 나까지 길바닥에 나앉으라고? 꿈도 꾸지 마!"

"옥자 씨!"

"정 돈이 없으면 나가서 노가다라도 해! 건설 현장 가서 일용직이라도 뛰어서 생활비 가져오란 말이야. 어디서 소장 소리 들으면서 폼만 잡고 있어? 무능한 주제에!"

탁, 하고 전화가 끊겼다. 그녀의 눈에 그는 더 이상 남편도, 소장님도 아니었다. 그저 돈을 물어 오지 못하는 무능하고 쓸모없는 수컷일 뿐이었다. 그의 마지막 남은 자존심은 그 차가운 음성 아래 산산조각이 났다.

하지만 그녀의 잔인함은 거기서 멈추지 않았다. 며칠 뒤, 고향에 계신 누님에게 전화를 했다. 치매 증상이 시작되어 가뜩이나 정신이 혼미하신 노모의 안부를 묻는 전화였다. 그런데 누나는 대뜸 이렇게 말했다.

"정대야… 네 처가 어머니한테 전화를 했다더라."

"옥자 씨가요? 왜요?"

"어머니한테… 네가 밖에서 굶어 죽게 생겼으니까 시골집이라도 팔아서 돈 좀 보내 달라고, 자식 살려야 하지 않겠냐고 아주 어머니를 달달 볶았다더구나. 노인네가 그 소리 듣고 놀라서서 지금 제정신이 아니시다…."

누나의 떨리는 목소리를 듣는 순간, 그는 자신의 가슴속에서 무언가 '뚝' 하고 끊어지는 소리를 들었다. 그것은 마지막까지 붙들고 있던 그녀에 대한 연민이었고, 동시에 자기 자신에 대한 뼈아픈 혐오였다.

'내가 괴물을 키웠구나. 저 괴물의 뱃속에서 안락함을 찾으려 했던 내가 바로 가장 어리석은 인간이었구나.'

이옥자에게 정의란 없었다. 오로지 자신과 딸에게 이로우면 선(善)이었고, 손해가 되면 악(惡)이었다. 그녀의 도덕은 이기심이라는 견고한 성벽 위에 세워져 있었다. 그 성벽 안에서 그는 한낱 소모품에 불과했다.

그는 창밖의 시커먼 인천 바다를 바라보았다. 차가운 해풍이 뺨을 때렸지만, 가슴속에서 타오르는 증오와 허탈함은 식지 않았다. 이제 더 이상 물러날 곳도, 잃을 것도 없었다. 명예도, 돈도, 가정도, 그리고 위로라는 이름의 허상도 모두 타 버린 폐허였다.

하지만 역설적이게도, 그 폐허 위에서 그는 비로소 눈을 떴다. 자신의 나약함이 불러온 이 재앙을 끝내야 한다는 서늘한 각성이 그의 척추를 타고 흘렀다. 그는 주먹을 꽉 쥐었다. 이 지옥 같은 연극의 막을 내릴 시간이었다.

결단은 서릿발처럼 차갑고도 신속하게 내려졌다. 더 이상 내려갈 지하실도, 잃어버릴 자존심도 남아 있지 않은 폐허였다. 그곳에서 그는 마침내 고개를 들었다. 명예, 돈, 가정, 그리고 한때 사랑이라 착각했던 위로의 부스러기들까지 모두 불타 버린 뒤에야 비로소 명징한 정신이 돌아온 것이다.

그는 식탁 건너편에 앉아 있는 이옥자를 똑바로 응시하며 입을 열었다.

"이혼합시다. 이제 그만 이 지옥을 끝냅시다."

그녀의 눈빛이 잠시 흔들리는가 싶더니, 이내 서슬 퍼런 탐욕의 빛으로 돌아왔다. 그녀는 마치 이 순간을 오래전부터 기다려 온 사냥꾼처럼 가혹한 조건을 거침없이 쏟아냈다.

"이혼? 좋아. 대신 재산 분할 같은 소리는 입 밖에도 꺼내지 마. 구미집, 포천 집 다 내 명의니까 손대지 말라고. 그리고 당신 때문에 내가 그동안 마음 고생한 거 생각하면 위자료도 내가 받아야 해. 알았어?"

그녀의 목소리에는 단 한 조각의 미안함이나 망설임도 없었다. 6천만 원을 건네며 새로운 삶을 꿈꿨던 남자, 매달 융자를 갚으며 집을 일궈 온 남편에 대한 예우는커녕, 낡은 가구 하나를 처분할 때보다도 못 한 무미건조함이었다.

    못생긴 소년, 결국엔 진정한 사랑을 완성하다

그 서늘한 배신감 앞에서 그는 오히려 헛웃음을 지었다. 허탈함과 기이한 해방감이 뒤섞인, 쓴 소주 같은 웃음이었다.

"… 다 가져가시오."

그의 짧은 대답에 이옥자의 눈이 가늘어졌다.

"뭐? 정말 다 포기하겠다고?"

"집도, 가구도, 자동차도, 그동안 모은 통장도 전부 다 당신 가지시오. 나는 그저 내 몸 하나만 나가겠소."

법으로 다투었다면, 그가 흘린 피땀과 기여도를 인정받아 절반이라도 돌려받을 수 있었을 것이다. 하지만 그에게는 이제 그런 진흙탕 싸움을 이어 갈 기력조차 남아 있지 않았다. 아니, 그깟 돈 몇 푼을 더 챙기기 위해 이 비인간적인 욕망의 민낯을 다시 마주하는 것 자체가 끔찍한 형벌처럼 느껴졌다. 그는 자신의 영혼을 되찾기 위한 대가로 전 재산을 지불하기로 한 것이다.

가정법원의 복도는 서늘했다. 무거운 정적 속에서 서류 위에 도장이 찍히는 소리가 유난히 크게 울렸다. '쾅, 쾅.' 그 소리는 마치 쇠사슬이 끊어지는 소리처럼 들렸다.

서류 접수를 마치고 나오며 그녀가 마지막으로 쐐기를 박듯 말했다.

"당신, 나중에 딴소리하기 없기야. 법적으로 다 끝난 거니까."

그는 대답 대신 그녀를 한 번 물끄러미 바라보았다. 한때는 저 여자의 목소리가 위로가 되었고, 저 작은 체구가 안식처가 될 줄 알았다. 외로움을 견디지 못해 덥석 잡았던 그 손이 이토록 지독한 재앙이 되어 돌아올 줄은 꿈에도 몰랐다. 그는 자신의 나약함이 치러야 했던 혹독한 수업료를 온몸으로 받아 내며 등을 돌렸다.

법원 정문을 나서는 그의 손은 완벽하게 텅 비어 있었다. 양복 주머니를 뒤져 보니 잡히는 것이라곤 담배 한 갑과 라이터뿐이었다.

'집 두 채를 가진 승리자.' 그녀는 지금쯤 속으로 쾌재를 부르며 자신이 승리했다고 믿고 있을 것이다. 무능하다고 몰아세웠던 남편을 빈털터리로 쫓아냈으니 말이다. 하지만 뒤도 돌아보지 않고 법원 계단을 내려오는 그의 발걸음은 깃털처럼 가벼웠다.

'그래, 이제 정말 끝났다.' 그는 멈춰 서서 하늘을 올려다보았다. 구름 한 점 없는 가을 하늘이 시리도록 파랗게 빛나고 있었다. 그 파란 소실점을 향해 숨을 크게 내뱉었다. 찌든 기름 냄새와 의부증의 악취, 굴종의 기억들이 그 숨결에 실려 날아가는 듯했다.

이제 세상은 그를 향해 가혹한 꼬리표를 붙일 것이다. '빈털터리', '이혼 두 번 한 실패자', '나이 오십에 갈 곳 없는 남자'. 하지만 역설적이게도 그 순간, 그는 생애 가장 단단하게 대지를 딛고 서 있음을 느꼈다. 거짓된 위로의 늪에서 빠져나와, 차갑지만 진짜인 현실의 땅에 두 발을 내디딘 것이다.

그는 주머니에서 담배를 꺼내 불을 붙였다. 하얀 연기가 파란 하늘로 흩어졌다.

'누구의 위로도 구걸하지 않겠다. 이제부터는 오직 나 자신의 힘으로 걷겠다.'

비록 모든 것이 무너진 폐허 위에서 시작하는 여행일지라도, 그곳은 더 이상 타인의 욕망에 휘둘리지 않는 그만의 영토였다. 과거의 상처를 딛고, 찢긴 깃발을 다시 추스르며 그는 걷기 시작했다.

그것은 실패한 남자의 퇴장이 아니라 진정한 자신을 찾아 나서는 용기

     못생긴 소년, 결국엔 진정한 사랑을 완성하다

있는 자의 첫걸음이었다. 하늘은 여전히 시리게 푸르렀고, 그의 눈앞에는
비로소 진짜 인생이라는 긴 길이 열리고 있었다.

4. 헌신의 처참한 결과

아침을 여는 의식은 매일같이 반복되는 형벌이었다. 세면대 앞의 거울 속에는 마흔 중반의 한 사내가 서 있었다. 그와 눈이 마주칠 때마다 정대는 움찔하며 시선을 피하고 싶었다. 앞뒤가 불룩하게 솟아오른 기형적인 두상, 어린 시절부터 낙인처럼 따라붙은 곰배라는 별명은 거울 속 사내의 이마 위에 선명하게 새겨진 듯했다.

"못생긴 놈이 공부라도 잘했어야지, 쯧쯧."

명절마다 친척들이 던지던 그 무심한 조롱은 소년 배정대의 가슴에 썩지 않는 가시로 박혔다. 찢어진 눈매와 들창코, 투박하게 불거진 광대뼈. 거울 앞에서조차 부정할 수 없는 그 얼굴은 그에게 평생을 따라다니는 어두운 그림자이자 극복할 수 없는 열등감의 근원이었다.

정대는 한숨을 내쉬며 빳빳하게 다려진 맞춤 양복에 몸을 밀어 넣었다. 거울 속 사내의 어깨가 팽팽하게 펴졌다. 2007년 가을, 그는 더 이상 어린 시절의 못생긴 소년도, 이혼의 아픔에 비틀거리는 실패자도 아니었다. ㈜프로텍의 기술연구소장이라는 금색 직함은 그가 세상에 내보이는 가장 완벽한 위장막이었다.

"소장님, 오늘 구미시청 회의 일정이 잡혀 있습니다."

비서의 보고를 받으며 차에 오르는 그의 손목에는 명품 시계가 번뜩였다. 거친 파도 대신 정글 같은 구미 국가산단에서 그만의 항로를 개척해 온 성과들이 그를 꼿꼿이 세워 주고 있었다.

수십 억 규모의 정부 과제를 진두지휘하며 컨버팅 머시너리 분야의 독보적인 권위자로 우뚝 선 지금, 그는 자신의 못생긴 얼굴을 화려한 능력으로 덮어 버릴 수 있다고 믿었다. 그것은 상선약수(上善若水)—물처럼 유연하되 끝내 길을 내고야 마는 그의 철학이 만들어 낸 승리처럼 보였다.

그녀, 이연하를 만난 것은 구미시가 주관한 성공 CEO 비즈니스 전략 과정 교육장에서였다. 쟁쟁한 기업 대표들이 모인 그곳에서 정대는 지식의 갈증보다 더 깊은 인정의 갈증을 채우고 있었다. 낡은 가방 하나 들고 구미로 돌아왔던 패배자가 이제는 산단의 핵심 인재로 부상했다는 사실을 매 순간 확인받고 싶어 했다.

"배 소장님, 오늘 강의 내용이 참 좋네요. 전문적인 식견에 감탄했습니다."

뒤를 돌아보자 단정한 차림의 여성이 미소 짓고 있었다. 이연하였다. 화려한 미인은 아니었지만, 그녀에게선 군 장교 시절 그토록 강조하던 절제된 기품이 느껴졌다.

"아, 이 대표님도 이 분야에 관심이 많으신가 봅니다."

"관심이라기보다… 생존을 위해 배우고 있죠. 아이 셋을 혼자 키우며 사업을 한다는 게 쉽지 않아서요."

그녀의 담담한 고백은 정대의 가슴에 조용한 파문을 일으켰다. 사별 후 홀로 두 아들과 딸을 건사하며 기업체 근무복 납품이라는 거친 바닥을 버텨 내고 있다는 이야기였다. 그녀의 억척스러운 생존기는 정대의 내면 깊숙이 숨어 있던 보호 본능을 일깨웠다.

그것은 위험한 동정심이었다. 못생긴 남자의 사랑은 늘 보상 심리와 연민의 경계에 서 있기 마련이다. 그는 그녀의 든든한 배경이 되어 줌으로써, 거울 속 초라한 자신을 지워 내고 영웅이 되고 싶어 했다.

두 사람의 관계는 성공 CEO 포럼의 사무국장과 문화이사라는 직함을 달고 빠르게 깊어졌다. 정대는 자신의 인맥과 자존감을 그녀를 위해 아낌없이 집행하기 시작했다. 약속은 말이 아니라 행동으로 증명해야 한다는 그의 나침반은 오로지 그녀만을 향했다.

"연하 씨, 이제는 주먹구구식 유통업만으론 한계가 있어요. 대학에 가서 사회복지를 전공해 보는 게 어떻겠소?"

어느 날 정대가 제안했다. 그녀의 미래에 자신의 비전을 덧씌우려는 오만이었다.

"제가 공부를요? 지금 애들 학비 대기도 벅찬데 등록금은 어쩌고…"

"걱정 마시오. 입학금부터 졸업까지 내가 책임질 테니까. 당신은 그저 새로운 인생의 지평선을 열기만 하면 돼요."

그는 선뜻 등록금을 내놓았다. 뿐만 아니었다. 매달 150만 원에 달하는 생활비가 그녀의 집으로 흘러 들어갔다. 그것은 그에게 손실이 아니었다. 명예로운 삶의 주인공으로 거듭나기 위한 입장권이자, 완벽한 동행이라는 환상에 지불하는 기회비용이었다.

대외적인 공식화 작업도 치밀했다. 그는 자신의 가장 견고한 울타리였던 해군사관학교 동기들의 골프 모임에 그녀를 데려갔다.

"정대야, 이분이 소문의 그분이냐? 아주 대단한 미인이시네!"

동기들의 칭찬에 정대의 입가에는 오만한 착각의 미소가 떠올랐다. 40년 지기 전우들 앞에서 그녀를 미래의 동반자로 소개할 때, 그는 더 이상 못생긴 곰배가 아니었다.

심지어 이연하 모친의 칠순 잔치에서도 그는 사위 노릇을 자처했다.

"장모님, 건강하십시오. 연하 씨와 아이들은 제가 끝까지 지키겠습니다."

좌중의 박수 소리 속에서 그는 실패했던 첫 번째 결혼을 완벽히 만회하고, 새로운 왕국을 건설하고 있다는 확신에 찼다.

그의 일상은 기이하게 분열되었다. 낮에는 ㈜프로텍의 연구소장으로

서 멀티코터 개발과 정부 과제 기획안을 작성하며 냉철한 숫자로 세상을 증명했고, 밤에는 그녀의 대학 리포트를 대필하며 사회복지라는 낯선 언어로 그녀의 꿈을 대신 그렸다.

피곤이 어깨를 짓눌러 시야가 흐릿해질 때도, 그는 모니터 앞에서 마우스를 멈추지 않았다. 그녀의 학점과 미래를 자신이 설계하고 있다는 사실이 그를 전율케 했다.

그 설계가 극에 달했던 어느 토요일 저녁이었다. 정대는 베트남 출장을 위해 저녁 8시에 구미에서 공항버스를 타야 했다.

"하아, 하아… 조금만 더…"

출장 가방을 발치에 두고, 그는 미친 듯이 자판을 두드렸다. 그녀의 기말 발표 리포트였다. 복잡한 통계 도표를 그려 넣고 문장을 다듬다 보니 시계는 벌써 7시 40분을 가리키고 있었다. 터미널까지는 택시로 10분, 하지만 그의 집은 택시조차 잘 잡히지 않는 외진 곳이었다.

심장이 터질 듯 뛰었다. 비행기를 놓치면 수십 억짜리 프로젝트가 날아갈 수도 있는 상황이었다. 하지만 마지막 전송 버튼을 누르는 순간의 쾌감은 압도적이었다.

"됐다!"

자료를 전송하자마자 그는 가방을 낚아채고 도로로 뛰어나갔다. 운 좋게 잡힌 택시 안에서 그는 땀범벅이 된 채 거친 숨을 몰아쉬며 웃었다.

'내가 없으면 그녀의 학위도, 그녀 가문의 안녕도 무너질지 모른다.'

그 비대한 사명감이 그를 구원하고 있었다. 버스 창가에 비친 찢어진 눈매와 들창코가 그 순간만큼은 세상에서 가장 늠름한 사내의 얼굴처럼 보였다.

　그는 헌신을 집행함으로써 자신의 가치를 증명하려 했다. 하지만 그 모든 행위가 진정한 사랑이 아니라, 그저 자신의 열등감을 가리기 위한 거대한 연극이었음을 그는 알지 못했다. 그리고 그 헌신의 끝에 기다리고 있는 것이 처참한 배신과 무너진 폐허뿐이라는 사실을, 2007년 가을의 정대는 꿈에도 생각지 못한 채 파란 하늘을 보며 미소 짓고 있었다.

　구미 국가산단의 화려한 조명 아래, 배정대와 이연하의 동행은 어느덧 CEO들 사이에서 부러움 섞인 화제가 되어 있었다. 포럼 회원들은 중후한 슈트 차림의 정대와 세련된 태도의 연하를 보며 정말 잘 어울리는 한 쌍이라며 입을 모아 칭송했다. 그럴 때마다 정대는 자신의 콤플렉스인 곰배머리와 투박한 얼굴이 완벽하게 가려졌다는 안도감에 젖어 들었다.

　그 시절, 정대의 출장 가방은 늘 자신의 짐보다 그녀를 위한 선물로 더 무거웠다. 베트남, 일본, 유럽 어디를 가든 그의 마지막 일정은 언제나 면세점의 가장 화려한 코너였다.

　"손님, 이 랑콤 에센스는 대용량이라 구하기 힘든 제품입니다. 사모님이 정말 좋아하시겠어요."

　점원의 말에 정대는 주저 없이 카드를 내밀었다. 수십만 원을 호가하는 에센스와 영양크림 세트, 그녀의 우아함을 완성해 줄 명품 향수, 그리고 겨울이면 그녀의 어깨를 감싸 줄 부드러운 모피 코트와 캐시미어 머플러까지. 그는 돈을 쓰는 것이 아니라 자신의 가치를 사고 있었다.

　귀국하는 길, 공항 마중을 나온 그녀에게 정대는 커다란 쇼핑백들을 건넸다.

　"연하 씨, 이건 면세점에 딱 하나 남았다는 크림이고, 이건 당신한테 잘 어울릴 것 같아 고른 머플러요. 한번 해 봐요.”

그녀가 조심스럽게 머플러를 두르며 환하게 웃었다.

“정대 씨… 이렇게 귀한 걸 매번 어쩌면 좋아요. 정대 씨는 참 고마운 사람이에요.”

‘고마운 사람.’ 그 짧은 말 한마디면 충분했다. 그 순간만큼은 못생긴 놈이라 조롱받던 어린 시절의 수치심도, 빚쟁이들에게 쫓기던 가난의 굴레도 깨끗이 씻겨 내려가는 듯했다. 그는 비로소 인생이라는 연극 무대에서 집안을 일으키고 성공을 거머쥔 당당한 주인공이 되어 있었다.

그의 헌신은 그녀 개인에게만 머물지 않았다. 명절이면 고향 고령의 가장 좋은 특산물 상자들을 직접 챙겨 그녀의 부모님 댁을 찾았다. 사위보다 더 사위 같은 정대의 모습에 그녀의 가족들은 그를 집안의 기둥처럼 대우했다.

또한, 그는 그녀의 두 아들을 자신의 회사로 불러들였다. “애들아, 현장에서 직접 기계를 보고 만져 봐야 진짜 엔지니어가 되는 거다. 여기서 아르바이트하면서 제대로 한번 배워 보렴.”

그는 자신이 가진 모든 것 — 기술적 지식, 경제적 부, 사회적 기회 — 을 그녀의 가족이라는 독에 아낌없이 부어 넣었다. 구미 산단의 유지들과 어깨를 나란히 하며 골프를 치고, 포럼 사무국장으로서 좌중을 압도할 때, 거울 속의 곰배는 슈트의 짙은 그림자 속으로 완벽히 숨어들었다.

하지만 그 무대는 철저히 헌신이라는 설계도 위에 세워진 세트장에 불과했다. 정대는 스스로에게 단 한 번도 묻지 않았다.

‘그녀는 나의 본질을 사랑하는가, 아니면 내가 제공하는 이 화려한 낙원을 사랑하는가.’

질문은 불안을 낳고, 불안은 정교하게 설계된 낙원을 무너뜨릴 것이기 때문이었다. 그는 질문을 던지는 대신 더 비싼 선물을 샀고 더 완벽한 배경이 되어 주려 애썼다.

"정대 씨, 이번 학기 리포트 주제가 너무 어려워요. 도와주실 거죠?"

"걱정 마요. 내가 밤을 새워서라도 완벽하게 정리해 둘 테니 연하 씨는 편하게 공부만 해요."

낮에는 기술연구소장으로서 수십 억짜리 국책 과제를 수행하고, 밤에는 그녀의 대필 작가가 되어 자판을 두드렸다. 몸은 부서질 듯 피곤했지만, 누군가의 삶을 온전히 떠받치고 있다는 그 비대한 사명감이 그를 지탱하는 유일한 마약이었다.

그 시절은 그의 인생에서 가장 찬란한 황금기였다. 못생긴 남자가 값비싼 양복과 타인의 고통을 대신 짊어진 숭고함으로 무장해 얻어 낸 짧은 전성기였다. 껍데기는 완벽했고 세상은 아름다워 보였다. 그는 성공의 환각에 취해, 그녀가 자신의 진심보다 자신이 제공하는 배경을 먼저 보고 있을지도 모른다는 의심을 강물 아래로 억지로 눌러 가라앉혔다.

그때는 알지 못했다. 정성스럽게 사다 나른 랑콤 크림과 모피 코트, 그리고 밤새워 써 내려간 리포트들이 결국 자신의 목을 옭아맬 밧줄을 꼬는 과정이었음을. 그는 그저 강물처럼 흐르는 성공의 기운에 취해 다가올 겨울의 서늘한 한기를 전혀 눈치채지 못한 채 환하게 웃고 있었다.

그 화려한 연극의 막이 내려가고, 조명이 꺼진 뒤에 찾아올 참혹한 고독이 바로 등 뒤까지 다가와 있다는 사실을 말이다.

파국은 예고 없이, 그러나 거부할 수 없는 중력처럼 찾아왔다. ㈜프로

     못생긴 소년, 결국엔 진정한 사랑을 완성하다

텍의 자회사 대표를 거쳐 ㈜SDD의 신규사업본부장으로 승승장구하던 배 정대의 황금기는, 그가 인생의 스승이라 믿었던 박 사장과의 신뢰가 깨지는 순간 산산조각 났다.

공증된 약속, 함께 꿈꾸었던 특허기술의 장밋빛 미래는 박 사장의 변심과 투자금 미집행이라는 냉혹한 현실 앞에 멈춰 섰다.

"박 사장님, 이게 어떻게 된 겁니까? 분명히 이번 달에는 지출 결의가 된다고 하지 않으셨습니까?"

"아, 배 본부장. 상황이 좀 변했어. 사업이라는 게 다 그런 거 아니겠나. 좀 기다려 보게나."

수화기 너머 박 사장의 목소리는 기름진 여유가 넘쳤지만, 정대의 심장은 타들어 갔다. 배신감보다 더 깊은 것은 허탈함이었다. 슈트와 직함이라는 껍데기로 쌓아 올린 성공의 탑이 가장 견고하다고 믿었던 기반에서부터 무너져 내리는 것을 그는 속수무책으로 바라보아야 했다.

벼랑 끝에 몰린 그는 독자적인 농업 특허기술 사업화를 위해 ㈜녹색혁명을 창업하며 재기를 꿈꿨다. 하지만 기울어진 가세는 회복될 기미를 보이지 않았다. 현금은 눈 녹듯 사라졌고, 한때 위세를 떨치던 기술연구소장의 명함은 이제 라면 받침으로도 쓸모없는 종잇조각이 되었다. 기술과 신념은 가슴속에 여전했지만, 그것을 증명할 자본이라는 연료가 바닥난 사내의 목소리는 세상에 닿지 않았다.

그의 처지는 처참할 정도로 급변했다. 경북 칠곡 북삼면의 200여 평 남짓한 낡은 공장에 다시 둥지를 틀었다. 찬 바람이 숭숭 드는 사무실 한편에 놓인 낡은 간이침대가 그의 유일한 안식처였다. 정장 차림의 소장님은 사라졌다. 그 자리에는 기름때 묻은 작업복을 입고 땀과 눈물이 뒤섞인 얼굴로 연구개발에 매달리는 중늙은이 개발자만이 남았다.

"사장님, 오늘도 여기서 주무시는 겁니까? 건강이라도 챙기셔야죠."

유일한 직원인 김성민 씨가 걱정스럽게 물었다.

"성민 씨, 육체는 좀 고돼도 괜찮아. 여기서 내가 생각한 것들을 마음 껏 시도해 볼 수 있잖아. 이 창의적인 자유가 얼마나 귀한 건데."

정대는 억지로 웃어 보였다. 실제로 그는 비관하지 않았다. 금오공대 주관의 국책과제에 선정되어 간신히 회사의 명맥을 이어 갔고, 운영비가 부족할 때는 인근 멜론 농장으로 달려갔다.

만여 개가 넘는 B, C급 멜론을 산더미처럼 쌓아 두고 그는 과육을 다 듬었다. 달콤한 멜론 향기가 온몸에 배고 손끝이 진물로 짓물러도 그는 멈추지 않았다. 진공 포장한 멜론을 카페와 골프장 그늘집으로 납품하며 번 돈은 고스란히 직원 성민 씨의 밀린 임금이 되었다. 노동은 처절했으 나 그것은 자신을 지탱하는 유일한 자존이었다.

하지만 그가 멜론 껍질과 씨름하며 밤을 새울 때, 그녀 — 이연하의 발 길은 뜸해지기 시작했다. 정대가 풍요로울 때 매일같이 오가며 '정대 씨는 참 귀한 분이에요'라고 속삭이던 그 따뜻한 시선은 이제 다른 곳을 향하고 있었다.

그녀는 이제 정대가 설계해 준 궤도 위에서 완벽한 사회복지사로 거듭 나 있었다. 번듯한 복지 기관에 취직했고, 자녀들 역시 정대의 지원 덕분 에 대학을 졸업하고 독립된 삶을 살고 있었다.

이연하에게 이제 배정대라는 남자의 경제적 돌봄이나 지식적 지원은 더 이상 필요치 않은 유통기한 지난 소모품과 같았다.

시간이 흘러도 그녀는 북삼의 낡은 공장을 단 한 번도 찾지 않았다. 정

　　　　　　　　　　못생긴 소년, 결국엔 진정한 사랑을 완성하다

대가 짓무른 손등에 약을 바르며 그녀의 목소리를 그리워할 때, 그녀는 사회복지사로서의 바쁜 일상과 성공이라는 열매를 만끽하고 있었다. 지난 수년 동안 그가 그녀의 가족을 위해 바쳤던 수많은 시간과 돈, 그리고 밤을 새워 대신 써 준 리포트들은 마치 전생의 일인 양 그녀의 기억 속에서 깨끗이 소거되어 있었다.

결정적인 순간은 그가 가장 낮은 곳으로 엎드렸을 때 찾아왔다. 성민 씨의 임금과 운영비 수백만 원을 마련하기 위해 정대는 결국 막노동판으로 향했다. 아이러니하게도 그 기회는 그녀의 둘째 아들이 주선해 준 것이었다. 서울 서초구의 호반건설 본사 사옥 신축 현장이었다.

과천의 눅눅한 고시원에서 쪽잠을 자고 새벽 4시면 현장으로 향했다. 시멘트 먼지와 땀으로 범벅이 된 몸을 이끌고 장대비가 쏟아지는 양재천을 걸을 때, 그의 안에서 무엇인가가 비명을 질렀다. 극한의 외로움과 고통이 그를 엄습했다.

그는 떨리는 손으로 마지막 남은 자존심의 끈을 잡고 그녀에게 전화를 걸었다.

"연하 씨… 나요, 정대. 지금 서울 현장에서 일하고 있어. 임금 때문에 잠깐 올라왔는데… 비도 오고, 몸이 너무 힘드네. 그냥… 당신 목소리라도 들으면 좀 힘이 날 것 같아서."

수화기 너머에서는 빗소리보다 더 차가운 침묵이 흘렀다. 정대는 숨을 죽이고 그녀의 위로를 기다렸다. "고생 많네요", "힘내요"라는 한마디면 이 눅눅한 고시원 방도 견딜 수 있을 것 같았다. 하지만 돌아온 대답은 날카로운 비수였다.

"나, 지금 바빠!"

탁, 하고 전화가 끊겼다.

그 순간, 하늘에서는 천둥이 쳤고 정대의 머릿속에서도 거대한 설계도가 무너져 내리는 해머 소리가 들렸다. 그 짧은 세 글자는 수년간 그가 쌓아 올린 헌신에 대한 처참한 사형선고였다.

그녀의 침묵은 명확한 진실을 증명했다. 그들이 공유했던 것은 사랑이 아니었다. 그것은 정대가 경제적 풍요를 제공하고, 그녀가 그 대가로 정서적 공감을 연기하는 조건부 계약이었을 뿐이었다. 그가 줄 수 있는 물질이 고갈되자, 그녀의 공감이라는 유통기한도 끝이 난 것이다.

장대비를 맞으며 서울의 공사 현장 구석에서 자재를 정리하던 정대는 깊은 성찰에 빠졌다.

'진정한 사랑이란, 경제적 가치가 사라지는 순간 아무런 힘도 없는 것인가?'

그는 더 이상 그녀의 안위가 궁금하지 않았다. 대신, 그동안 자신이 추구했던 위로를 위한 헌신이 얼마나 이기적이고 허망한 것이었는지를 뼈저리게 깨달았다.

무너진 제방 너머로 홍수가 밀려왔지만, 그 진흙탕 속에 처박힌 덕분에 그는 비로소 껍데기가 아닌 알맹이로서의 자신을 발견하기 시작했다.

헌신은 배신으로 돌아왔으나, 그 배신은 역설적이게도 그를 거짓된 낙원에서 끄집어내 진짜 세상의 길 위에 세워 주었다. 못생기고 빈털터리인 사내, 그러나 이제는 더 이상 누군가의 위로를 구걸하지 않아도 되는 한 인간이 그 빗속에서 비로소 눈을 뜨고 있었다.

북삼의 찬 바람이 낡은 공장 건물을 훑고 지나갔다. 배정대는 사다리

     못생긴 소년, 결국엔 진정한 사랑을 완성하다

에 올라가 ㈜녹색혁명이라 적힌 낡은 간판을 떼어 냈다. 한때 세상을 녹색으로 바꾸겠다던 거창한 포부는 녹슨 나사못 하나에 매달려 위태롭게 흔들리다 이내 바닥으로 떨어졌다. '텅' 하는 쇳소리가 빈 공장에 공허하게 울려 퍼졌다.

그는 작업복 주머니를 뒤졌다. 손끝에 잡히는 것은 텅 빈 지갑과 멜론 껍질 냄새가 푹 배어 버린 낡은 손수건 한 장뿐이었다.

"이걸로 끝인가."

그는 스스로에게 물었다. 기술연구소장의 화려한 명예도, 누군가의 영웅이 되고 싶었던 오만한 열망도, 헌신이라는 이름으로 포장했던 위태로운 관계도 모두 이 폐허 속에 두고 가야 했다.

그는 짊어졌던 모든 무게를 내려놓고, 오직 두 발에만 의지하기로 했다. 낙동강 자전거길 363킬로미터, 자전거가 아닌 도보 여정, 그것은 잃어버린 진짜 배정대를 찾기 위한 처절한 몸부림이자, 영혼의 살을 깎아 내는 고해성사의 시작이었다.

길은 멀었지만 찬란한 풍광이 그의 여정을 맞이했다. 며칠이 지나자 발바닥에는 물집이 잡히고 터지기를 반복했고 다리는 납덩이를 매단 듯 굳어 갔다. 전신을 짓누르는 피로가 한계에 다다를 때마다, 그는 환청처럼 들리는 그녀의 이름을 불렀다.

"연하 씨, 당신에게 나는 대체 무엇이었소?"

강물은 묵묵히 흐를 뿐 대답이 없었다. 하지만 육체의 고통이 극에 달하자, 역설적이게도 사유는 시리도록 명징해졌다.

'진정한 사랑이란 대체 무엇인가? 훌륭한 인성과 바른 언행을 가진 사람이라 할지라도, 경제적인 돌봄이 불가능해지면 그 사랑은 폐기처분되

어야 하는 상품인가?'

그는 강변에 주저앉아 터진 물집을 매만지며 헛웃음을 지었다. 고통스러운 깨달음이 파도처럼 밀려왔다. 자신이 그녀를 위해 바쳤던 수많은 시간, 대신 써 준 리포트, 생활비 지원… 그 모든 것은 사랑의 증거가 아니었다. 그것은 유능한 배정대를 증명하기 위한 보증수표였고, 그녀를 자신의 영향력 아래 두기 위한 일종의 구독료였다.

"못생긴 놈이 주제넘게 무얼 바랐던가."

그는 강물을 향해 거칠게 내뱉었다. 그것은 그녀를 향한 원망이 아니라, 자신의 오만함에 대한 처절한 고백이었다.

그는 그녀의 인성을 사랑한 것이 아니었다. 그 고결한 인성을 자신이 구축한 물질적 안정이라는 틀 안에 가두고, 그녀를 구원하는 자신의 모습에 도취해 있었을 뿐이다. 그녀 또한 그의 진심을 본 것이 아니라, 그가 제공하는 안정이라는 상품을 소비했을 뿐이었다.

서로가 서로의 필요를 소비하던 계약 관계였고, 그것이 헌신의 가면을 쓴 그들의 실체였다.

여정은 길었으나 성찰은 깊었다. 정대는 자신이 인생의 네 번째 죽음의 문턱을 지나고 있음을 느꼈다. 해군 소령 시절부터 그는 외모의 열등감을 지우기 위해 끊임없이 외부의 성취에 매달렸다. 금색 직함, 맞춤 양복, 그리고 헌신이라는 도덕적 우월감, 이연하와의 관계는 그가 추구했던 외적 성취의 가장 화려한 정점이었다. 그녀를 돕는 자신을 보며 그는 비로소 못생긴 곰배가 아닌 영웅이 된 듯한 착각에 빠졌던 것이다.

역설적이게도, 이 처참한 배신과 몰락이 그를 살렸다. 황금기의 환각에 취해 있었다면 영원히 깨닫지 못했을 진실 — 사랑은 돈으로 사는 것이 아니라 영혼의 높이가 같아질 때 시작된다는 그 숭고한 원리를, 그는 363킬로미터를 걷는 동안 몸에 새겼다.

그녀는 연락도 없이 떠났다. 지금 어디서 누구와 사는지, 여전히 사회복지사로 잘 살고 있는지 알 길이 없다. 하지만 정대는 더 이상 그녀의 소재를 묻지 않았다.

"연하 씨, 어디서든 진심으로 행복하시오. 당신이 행복해야 나의 지난 헌신이 완전히 헛된 것은 아니었다고 위안 삼을 수 있을 테니."

그것은 그가 그녀에게 보낼 수 있는 마지막이자 유일한 순수한 형태의 축복이었다.

여정의 끝자락, 낙동강 위에 붉게 물든 저녁노을을 보며 정대는 새로운 지도를 그렸다. 이제 그의 눈높이는 더 이상 외형적인 아름다움이나 겉으로 보이는 착한 인성에 머물지 않았다.

"이제 구원은 없다. 오직 동행뿐이다."

그는 다짐했다. 누군가를 구원하려 드는 오만함을 버리고, 서로의 영혼을 알아봐 주며 품위를 존중하는 영혼의 동반자를 찾기로 했다. 물질이 아닌 정신으로 서로를 일으켜 세울 수 있는 인연, 과연 그런 만남이 가능할까 의구심이 들기도 했지만, 그는 더 이상 조급해하지 않기로 했다.

이제 그의 삶 자체를 누군가의 짐이 아닌 영혼의 안식처로 만드는 것이 먼저였다.

노자(老子)가 말한 상선약수(上善若水)의 마음으로, 사라지는 것에는 애도를 보내고 나타나는 인연에는 환대를 보내는 순리를 따르기로 했다.

그는 다시 운동화 끈을 꽉 조여 맸다. 강물은 여전히 흐르고 있었고 하늘은 시리도록 파랬다. 처참한 헌신의 결과는 그에게 파멸이 아닌 진정한 사랑의 방향을 가리키는 나침반을 선물했다.

　못생긴 사내 배정대의 진짜 사랑 찾기는 이제 막, 그 성숙하고 깊은 두 번째 막을 올리고 있었다. 그의 걸음은 전보다 훨씬 가벼웠고 눈빛은 강물처럼 깊어졌다.

 못생긴 소년, 결국엔 진정한 사랑을 완성하다

5. 존경과 동경의 사랑

　배정대의 인생에서 여성관은 결코 미모나 화려한 성격, 혹은 세속적인 조건에 머물지 않았다. 그는 누군가의 겉모습보다 그 영혼이 뿜어내는 지성과 자신의 삶을 대하는 헌신적인 태도에서 깊은 감명을 받았고, 그것이 곧 사랑의 가장 높은 단계인 존경으로 이어지곤 했다.

　그에게 있어 임경숙 씨라는 존재는 삶의 가장 비루한 환경 속에서도 결코 꺾이지 않는 고귀한 정신을 목격하게 해 준 살아 있는 성소(聖所)였다.

　그가 ㈜녹색혁명을 접고 경기도 양주의 농업회사법인 영식㈜의 사업 총괄본부장으로 일하던 시기는, 인생의 시계를 다시 돌리기 위해 고군분투하던 희망의 한복판이었다.

　사업 실패의 잿더미 위에서도 그는 늘 희망을 이야기했고 가장 낮은 곳에 서기를 주저하지 않았다. 주변 사람들은 그의 위태로운 재기를 염려했으나 정작 그는 자신과의 싸움에서 늘 승리를 확신했다.

　그때 마주한 사관학교 동기생 이창수의 아내, 임경숙 씨의 삶은 정대에게 '어떻게 살아야 하는가'에 대한 강렬한 해답을 제시했다.

　2021년 가을의 어느 토요일이었다. 이창수의 아파트 단지 내에 주말장이 서던 날, 정대는 평소보다 일찍 행복란(幸福卵) 박스를 싣고 그곳을 찾았다.

　마침 거실에만 갇혀 지내던 창수가 아내의 부축을 받으며 밖으로 나왔다. 뇌경색의 후유증으로 한쪽 다리를 끄는 창수와 그를 단단히 지탱하고 선 경숙, 그리고 정대 세 사람은 북적이는 장터 한복판에서 마주했다.

　"오, 배 본부장! 일찍 왔구먼."

　창수가 반갑게 손을 흔들었다. 경숙은 수줍은 미소를 지으며 고개를 숙였다. 장터에는 사람 냄새와 고소한 기름 냄새가 진동했다. 정대는 창수의 휠체어를 대신 밀며 장터를 한 바퀴 돌았다. 좌판마다 싱싱한 채소와 과일이 가득했다.

"창수야, 오늘 해산물이 아주 싱싱해 보이는데? 경숙 씨, 오늘 저녁엔 창수 기운 좀 차리게 해산물 파티라도 해야겠습니다."

정대의 말에 경숙이 손사래를 쳤다. "아니에요, 본부장님. 그냥 구경만 하러 나온 거예요. 창수 씨가 하도 답답해해서요."

하지만 정대는 이미 수산물 코너 앞에 멈춰 서 있었다. 얼음 위에 놓인 큼직한 문어와 살이 꽉 찬 꽃게, 바다 냄새 물씬 풍기는 멍게가 보였다. 정대는 망설임 없이 지갑을 열었다.

"이 문어 제일 좋은 놈으로 한 마리 주시고, 꽃게도 넉넉히 담아 주세요. 여기 조개도 좀 섞어 주시고요."

"본부장님, 이러지 마세요. 매번 계란도 신경 써 주시는데…"

경숙의 얼굴에 당혹감과 미안함이 교차했다. 정대는 묵직해진 검은 봉투를 경숙의 손에 쥐여 주며 호탕하게 웃었다.

"경숙 씨, 이건 제 마음이 아니라 동기 놈 건강 챙기라는 뇌물입니다. 창수가 잘 먹어야 사업 구상도 더 잘할 거 아닙니까? 그리고 경숙 씨, 당신도 좀 드셔야 해요. 너무 말랐어요."

창수가 옆에서 거들었다.

"허허, 임 여사. 정대가 사 주는 거니까 거절하지 마. 이놈 고집 센 거 알잖아. 정대야, 고맙다. 오늘 저녁엔 소주 한 잔 생각나겠는데?"

정대는 웃으며 창수의 어깨를 툭 쳤지만, 속으로는 경숙의 가녀린 손목을 보며 가슴이 아렸다. 그녀의 손은 주중에는 논술 과외 교재를 넘기고 주말에는 마스크 공장에서 밤새 포장지를 뜯으며 거칠어져 있었다. 그 거친 손으로 받아 든 해산물 봉투가 오늘 하루만이라도 그녀의 고단한 어깨를 가볍게 해 주길 바랄 뿐이었다.

유난히 장마가 길었던 그해 여름, 행복란을 배송하던 날이었다. 정대는 아파트 근처에서 쏟아지는 비를 뚫고 걸어가는 임경숙 씨를 발견했다. 그녀는 논술 과외를 마치고 돌아오는 길인 듯했다. 한 손에는 두꺼운 책 몇 권이, 다른 한 손에는 시장을 본 듯한 식재료 봉투가 들려 있었다. 얇은 여름옷은 이미 빗물에 젖어 몸에 착 달라붙었고 발걸음은 터벅거렸다.

그는 차를 세우고 우산을 챙겨 다가가려 했지만, 문득 멈칫했다. 그의 도움은 그녀에게 자칫 측은지심으로 비칠까 두려웠다. 그가 그녀를 동경하는 것은 처지가 아니라 어떤 상황에서도 굴하지 않는 당당함이었기 때문이다. 그는 조용히 다가가 말없이 가장 무거운 식재료 봉투를 가로챘다.

"어, 본부장님!"

그녀가 놀라 불렀지만, 정대는 앞장서 걸으며 아파트 현관 입구 바닥에 짐을 내려놓았다.

"이 근처에 볼일이 있어서요. 얼른 들어가세요." 짧은 말만 남기고 그는 빗속으로 다시 걸어 나왔다.

차 안에서 바라본 그녀의 뒷모습은 연약했으나, 그 속에 담긴 책임감은 망망대해에서 마주했던 전우의 그것보다 훨씬 단단해 보였다.

어느 날, 마스크 제조공장에 납품을 갔던 정대는 그곳에서 알바를 하던 임경숙 씨를 우연히 보게 되었다. 하얀 작업복에 캡을 눌러쓴 채 기계 소음 속에서 마스크를 포장하는 그녀의 모습은 경건하기까지 했다. 휴식 시간, 공장 밖에서 남편과 통화하는 그녀의 목소리가 들려왔다.

"응, 나 괜찮아. 하나도 안 힘들어. 내가 이렇게 움직여야 나 자신한테

 못생긴 소년, 결국엔 진정한 사랑을 완성하다

부끄럽지 않아. 그래야 최소한 내 삶의 존엄은 내가 지키는 거잖아.”

그 순간 정대는 전율했다. 그녀의 헌신은 타인을 위한 희생을 넘어, 자기 자신을 지키기 위한 존엄 선언이었던 것이다. 고난 앞에서 도피하지 않고 노동을 통해 존재 가치를 증명하는 그 모습이야말로 정대가 그토록 찾던 ‘어떻게 살아야 하는가’에 대한 정답이었다.

그는 이창수의 건강을 위해 특수 제작된 행복란 납품에 유난히 신경을 썼다. 소화가 잘되도록 일정하게 유지되는 품질은 창수에게 생명줄과 같았다.

어느 날 경숙이 건넨 작은 커피 한 잔과 “본부장님 덕분에 창수 씨가 기운을 차려요”라는 말은, 실패 이후 의기소침해 있던 정대에게 자신이 여전히 가치 있는 존재임을 확인시켜 주는 훈장이었다.

정대는 업무 협의를 위해 창수의 집을 방문했다가 또 다른 광경을 목격했다. 거실 한편에서 낡은 재봉틀 소리가 울리고 있었다. 경숙은 자투리 시간을 쪼개 수작업으로 남성용 재킷을 만들어 팔고 있었다. 한 땀 한 땀 바느질을 이어 가는 그녀의 손끝은 거칠었지만 움직임은 정교한 예술가처럼 성스러웠다.

정대는 가슴이 뜨거워졌다. 옷이 아니라 그녀의 지독한 성실함을 사고 싶었다. 그는 지갑을 털어 현금을 테이블에 놓았다.

“이 재킷, 제가 사겠습니다. 저에게 꼭 필요한 옷 같습니다.”

그것은 단순한 구매가 아니라 그녀의 고귀한 노동에 대한 정대만의 은밀한 예우였다.

그녀에 대한 존경의 깊이는 임경숙 씨의 모친이 작고했을 때 여실히 드러났다.

당시 정대는 93세의 치매 노모를 홀로 돌보느라 한시도 곁을 비울 수 없었다. 부산까지 조문을 간다는 것은 물리적으로 불가능해 보였다.

"전화로만 위로해도 충분해. 이 상황에 부산까지 어떻게 가?"

주변의 만류에도 불구하고 정대는 고집을 꺾지 않았다. 이웃 마을 누나를 간곡히 불러 어머니를 부탁하고는 새벽 공기를 가르며 부산으로 향했다.

빈소에서 마주한 그녀의 퉁퉁 부은 눈, 정대는 절을 올리며 생각했다. 이 조문은 동기생 창수의 아내에게 하는 것이 아니라, 자신의 슬픔을 묵묵히 견디며 가족을 지탱해 온 한 위대한 영혼에 바치는 경의라고 자신을 타일렀다.

부산에서 돌아오는 길, 달리는 차창 밖을 보며 정대는 다짐했다. 사랑이란 누군가를 소유하는 것이 아니라 그 사람의 삶이 내뿜는 빛을 따라나 자신을 정화하는 과정임을 깨우친 것이다.

임경숙 씨가 보여 준 헌신의 품위는 훗날 정대가 어머니의 똥 기저귀를 갈고 마지막 사랑 이지 씨를 간병하는 가장 단단한 밑거름이 되었다. 그녀는 그에게 사랑을 넘어, 인간으로서의 존엄을 지키는 법을 가르쳐 준 진정한 스승이었다.

양주에서의 치열했던 사업 총괄 업무를 정리하고, 배정대는 다시 한번 스스로를 야생으로 던졌다. 경기도 연천, DMZ와 인접한 그 최전방의 땅에서 그는 '우리고장 마을공동체 연구소 두레와나눔'을 창업하며 농촌공동체 사업이라는 낯선 길에 발을 들였다.

육체적 노동은 양주 때보다 더 고됐고 낯선 연고지에서의 정신적 고립은 밤마다 그를 짓눌렀다. 그때 그에게 절실했던 것은 단순한 위로가 아니었다. 척박한 현실을 뚫고 나갈 지적인 자극 그리고 전문성을 바탕으로 한 깊이 있는 소통이었다.

호서대학교 식품공학과 김순희 교수는 바로 그 갈증을 채워 줄 수 있는 유일한 존재였다.

친구인 이영철 교수의 소개로 알게 된 그녀는 식품 산업과 과학 기술 전반에 걸쳐 독보적인 식견을 갖춘 학자였다. 몇 번의 공식적인 만남 이후, 두 사람은 식품 산업의 미래와 발효 기술, 중소기업의 혁신 방안에 대해 밤늦도록 격의 없이 토론하는 지적 동지가 되었다.

연천의 특산물인 율무를 보며 정대는 새로운 비즈니스 모델을 구상했다. 단순히 율무를 재배해 파는 방식으로는 경쟁력이 없었다. 그는 전통 양조학 석사 시절의 지식과 현장에서 쌓은 식품 공학적 감각을 깨워 '율무 발효 음료'라는 아이디어를 떠올렸다.

그는 곧장 김순희 교수에게 자문을 구했다.

김 교수는 서울 서초동 호서대 벤처대학원 원장실로 그를 불렀다. 찻잔에서 김이 피어오르는 탁자 위에 정대의 사업 계획서가 펼쳐졌다.

"배 대표님, 율무는 기능성은 뛰어나지만 특유의 쓴맛과 발효 시의 불안정성이 문제입니다. 전통 방식만 고집해서는 대중성을 잡을 수 없어요."

김 교수의 목소리는 차분했지만 날카로웠다. 그녀는 단순히 아이디어를 칭찬하는 데 그치지 않고, 균주의 안정성 확보와 소규모 생산 시설의 위생 기준 등 기술적 장애물들을 조목조목 짚어 냈다.

"우리 학교 발효생물연구소와 연계해서 연천 지역 특화 균주를 분리해 봅시다. 그게 성공한다면 이건 단순한 제품이 아니라 지역의 자산이 될 겁니다.”

그녀의 통찰력은 정대의 부족한 부분을 정확히 채워 주었다. 정대는 그녀의 지성에 경외감을 느꼈다. 그것은 이성적인 끌림보다 훨씬 높은 차원의, 영혼의 주파수가 맞는 지적 전율이었다.

산학연 협력이 본격화되던 어느 날, 김순희 교수가 직접 연천을 방문했다. 정대에게는 그 어떤 귀빈의 방문보다 설레는 일이었다.

정대는 먼저 김 교수를 안내해 연천군청으로 향했다. 연천의 미래 식량 산업에 대한 김 교수의 식견을 지역 행정 수장에게 전달하고 싶었기 때문이다. 연천군수와의 접견 자리에서 김 교수는 거침없이 의견을 피력했다.

“군수님, 연천 율무는 전국 생산량의 상당수를 차지하지만 가공 단계에서 부가가치를 창출하지 못하고 있습니다. 배정대 대표가 추진하는 발효 기술 접목은 연천 농업의 10년을 바꿀 핵심 과제입니다.”

군수 또한 김 교수의 권위 있는 설명에 깊은 관심을 보이며 적극적인 지원을 약속했다. 정대는 자신의 비전이 전문가의 입을 통해 공인받는 순간의 희열을 맛보았다.

접견을 마친 후, 정대는 김 교수를 태우고 연천의 주요 율무 농가들을 순회했다. 끝없이 펼쳐진 율무밭 사이로 차가 달렸다. 차창 밖으로 보이는 누런 율무 이삭들이 바람에 물결쳤다.

“교수님, 여기가 저희가 점찍어 둔 주력 농가입니다. 토질이 좋고 농부들의 자부심이 대단한 곳이죠.”

차에서 내린 김 교수는 거침없이 밭으로 걸어 들어갔다. 그녀는 율무 이삭을 직접 만져 보고 냄새를 맡으며 현장의 소리에 귀를 기울였다. 농

     못생긴 소년, 결국엔 진정한 사랑을 완성하다

민들과 대화할 때는 학자의 권위를 내려놓고 진심 어린 조언을 건넸다.

"이삭의 상태를 보니 올해 발효 원료로 아주 훌륭하겠어요. 농민 여러분, 배 대표와 제가 힘을 합쳐 여러분의 땀방울이 헛되지 않게 세계적인 발효 음료를 만들어 보겠습니다."

그 광경을 뒤에서 지켜보던 정대는 뭉클함을 느꼈다. 뙤약볕 아래에서도 흐트러짐 없는 그녀의 태도, 현장을 존중하는 학자의 진심, 그것은 정대가 평생 찾아 헤맨 품격 있는 인간의 표본이었다.

그날 저녁, 정대는 두레와나눔 사무실에서 김 교수와 차를 나누며 감사를 전했다.

"교수님, 오늘 정말 고생 많으셨습니다. 먼 길 오셔서 시장님 예방에 농가 방문까지… 교수님 덕분에 저도, 농민들도 큰 용기를 얻었습니다."

김 교수는 담백한 미소를 지으며 대답했다. "배 대표님, 우리가 하는 이 과학적 노력이 결국 지역사회에 대한 가장 진정한 형태의 헌신 아니겠습니까? 힘든 일 많겠지만, 대표님의 그 뚝심을 믿습니다. 건강 잘 챙기세요."

그녀의 메시지는 늘 군더더기가 없었다. 하지만 그 짧은 말속에는 정대라는 인간 존재에 대한 깊은 지지와 신뢰가 꾹꾹 눌러 담겨 있었다.

정대는 깨달았다. 사랑은 반드시 뜨거운 감정의 소용돌이여야 할 필요는 없다는 것을 말이다. 서로의 전문성을 존중하고, 같은 목표를 향해 나란히 걷는 지적 동반자로서의 관계여야 했다. 상대의 지성에 매료되고 그 인격에 경의를 표하는 이 존경의 관계야말로, 고독한 영혼에게 줄 수 있는 가장 고결한 위로임을 알게 된 것이다.

김순희 교수가 남기고 간 율무밭의 잔상과 그녀의 담백한 격려는 정대에게 새로운 삶의 나침반이 되었다. 그는 더 이상 외롭지 않았다. 이제 그에게는 함께 파도를 넘을 수 있는 위대한 지성의 전우가 있었기 때문이다.

연천의 율무 대지 위로 붉게 저무는 노을을 보며, 정대는 다시 한번 상선약수(上善若水)의 마음으로 새로운 발효의 시간을 기다리기로 했다.

배정대의 일생을 관통하는 사랑의 여정은 단순히 짝을 찾는 과정이 아니었다. 그것은 자신의 외모적 열등감과 정서적 결핍을 메우기 위해 누군가의 위로를 갈구하던 나약한 소년이, 타인의 고결한 인격을 우러러보며 자신을 정화해 가는 존경과 동경의 인간으로 진화하는 숭고한 탈바꿈이었다.

과거, 이옥자와의 파국이 나약함이 불러온 재앙이었고, 이연하와의 관계가 오만한 헌신으로 쌓아 올린 신기루였다면, 이제 그가 마주한 임경숙 씨와 김순희 교수는 사랑이 감정의 파동이 아닌 삶을 지탱하는 준엄한 원칙임을 깨닫게 해 준 두 개의 거대한 기둥이었다.

임경숙 씨의 삶은 정대에게 '어떻게 살아야 하는가'를 온몸으로 웅변하는 성소(聖所)와 같았다. 그녀는 사관학교 동기생 이창수의 아내라는 위치를 넘어, 정대가 도달하고 싶은 인격의 지향점이었다. 남편의 병고와 가난이라는 비루한 현실 속에서도 그녀는 비굴하지 않았다.

정대는 그녀가 마스크 공장에서 밤낮없이 일하고 낡은 재봉틀로 재킷을 지어 팔며 비바람 속에서도 가족의 생계를 짊어지고 걷는 뒷모습에서 사랑의 새로운 정의를 읽어 냈다. 그것은 개인의 고통을 숭고한 책임감으로 승화시키는 헌신의 품위였다.

"이 재킷, 제가 사겠습니다. 저에게 꼭 필요한 옷 같습니다."

그녀의 재봉틀 앞에 지갑의 현금을 모두 털어놓았을 때, 그것은 결코

　　　　　　　　　　　　　못생긴 소년, 결국엔 진정한 사랑을 완성하다

시혜나 동정이 아니었다. 인간으로서 보여 줄 수 있는 극한의 성실함에 대한 무조건적인 경의였으며, 그 고귀한 정신에 가닿고 싶어 하는 정대의 영혼 어린 갈구였다.

치매 노모를 잠시 뒤로하고 부산 장례식장까지 달려갔던 무리한 조문역시 마찬가지였다. 그것은 연정이 아니라 한 위대한 영혼이 겪는 슬픔에 바치는 인격적 예우였다.

임경숙을 통해 정대는 깨달았다. 사랑이란 상대의 짐을 말없이 대신들어 주는 무심한 봉사이며, 고난 앞에서도 자신의 존엄을 잃지 않는 태도를 닮아 가는 과정이라는 것을. 그녀의 존재는 정대의 해묵은 열등감과 실패의 상처를 치유하는 가장 강력한 약이 되었다.

행동의 기준이 임경숙이었다면, 김순희 교수와의 관계는 정대에게 사고(思考)하는 사랑의 지평을 열어 주었다.

김 교수는 정대에게 지적인 자극과 성찰의 기회를 제공하는 스승이자 도반(道伴)이었다. 두 사람의 대화는 단순한 정보 교류가 아니라, 삶의 본질을 탐구하고 철학을 공유하는 지적 교감의 장이었다.

실패한 사업가로서 위축되었던 정대는 김 교수와의 대화를 통해 자신의 가치를 재확인했다.

"배 대표님, 우리가 하는 이 노력이 지역사회에 대한 진정한 헌신입니다"라는 그녀의 담백한 격려는, 그 어떤 달콤한 위로보다 지극한 보양식이 되었다. 김 교수는 사랑이란 공동의 목표를 향해 지적으로 연대하며 함께 성숙해 나가는 상호 존중의 가치임을 일깨워 주었다.

그녀를 향한 정대의 동경은 육체적인 끌림을 넘어, 세상을 바라보는 맑은 시선과 지혜에 고정되었다. 이는 어린 시절 순연이가 보여 주었던

'가능성을 읽어 주는 눈'의 확장판이었다. 정대는 김 교수와의 교유를 통해 사랑이 감정의 소모가 아닌 정신의 풍요를 가져오는 고차원적인 행위임을 명확히 인지하게 되었다.

이 두 여성을 통해 정대의 여성관은 비로소 완성되었다. 못생긴 놈이라 자책하며 타인의 시선에 전전긍긍하던 청년 정대는 사라졌다. 그 자리에는 타인의 고결한 인격을 알아보고 그것을 흠모할 줄 아는 성숙한 인간 배정대가 서 있었다.

이제 그에게 사랑은 소유하는 행위가 아니다. 닮고 싶은 인격을 발견하고 그 빛을 따라 자신을 정화하는 내면의 확신이다. 이는 현재 그가 93세 치매 노모를 돌보는 일상에서 구체적으로 실천된다. 매일 아침 어머니의 기저귀를 갈고 식사를 챙기는 고단한 루틴은 더 이상 형벌이 아니다. 그는 이것을 존엄의 집행이라 부른다.

이 돌봄은 과거 이연하에게 베풀었던 오만한 시혜와는 근본적으로 다르다. 지금의 돌봄은 임경숙이 보여 준 헌신의 품격을 따르는 것이며, 김순희 교수가 강조한 삶의 존엄을 실천하는 방식이다. 그녀들의 삶을 통해 배운 진정한 사랑의 형태가 그의 일상이 된 것이다.

사랑은 이제 정대에게 뜨거운 열병이 아니라, 매일 묵묵히 수행해야 할 존엄의 절차가 되었다. 그는 자신의 못생긴 외모 뒤에 숨겨져 있던 진정한 보석 — 헌신하고 존경할 줄 아는 자기 자신 — 을 발견했다.

진정한 사랑의 완성을 향한 길목에서, 정대는 이 확고한 기준을 가슴에 품고 마지막 사랑인 이지 씨를 맞이할 준비를 마친다. 그의 여정은 결국 '사랑을 찾는 과정'이 아니라, '사랑을 할 수 있는 자격을 갖추어 가는 과정'이었다. 그리고 그 기준의 완성은 곧, 배정대라는 한 인간의 삶의 완

 못생긴 소년, 결국엔 진정한 사랑을 완성하다

성이기도 했다.

그는 이제 낙동강의 윤슬처럼 깊고 고요한 눈빛으로 세상을 본다. 사라지는 것들에 애도를 표하고, 다가오는 인연에 환대를 보내며, 상선약수(上善若水)의 마음으로 다시 걷는다. 그의 진정한 사랑 찾기는 이제 가장 깊고 성숙한 단계로 진입하고 있었다.

6. 오만과 방관,
결국엔 영웅의 발견

삶의 강물 위에서, 그는 삶의 궤적을 묻는 질문 앞에선 언제나 펜을 든다. 한 남자의 인생이 파도처럼 굽이치다, 가장 낮은 곳에서 가장 높은 진실을 마주한 이야기를 기록한다. 그 남자의 이름은 배정대, 올해 만 64세이다. 그는 소설의 주인공이며, 영원히 외적 성취라는 깃발을 쫓았던 사내로서 한 시대의 상징이라 할 만하다.

그는 가장 화려했던 시절, 자신을 가문의 구축함이라 여겼지만 가장 절박했던 순간에 비로소 진정한 가족의 닻이 누구였는지 깨닫는다.

배정대에게 삶은 언제나 전진이었다. 초등학교 시절, 단칸방의 가난과 아버지의 무거운 침묵은 그에게 피할 수 없는 과제를 부여했다. 바로 집안을 일으켜 세우는 것이었다.

그의 유년은 대구 내당동의 좁은 골목에 갇혀 있었다. 그의 가족은 남의 집에 기대어 살았다. 성적표에는 가가 줄을 섰고, 체육 시간의 양 하나가 그나마 숨통을 틔워 주었다. 장사를 이유로 집을 비우던 아버지의 긴 부재는 곧 가정의 빈자리로 이어졌다.

정대의 방엔 변변한 책 한 권 없었지만, 같은 처마 아래 살던 이웃 승일이네 방의 문턱에 서서 벽처럼 쌓인 전집의 제목을 훔쳐 읽었다. 그때부터 책은 도피처이자 언젠가 열어야 할 문이라는 걸 어렴풋이 알게 된 때였다.

설명하기 어려운 가난과 아버지 부재의 분노가 함께 달아올랐던 날, 어머니가 심부름을 시키며 만 원을 건넸다. 손바닥의 지폐는 이상하게 뜨거웠다. 그는 그 돈을 쥐고 집을 나섰다. 밤의 대구역에서 완행열차에 올랐다. 객차의 덜컹거림이 그의 불안을 오랫동안 흔들었다.

새벽, 낯설고 어두운 용산역에 내린 그는 불이 켜진 중국집을 찾아 무작정 취직을 청했다. 주인은 말없이 짜장면 한 그릇을 내밀었다. 정확한 말은 기억나지 않는다. 다만 목소리에 실린 삶의 무게와 따뜻함이 묻어 있던 훈계는, 그의 가슴속의 얼음을 천천히 녹였다. 그때 정대는 알았다. 도망은 자유가 아니었다. 더 큰 외로움의 다른 이름이었다.

만 원과 새벽의 짜장면 한 그릇과 함께한 따뜻한 훈계는 그에게 화려한 기회가 아닌 방향을 건넸다. 만 원을 여전히 손에 쥔 채, 다시 남쪽으로 향하는 열차에 몸을 실었다.

집에 돌아온 그날, 밤을 새워 기다리던 어머니의 퉁퉁 부은 눈가를 보는 순간, 그는 도피 대신 직면을, 회피 대신 책임을 택하기로 마음먹었다. 이 가출은 실수였지만, 동시에 책임감이라는 낱말이 그의 안에서 싹을 틔우던 첫날이었다.

가난을 벗어나는 길은 오직 하나, 돈이 들지 않는 교육 엘리트 코스뿐이었다. 그는 이웃의 전집을 빌려 읽고 모르는 것을 선생님께 묻는 자력갱생의 시스템을 스스로 구축하기 시작했다.

그는 밤잠을 줄여 가며 공부하여 특목고인 금오공고로 진학했고, 해군사관학교 40기로 임관하여 자랑스러운 대한민국 해군 장교의 상징인 하얀 제복을 입었다. 그것은 가난했던 과거에 대한 통쾌한 복수이자 자신이 짊어져야 할 책임감의 상징이었다. 이 군인다운 시스템 근육이 평생 그의 삶을 지배했다.

해군 소령 전역 후에도 그의 성공을 향한 항해는 멈추지 않았다. 그는 주류연구소 전통주 연구원 및 영업상무로서 현장을 누볐다. 또한, 한국 EMBC 부사장, ㈜프로텍 기술연구소장, ㈜프로텍 자회사의 대표이사, ㈜

SDD 신규사업본부장 그리고 직접 설립한 친환경 농자재 스타트업 ㈜녹색혁명의 창업 대표까지를 두루 섭렵했다. 명함은 쉴 새 없이 바뀌었고 그는 주류 사회의 모든 성공 모델을 집착적으로 섭렵하며 끊임없이 자신을 증명하려 했다.

그의 철학은 명확했다. '스스로의 힘으로, 체계를 통해, 목표를 달성한다.' 그에게 성공은 곧 시스템이었고, 시스템은 곧 자력갱생의 증거였다.

그는 숱한 실패와 도전을 겪으면서도 좌절하지 않았다. 그는 임금이 막히면 법인을 세우고도 직접 노동 현장으로 달려가 삽을 들었고, 농원에서 땀을 섞으며 운영비를 만들었다.

그는 가난했지만 비굴하진 않으려 했다. 이 불굴의 의지는 어린 시절의 가출에서 얻은 책임감과 군에서 배운 체계적인 리더십이 융합된 결과였다.

2020년, 육십을 앞둔 해, 폭우와 팬데믹이 겹치던 장마 시기, 그는 한계의 경계를 확인하며 마지막 외적 성취를 향한 담금질에 들어갔다. 안동댐에서 낙동강하굿둑까지 도보로 363킬로미터 거리를 주파하는 것이었다. 밤을 품은 자전거길을 걷고 돌아와 일을 돕는 릴레이를 감행했다.

걷는 동안은 일부러 몸을 혹사했고, 스마트폰 배터리를 화장실 손 건조기 콘센트에 꽂아 충전했으며, 잔디밭에 드러누워 다리를 올리고 혈액 순환을 돕는 등의 고독한 시간을 보냈다.

그는 한계로 몰릴 때, 비로소 진짜 자기 자신을 만난다는 것을 몸으로 익혔다. 그는 이때, 사업 성공은 기술·자본·사람 위에 '때(천시)'가 얹혀야만 열린다는 것을 뼈저리게 깨달았다.

그래서 리스타트를 위해 현장의 배움을 더하려 농업회사법인 영식㈜

　　　　　　　　못생긴 소년, 결국엔 진정한 사랑을 완성하다

에 지원서를 냈고 새벽의 통화 한 통으로 입사가 결정되었다.

그는 이 모든 과정을 통해 노자가 되자는 철학을 정립했다. 물처럼 낮은 곳을 선택해 흐르되(상선약수), 억지를 제거하고 절차로 품위를 지키며(무위), 필요한 만큼으로 충분을 삼는 마음(족함)이었다.

경조사의 형식에 매이기보다 관계의 본질을 지키고 과거의 상처를 평계 삼지 않고 오늘의 목적에 맞춰 선택하는 태도였다. 이 철학은 그가 평생 좇던 외적 성공의 허점을 깨달은 60대의 배정대가 스스로에게 내린 새로운 삶의 작전 지침이었다.

그러나 삶은 늘 가장 예기치 않은 순간에 방향타를 꺾는다. 60대 초반, 경기도 연천군에서 농촌공동체의 활성화에 몸 바쳐 일하던 그는 부친의 갑작스러운 작고로 인해 경상북도 고령군 우곡면 논실의 낡은 시골집으로 돌아와야 했다.

그리고 남겨진 어머니, 93세의 노모가 계셨다. 아버지는 평생 정대를 압박하던 거대한 권위였지만, 어머니는 그의 영혼을 받쳐 주던 부드러운 흙이었다. 그 흙이 이제 치매라는 느리고 비극적인 병에 잠식당하고 있었다.

그는 도시에서의 모든 명패와 외투를 벗어 던지고 고령의 작은 골목으로 들어섰다. 유네스코 세계문화유산의 도시, 고령. 그 고도(古都)에서 그는 치매 노모를 위한 전업주부라는 이전의 그 어떤 직함보다 낮고 겸손한 자리를 맡았다.

삶의 강물 위에서 그의 화려했던 구축함은 고령의 낡은 시골집으로 좌초된 것처럼 보였다. 가문의 번영을 향한 그의 항해는 결국 가장 초라하고 오래된 항구에 닿은 것이다.

논실의 시골집은 낯설지 않았으나, 돌봄의 과정은 지옥처럼 낯설었다. 해군 구축함의 작전관(作戰官)으로서 수십 척의 함정을 지휘했던 그의 머릿속은 언제나 체계와 질서로 가득 차 있었다. 그는 돌봄에도 완벽한 시스템을 적용하려 했다.

존엄한 노후를 지키는 전업 주부, 그에게 부여된 임무로서 이보다 명확한 우선순위는 없었다. 그의 어머니는 장기요양 4등급으로 주간보호센터에 다니신다. 출근은 08:30, 퇴근은 17:00. 그러나 전업 주부로서의 핵심 시간은 06:30~08:30였다.

아침의 리듬은 기상-청소-간단한 아침 준비-깨우기-스트레칭-화장실-식사-근행-세수-등원을 위한 외출 준비로 이어졌다. 08:20에 집을 나서 08:30 등원용 승용차에 태워 배웅하였다.

그가 이 리듬을 정형화하기까지 수많은 시행착오가 있었다. 그의 어머니는 출발 전 서너 번 화장실을 오갔다. 기저귀를 소녀처럼 부끄러워하셨다. 안방-화장실 동선을 정리하고 자주 환기해 냄새를 지웠다. 넘어짐이 가장 큰 리스크여서 시선과 손이 늘 앞서 나갔다.

그러나 치매라는 파도는 그의 모든 시스템을 무너뜨리는 무형의 적이었다. 어머니의 예측 불가능한 요구와 거부는 정대가 평생 배운 논리와 명령이 통하지 않는 유일한 세계였다.

매번 새 밥을 지어서 유튜브로 배운 찌개를 끓여 진지를 올리며, "엄마, 식사하세요"라는 말에 "나는 밥 안 먹는다"고 거부하셨다.

어렵게 설득하여 숟가락을 들게 하면, 어머니는 갑자기 밥그릇을 밀쳐 내며 "내 돈을 누가 훔쳐 가려고 한다!"고 소리쳤다. 이 돈키호테 같은 돈 숨기기 행동은 정대를 정신적으로 피폐하게 만들었다.

'내 돈을 누가 훔쳐 가려고 한다!'는 불안 정서에, 정대는 장롱 뒤, 이불 속, 심지어 김칫독 근처까지 뒤져 돈을 찾아야 했다. 돈을 찾아내도 어머니는 정대를 도둑 보듯 경계했다.

"너는 내 새끼인데, 어째 이리 나쁜 짓을 하노?"

그때마다 정대의 가슴은 차가운 비수가 꽂힌 듯 아팠다. 명예와 권위를 중요시하며 자랑스러웠던 해군 장교였기에 더욱 아팠다.

이것뿐만이 아니었다. 아침 밥상을 물리기가 무섭게 "정대야, 밥은 먹었니?" 하고 물어보시는 어머니였다. 불과 5분 전에 함께 밥을 먹은 걸 기억하지 못하고, 또다시 반복되는 질문은 정대의 인내심을 시험했다. "예, 어머니. 방금 먹었잖아요" 하고 나지막이 대답해도, 어머니는 금세 "나는 못 봤는데?" 하고 의아해하셨다. 그럴 때마다 정대는 깊은 한숨을 쉬었다.

그러나 이내 퉁명스러운 자신의 말투가 어머니를 아프게 했을까 봐 후회가 밀려왔다. 어머니의 눈빛에는 진짜로 밥을 먹었는지 기억나지 않아 불안해하는 혼란스러움이 가득했다.

어쩌면 그 질문은 단순히 끼니를 묻는 것이 아니라, 아들이 곁에 있다는 확인을 받고 싶은 어머니의 유일한 표현 방식일지도 모르겠다는 생각에 정대는 다시금 침착하게 "그럼요, 어머니. 걱정 마세요. 제가 밥을 든든히 먹었어요" 하고 대답하곤 했다.

밤중에는 더 큰 문제들이 발생했다. 새벽 2시, 겨우 잠이 들었던 정대는 인기척에 잠을 깼다. 어머니가 현관문 앞에서 웅얼거리고 계셨다.

"할머니 집에 가야 하는데… 나 늦었다. 아버지 기다리신다."

정대가 조심스럽게 다가가 물었다.

"어머니, 어디 가세요? 지금은 한밤중이에요."

어머니는 정대의 얼굴을 한참 올려다보더니 낯선 사람을 보듯 눈을 깜빡였다.

"자네는 누군가? 어찌 내 길을 막는가? 우리 아들은 지금 서울에 있는데."

그 순간 정대의 심장은 바닥으로 쿵 떨어지는 듯했다. 어머니의 눈에 자신이 없다는 것, 그것만큼 참담한 고통은 없었다. 그는 간신히 마음을 추스르고 어머니의 손을 잡았다.

"어머니, 제가 정대예요. 아들. 지금은 갈 수 없어요. 내일 아침에 저랑 같이 가요, 네?"

그는 어머니를 겨우 달래 방으로 모시고 와서 이불을 덮어 드렸다. 하지만 어머니의 눈은 여전히 불안하게 천장을 훑고 있었다.

한번은 이런 일도 있었다. 어머니 방을 정리하다가 낡은 나무 상자 하나를 발견했다. 열어 보니 어머니의 젊은 시절 사진들과 함께 촌스럽지만 섬세하게 수가 놓인 손수건이 나왔다.

정대는 그 손수건을 어머니께 보여 드렸다.

"어머니, 이거 어머니가 만드신 거예요? 정말 예쁘네요."

어머니는 흐릿한 눈으로 손수건을 보더니, 갑자기 얼굴에 환한 미소를 지었다.

"아이고, 이게 아직 있었네! 정대야, 네 아버지가 처음 선물해 준 꽃무늬 치마에 맞춰서 내가 직접 수놓은 거란다. 그이가 이걸 보고 어찌나 좋아했는지!"

어머니는 마치 어제 일처럼 생생하게 젊은 날의 이야기를 쏟아 냈다.

정대는 듣는 내내 눈시울이 뜨거워졌다. 기억의 끈은 끊어져도 감정의 흔적은 여전히 어머니의 마음에 새겨져 있음을 깨달았다. 어머니가 보여

          못생긴 소년, 결국엔 진정한 사랑을 완성하다

준 그 해맑은 미소, 잃어버린 줄 알았던 시간의 조각들이 문득 떠오르는 순간이야말로 정대가 돌봄을 포기할 수 없는 이유 중 하나였다.

길을 가다 우연히 마주친 작고 노란 민들레꽃을 보고 해맑게 웃으시는 어머니의 모습, 텔레비전에서 흘러나오는 옛날 가요에 맞춰 어깨를 들썩이시는 어머니를 보며 정대는 치매가 앗아 가지 못한 어머니의 순수한 기쁨을 보았다.

그는 이 힘든 돌봄을 혼자 감당해 내는 것 자체가 또 다른 희생이라고 생각하며 그 고독한 책임감에 스스로를 묶어 두었다.

그렇게 몇 달이 지나자, 그의 몸무게는 10kg 이상이 빠졌고 밤에는 어머니의 작은 기침 소리에도 잠이 깼다. 완벽하게 고립된 돌봄이라는 감옥에 갇힌 기분이었다. 그가 구축하려 했던 완벽한 시스템은 어머니의 순수한 인간성 앞에서 완전히 붕괴되었다.

고립감과 싸우던 어느 날, 이웃 월산리에 사는 누나 정순이 반찬을 들고 시골집을 찾았다. 누나는 평생을 이 집 근처에서 살며, 정대가 도시에서 성공의 깃발을 휘날릴 때도 묵묵히 부모님 곁을 지켰던 맏딸이었다.

정대는 여전히 자신의 돌봄 시스템에 매몰되어 있었기에 누나의 방식은 그의 눈에 비효율적이고 무질서하게 보였다.

정대의 오만한 방관은 주로 감사(Audit)의 형태로 나타났다. 그는 자신이 세운 노모 돌봄 일일 작전계획을 누나의 실제 돌봄 활동과 대조하며 끊임없이 결함을 찾아 잔소리를 했다.

누나는 어머니가 갑자기 거부하는 밥 대신, 어머니가 좋아하는 숭늉을 끓여서 드리거나, 이유 없이 불안해하는 어머니를 마당의 평상에 앉혀 등을 두드려 주는 체온 요법을 사용했다. 정대는 그것을 보고 비효율적이라고 판단했다.

"누나, 데이터가 없어. 숭늉은 영양소 분석이 안 되잖아. 그리고 왜 매번 감정적으로 대응해? 매뉴얼대로 해야지. 어머니의 활동 패턴을 기록해야 치매 진행 상황을 객관적으로 파악할 수 있어."

정대는 해군 장교 시절의 정형화된 보고서 정신을 버리지 못했다. 그는 마음속으로 누나를 나약하고 변화를 거부하는 현장 작업자로 평가절하했다.

자신은 중요한 전략가로서 도시에서 큰 임무를 수행했기에 부모님 곁을 비워도 됐지만, 누나는 애초에 큰 무대로 나가지 못했기에 저렇게 단순 노동에 갇혀 있다고 오만하게 판단했다.

며칠 후, 정대가 서울에서 업무 관련한 미팅을 위해 하루 자리를 비운 사이, 아침의 루틴은 별문제 없이 잘 진행했으나, 저녁의 돌봄에서 어머니가 침대에서 넘어져 허리를 삐끗하는 일이 발생했다.

누나는 곧바로 어머니를 부축하고 병원에 연락하여 응급 상황을 처리했다. 정대는 돌아오자마자 누나에게 전화를 걸었다. 그리고, 누나에게 매몰찰 정도로 심하게 몰아붙였다.

"누나, 돌봄 매뉴얼 17조의 낙상 예방 프로세스를 따랐어? 침대 높이 조절은 했고? CCTV로 확인했어야지! 이 모든 사고는 시스템 부재에서 오는 거야."

누나는 묵묵히 전화를 끊었고, 며칠 뒤 반찬을 들고 시골집을 찾았을 때도 말없이 아픈 어머니의 기저귀를 갈고 차가운 손을 마사지하고 있었다.

정대의 시스템 지적이 계속되자, 누나는 드디어 굳게 다물었던 입을

　　　　　　　못생긴 소년, 결국엔 진정한 사랑을 완성하다

열었다. 그녀의 눈에는 수십 년간 묵혀 온 서러움과 함께 동생을 향한 연민이 담겨 있었다.

"정대야, 네가 인생을 걸고 이룬 그 시스템이라는 게, 엄마한테는 네가 밤새 작성한 보고서 한 장보다 못한 따뜻한 물 한 그릇이야. 엄마한테 중요한 건 5분 늦은 약 시간이 아니라, 네가 나를 얼마나 간절히 보느냐는 눈빛이야. 네가 해군에서 배운 건 거창한 작전일지 모르겠지만, 내가 이 집에서 평생 배운 건 조건 없는 사랑의 지속력이었어. 알아!"

누나는 숨을 몰아쉬며 말을 이어 갔다. 그녀의 목소리는 떨렸지만 그 울림은 정대의 영혼을 관통했다.

"너는 이제 와서 몇 달 깔짝대고 희생이라 부르지. 네가 전역하고 사업하느라 전국을 떠돌 때, 서울에서 승승장구할 때, 이 집의 기름때를 닦고 쌀독을 채우고 아버지 어머니의 병원 길을 동행했던 건 누군데? 네가 자랑하는 자력갱생은 내가 너희들을 위해 기꺼이 포기한 내 삶의 조각들 위에서 핀 꽃이었어. 나는 평생을 시스템 없이 이 집안을 지켰어. 네가 원하는 건 엄마의 회복이 아니라, 네가 돌봄에도 성공했다는 성취욕 때문이 아니니?"

누나의 울분은 폭탄처럼 정대의 오만을 산산이 부쉈다. 정대는 평생을 가난한 집안을 일으켜 세워야 한다는 압박감 속에서 살았지만, 정작 가장 비천한 곳에서 가장 숭고한 임무를 수행하고 있던 것은 바로 맏딸이었다.

누나의 삶은 해군 구축함보다 더 견고한 가족 공동체를 지탱한 보물선이었다. 누나는 그에게 진정한 헌신이 무엇인지를 시스템이 아닌 체온으로 가르쳐 주었다. 그의 영웅심이 무너진 자리에는 누나의 따뜻한 눈물이 고였다.

고독한 전투가 파국으로 치달은 것은, 어머니가 새벽에 집 밖으로 나가려는 것을 막다 정대가 바닥에 걸려 넘어지는 일이 발생했을 때였다. 허리를 부여잡고 바닥에 주저앉은 순간 정대는 처절하게 깨달았다.

이것은 그 혼자 감당할 수 있는, 물리적, 정신적 영역을 이미 넘어섰다. 누나의 준엄한 꾸짖음과 이 물리적인 좌절이 그가 평생 숭배했던 자수성가와 자력갱생이라는 신념의 탑을 무너뜨렸다.

그가 남이나 기관에 도움을 요청하는 것은 곧 패배 선언이었다. 해군 소령 전역 후, 뚝심 있게 몰아붙이던 기업가로서 살았던 그에게 공공기관의 도움은 치명적인 자존심의 상처였다. 그는 자신의 이름을 걸고 시작한 모든 임무를 스스로 완수해야 한다는 강박에 시달렸다.

고령군 보건소 내 치매안심센터를 방문하는 순간까지, 그의 발걸음은 마치 수십 톤의 족쇄를 단 것처럼 무거웠다. 그는 굳게 다짐했다. 딱 필요한 정보와 서비스만 받고 다시 내 시스템으로 완벽히 돌아올 것이다.

그러나 센터의 문을 여는 순간, 그가 예상했던 냉정하고 데이터 중심적인 환경은 없었다. 대신, 그는 삶의 무게가 실린 낮은 웃음소리, 은은한 원두커피의 바닐라 향, 그리고 알 수 없는 평온함이 가득한 공간을 발견했다. 그곳은 기업의 R&D 연구소나 군의 작전상황실처럼 효율을 극대화한 곳이 아니었다. 그곳은 삶의 밀도가 가득한 곳이었다.

그의 불안과 좌절을 낯선 시선으로 바라보지 않은 이는 사회복지사 성이지 씨였다. 그녀는 그의 시스템 중심적인 설명을 굳이 끊지 않고 그저 묵묵히 들었다. 마침내 정대가 "제 방식은 완전히 틀렸습니다"라며 눈물을 보였을 때, 성이지 씨는 따뜻한 아메리카노 한 잔을 건네며 말했다.

"배정대 선생님, 힘드셨죠. 치매는 개인의 문제가 아닙니다. 한 개인이 겪는 비극이지만, 돌봄은 공동체가 함께 책임져야 할 영역이에요. 존엄은, 선생님 혼자 지켜 드릴 수 없습니다. 치매안심센터의 존재 이유는 선생님과 같은 보호자를 돕기 위해서 있습니다. 존엄은 나눔과 연대라는 가장 인간적인 형태로 실현됩니다."

그녀의 말은 정대가 평생 신봉했던 수직적인 성공 시스템을 완전히 뒤집어 놓았다. 그가 평생 외쳤던 책임은 그의 조직의 성공을 위한 것이었지만, 센터가 건넨 따뜻한 위로와 정책 방향은 한 개인의 사적이고 무거운 짐을 공동체가 기꺼이 나누어지겠다는 포용적 복지의 가장 따뜻한 선언이었다.

이것은 그가 헌신했던 군대와 기업의 경쟁 논리와는 완전히 다른 인간다움의 체계였다.

정대는 센터를 통해 어머니와 보호자인 본인에게 맞는 인지 프로그램과 치매환자 가족지원 프로그램 등과 같은 다양한 행사들과 연계했다. 하지만 그의 오만은 쉽게 꺾이지 않았다. 그는 센터의 프로그램 운영 방식에 대해 끊임없이 질문하고 감사하려 들었다.

"인지 활동 시간에 왜 음악 치료는 15분밖에 안 합니까? 제 생각으로는 시간을 좀 더 길게 배정하는 것이 좋을 듯합니다. 이 활동의 핵심성과지표는 무엇입니까?"

그는 여전히 돌봄을 하나의 프로젝트로 보고 있었다. 하지만 센터 직원들의 모습은 그의 논리를 무력화시켰다. 정대는 젊은 남자 사회복지사가 노인 한 분에게 식사를 드릴 때, 노인이 '이 밥에 누가 독을 탔다'며 거부하자, 그는 화내거나 매뉴얼을 따르지 않았다.

그는 밥을 한술 떠서 자신이 먼저 먹고, 환하게 웃으며 말했다.

"맛있습니다, 아버님. 제가 먼저 확인했습니다. 저랑 같이 조금만 더 드셔 보실까요?"

이 행동은 정대의 감정적 대응 금지 매뉴얼 어디에도 없었다. 이것은 오직 깊은 공감과 유연한 사랑만이 만들어 낼 수 있는 대응이었다.

정대는 센터에서 치매 환자를 돌보는 다른 보호자들과도 만났다. 그들은 밥상머리 교육에서 실패한 아들, 돈 문제 때문에 다투는 형제들의 고통, 그리고 끝없이 반복되는 배설물과의 전쟁과 같은 에피소드를 웃음과 눈물로 함께 나누었다. 그들은 서로에게 조언, 격려, 그리고 가장 중요한 묵언의 연대를 건넸다.

정대는 깨달았다. 자신의 고립은 이 따뜻한 연대를 오만하게 거부한 결과였음을 알게 된 것이다. 그는 최고를 지향하는 외적 성취를 추구했지만, 이 센터는 가장 취약한 인간의 존엄을 지켜 주는 내적 평화를 완성하고 있었다.

그는 비로소 자신을 내려놓았다. 자신이 해군 함정의 함장으로서 나라의 영해를 지켰다면 이들은 가장 취약한 인간의 존엄을 지키는 또 다른 형태의 민간의 영웅들이었다.

그가 바라던 완벽한 돌봄 시스템은 놀랍게도 나눔과 연대라는 휴머니즘적인 형태로 실현되고 있었다. 그의 영웅심이 무너진 자리에는 공동체의 따뜻한 포용이 들어섰다.

센터의 성이지 씨는 정대에게 단순한 사회복지사가 아니었다.

그녀는 그가 잃어버린 여성성의 이상향, 그 자체였다. 순연이가 그에게 보여 주었던 순수한 사랑의 원형질, 김영희에게서 기대했으나 찾지 못

　　　　　　　　　못생긴 소년, 결국엔 진정한 사랑을 완성하다

했던 배우자로서의 존경과 지지, 이옥자에게서 얻지 못했던 도덕적 가치와 지적 수준의 일치, 이연하에게서 배신당했던 변치 않는 믿음, 그리고 임경숙과 김순희 교수를 통해 잠시 경험했던 정신적 위로와 깊은 지적 교감까지를 모두 가지고 있었다.

이지 씨는 이 모든 이상형의 퍼즐 조각들을 한데 모아 완성한 완벽한 그림 같았다. 지적이고 전문적이며, 동시에 한없이 따뜻한 인성을 소유한 인격자였다. 그는 그녀에게서 어머니가 가졌던 조건 없는 헌신의 DNA를 보았고, 그가 그토록 갈구했던 대화가 통하는 벗의 가능성을 발견했다.

어느 날 상담 시간에 그는 어렵게 고백했다.

"선생님, 오늘 어머니가 똥을 싸셨는데… 제가 고맙다고 했습니다."

그의 입에서 나온 이 말이 누군가에게는 비위생적이고 적나라한 고백이었을 것이다. 하지만 성이지 씨는 그의 말을 자르지 않았다. 그리고 환하게 웃으며 말했다.

"정말 잘하셨어요. 선생님은 이미 최고의 아드님이세요."

그녀의 칭찬은 금오공고 시절 선생님께 들었던 칭찬보다, 해군사관학교에서 학업 우수로 받았던 기장보다 더 가슴을 뛰게 했다. 그것은 그의 지난 고통과 고뇌를 모두 이해하고 인정해 주는 영혼의 칭찬이었다. 그녀는 그의 부끄러움을 감싸 주었고 행동에 정당성을 부여해 주었다. 또한, 그녀는 그에게 자신감을 불어넣어 주었다.

이제 그는 더 이상 센터에 가는 날을 주저하지 않았다. 매일 아침 8시 30분, 어머니를 주간보호센터에 모셔다 드리고 치매안심센터의 행복한 카페에 들러 우연을 가장한 그 짧은 순간의 만남은, 그에게는 하루를 버티게 하는 구원이 되었다. 그 시간이 그에게 얼마나 큰 힘이 되었는지 세상 그 누구도 이해하지 못할 루틴이었다.

그는 그녀에게 연정을 품기 시작했다. 하지만 그 연정은 과거의 치기 어린 욕망과는 달랐다. 그녀는 유부녀였다. 남편 김현진 씨는 고령에서 현대자동차 대리점을 운영하는 건실하고 성실한 사람이었다.

그는 감정을 철저히 단속했다. 그것은 욕망이 아니라 존경과 동경의 이름으로 남아야 했다. 왜냐하면, 그의 오랜 상처투성이 경험들은 욕망이라는 감정이 얼마나 파괴적일 수 있는지 가르쳐 주었기 때문이었다.

그는 그녀가 이 지독한 고독의 터널에서 멀리 보이는 등대처럼, 그녀를 바라보는 것만으로도 살 수 있을 것만 같았다. 그녀의 존재 자체가 그의 메마른 삶에 스며드는 한 줄기 햇살이었다.

이지 씨가 그의 삶에 들어온 후, 그의 모든 것이 달라졌다. 그는 펜을 들었다. 이지 씨가 준 용기, 그리고 어머니와의 동행에서 얻은 깨달음을 글로 쓰기 시작했다. 『묻다, 어떻게 살아야 하는가?』라는 자전적 에세이는 그렇게 출간이 되었다.

그의 글쓰기는 단순한 자기 치유를 넘어섰다. 그것은 상처 입은 영혼이 타인과 소통하려는 절박한 시도이자, 이지 씨를 향해 보내는 소리 없는 연서(戀書)였다. 그의 모든 경험과 철학적 성찰의 결과는 활자화되어, 그녀에게 그의 내면을 드러내는 유일한 통로가 되었다.

그녀 또한 그의 글을 읽었다.

"선생님 글에는 힘이 있어요. 슬픔을 딛고 일어선 사람만이 가질 수 있는 단단함이요."

그녀의 말 한마디는 그의 마음속 깊이 잠재되어 있던 작가로서의 자아를 깨웠다. 수많은 실패 속에서 꺾였던 그의 자존감이, 그녀의 한마디에

 못생긴 소년, 결국엔 진정한 사랑을 완성하다

다시 고개를 들었다. 그녀의 응원은 그를 작가로 다시 태어나게 했다. 그의 글쓰기는 그의 지난 삶을 구원하는 행위이자, 이지 씨와의 보이지 않는 끈을 이어 주는 은밀한 수단이 되었다.

두 사람 사이에는 묘한 신뢰가 쌓여 갔다. 그것은 남녀 간의 끈적한 감정이 아니었다. 서로의 인격을 알아본 사람들만이 공유할 수 있는 담백하고도 깊은 우정이었다. 이지 씨는 자신의 직업적 사명감을 넘어, 어르신들의 진정한 대변인이 되려 노력했다. 그녀는 주간보호센터 개원을 고민하며 그에게 자문을 구했다.

그는 과거의 사업 실패와 성공 경험을 바탕으로 진심 어린 조언을 건넸다. 시장 분석, 수익성 예측, 그리고 무엇보다 중요한 사람 중심의 가치까지, 그는 가진 모든 지식과 경험을 아낌없이 나누었다. 그의 조언이 그녀에게 도움이 된다는 사실만으로도 다시 살아 있음을 느꼈다. 그녀는 그의 조언에 귀를 기울였고, 그의 통찰에 진심으로 감탄했다. 그의 존재 가치를 인정해 주는 그녀의 모습에서 그는 다시금 삶의 의미를 찾았다.

그리고 그녀는 그가 흔들릴 때마다 '선생님은 틀리지 않았다'고 지지해 주었다. 삶의 모든 실패가 그 자신의 부족함 때문이라고 자책했던 그에게, 그녀의 지지는 천금과도 같았다. 그가 잃어버린 자존감을 되찾게 해 주는 마법 같은 말이었다. 그의 못생긴 모습과 상처 입은 영혼까지도 그녀는 있는 그대로 받아 주고 보듬어 주었다.

그녀는 그가 평생을 찾아 헤맨 '나를 있는 그대로 봐 주는 맑은 눈을 가진 사람. 나의 결핍을 가능성으로 읽어 주는 사람'이었다.

그는 그녀를 마음속 깊이 봉인하려 애썼다. 그녀에게 해가 되는 일은 단 하나도 해서는 안 된다고 다짐했다. 그녀를 존경하고 동경하는 것으로 만족해야 했다. 그가 할 수 있는 것은 그녀의 길을 응원하고 그녀가 만들어 가는 세상을 조용히 지지하는 것뿐이었다. 이것이 그가 그녀에게 줄 수 있는 유일하고도 진정한 사랑의 형태라고 믿었다.

그러나, 그녀의 지지와 응원에도 불구하고 돌봄의 시간은 여전히 그가 돌파해야 하는 숙명이었다. 특히 밤의 시간에는 특공작전을 수행해야 할 정도의 긴장감과 감정의 끈이 팽팽해지기도 했다.

어느 날 새벽 2시. 가장 피곤하고 나약해지는 시간이었다. 그는 이제 주간보호센터와 치매안심센터의 도움을 받고 있음에도 밤의 돌봄은 여전히 오롯이 그의 몫이었다.

훅 끼쳐 오는 짙은 냄새, 어머니가 이불과 옷에 대변을 지리신 것이었다. 그는 이제 습관처럼 한숨은 쉬지 않았다. 절망 대신 따뜻한 물수건을 가져와 어머니의 굳어진 몸을 닦아 냈다. 대소변을 처리하는 것은 일상의 가장 낮은 루틴이었다.

처음에는 역겨움, 부끄러움, 분노가 가득했지만, 누나의 진심과 센터의 도움으로 생긴 마음의 여백은 그 감정들을 신기하게도 증발시켰다. 그 자리를 채운 것은 기묘한 종류의 연민과 사랑이었다. 더 이상 명예가 아닌 어머니의 존엄을 지키는 것 만이 그의 유일한 임무가 되었다.

"아이고, 우리 새끼 고맙다. 미안하다. 내가 너한테 이래 폐를 끼치네."

어머니의 웅얼거림에 정대는 무너졌다. 이 노쇠하고 나약해진 몸, 이 냄새와 수치심 속에서조차 자신을 미안해하는 어머니, 정대는 문득 깨달았다. 그의 손에 묻은 것은 단순한 배설물이 아니었다. 그것은 어머니의 마지막 존엄이었고 정대가 평생 피하려고만 했던 삶의 민낯이었다. 자신의 손으로 어머니의 똥을 치우면서 그는 비로소 세상의 모든 명패와 허위의식을 내려놓았다.

어느 화창한 봄날의 일요일 오후, 정대는 어머니를 휠체어에 태우고 집 근처 누나네 밭 한가운데 우뚝 솟은 살구나무 아래로 향했다. 시골집에서 살구나무까지는 그리 멀지 않은 거리였지만, 휠체어를 미는 정대의 마음은 천근만근이었다. 혹시라도 작은 돌부리에 걸려 넘어질까, 어머니의 얼굴에 강한 햇볕이 들까, 가는 내내 조심스럽고 불안했다. 하지만 어머니의 얼굴에는 잔잔한 미소가 번져 있었다. 살랑이는 봄바람에 나뭇가지들이 흔들릴 때마다 어머니는 어린아이처럼 손가락으로 살구나무를 가리키며 옅은 미소를 지었다.

살구나무는 정대가 어릴 적 뛰어놀던 역사의 증인이었다. 그 크고 오래된 나무는 마치 그의 가족의 모든 역사를 조용히 지켜본 듯 묵묵히 서 있었다.

그는 어머니의 손을 잡고 조용히 걸었다. 어머니의 펴진 손에 담긴 깊은 주름은 단지 세월의 흔적만이 아니었다. 그것은 고통, 인내, 그리고 사랑으로 새겨진 가족의 역사책이었다.

정대는 문득 자신의 삶을 되돌아보았다. 명문 금오공고, 해군사관학교, 장교, 기업가로서 전 세계를 누볐던 여정…, 그는 평생을 그의 성공을 위해 싸웠다. 그러나 그 성공의 기준은 늘 돈과 명예였다.

살구나무 그늘 아래, 어머니는 흐릿한 눈빛으로 허공과 살구나무를 번갈아 보더니 조용히 웅얼거렸다.

"우리 아들 잘 살지… 우리 손주들 다 잘 살지…"

그 순간, 배정대의 머릿속에 섬광처럼 하나의 깨달음이 터졌다. 그것은 전율이었고 핵폭발처럼 그의 오만을 산산이 부쉈다.

그의 눈가가 뜨거워지더니 이내 굵은 눈물방울이 하염없이 흘러내렸다. 마치 거대한 바위가 그의 가슴을 짓누르다가 한순간에 부서져 내리는 듯한 해방감과 동시에 헤아릴 수 없는 후회가 밀려왔다. 그는 흐느끼는 숨을 들이쉬며 지금껏 자신이 좇았던 가치가 얼마나 공허했는지 비로소 깨달았다.

진정한 집안의 영웅은, 어머니, 어머니였다.

그가 금오공고에서 밤늦도록 책을 붙들고 씨름할 때, 망망대해에서 군함을 지휘할 때, 정글과도 같았던 사회에서 쓰러지고 다시 일어설 때, 전 세계를 떠돌며 영업을 할 때, 어머니는 묵묵히 그 자리를 지켰다. 그의 성취는 오직 개인적인 경력에 불과했다.

어머니의 공적 목록이 주마등처럼 뇌리를 강타했다. 어머니는 치열하게 생계를 꾸리며 4명의 자녀를 반듯하게 길러 내어 가족의 뿌리를 지켰다.

자녀들 모두 사회에서 제 역할을 하는 중산층으로 성장시켜 소우주인 가족이라는 공동체의 안정을 일구었다. 또한, 그 안정을 바탕으로 9명의 손자와 17명의 증손자 총 4세대가 모두 건강하고 행복한 삶을 살고 있는 거대한 덕의 공동체를 일구어 냈다.

어머니의 성취는 한 가문의 4세대를 아우르는 지속 가능한 인류애의 역사였다. 어머니는 평생을 덕을 베풀며 가족의 평화와 안녕이라는 눈에 보이지 않는 가장 견고한 성을 쌓아 올린 것이다. 어머니야말로, 가족이라는 공동체의 가장 위대한 체계(System)였고, 가장 숭고한 사업(Project)의 완성이었다.

  못생긴 소년, 결국엔 진정한 사랑을 완성하다

그의 구축함이 지켜 낸 것은 영해였지만, 어머니의 헌신이 지켜 낸 것은 영원한 가족의 안녕이었다.

그는 이제야 깨달았다. 그가 지금까지 이룬 모든 외적 성취의 깃발은, 어머니의 그 숭고한 헌신이라는 거대한 돛에 기대어 있었음을 말이다. 어머니가 평생 쌓아 올린 공동체의 정신이 이제는 누나의 헌신과 치매안심센터와 주간보호센터라는 사회적 포용의 형태로 아들인 자신에게 돌아와 이 힘든 시간을 버틸 수 있게 하고 있었다.

이 깨달음 이후, 배정대는 비로소 자신만의 철학을 재정립하기 시작했다. 그는 고령의 작은 시골집 한편, 낡은 책상에 앉아 펜을 들었다. 평생을 구축함의 작전관으로, 기업체의 책임자로, 시스템의 설계자로 살아왔던 그는 이제 자신의 내면 깊은 곳을 항해하는 영혼의 항해사가 되었다.

그는 어머니와의 동행, 누나의 꾸짖음, 그리고 치매안심센터와 주간보호센터의 연대에서 얻은 모든 고난과 성찰의 과정을 엮어『묻다, 어떻게 살아야 하는가?』라는 자전적 에세이를 쓰기 시작했다.

그의 글쓰기는 단순한 회고가 아니었다. 그것은 자신의 삶을 향한 준엄한 감사(監査)이자, 독자들에게 건네는 유언(遺言)과 같은 기록이었다. 그는 이 책의 마지막 장을 덮으며, 독자들을 향해 침묵 속에서 말을 건넸다.

"길었던 나의 이야기를 묵묵히 따라와 주신 독자 여러분께 진심으로 깊은 감사를 드립니다."

그는 이 문장을 적으며, 자신의 파란만장했던 삶의 궤적을 다시 한번 되짚었다.

어린 시절의 철없던 순간들부터, 금오공고 기숙사에서의 열정, 해군 사관학교에서의 특별했던 경험들, 그리고 망망대해를 지키던 장교로서의 치열했던 나날들, 또한 전역 후 삶의 현장에서 마주했던 무수한 도전과 좌절, 마침내 치매 노모와의 동행에서 찾아낸 삶의 진정한 의미까지 그의 발자취는 결코 평탄하지만은 않았다.

그는 자신이 겪었던 파란만장한 시간들, 특히 죽음의 그림자가 드리웠던 네 번의 위기의 순간들을 회상했다. 동해의 풍랑 속에서 생존만을 간절히 빌었던 순간, 사업 실패로 명예가 무너졌던 순간, 과로로 심장이 멈추려 했던 순간, 그리고 영혼마저 소멸될 것 같았던 고독한 돌봄의 순간들이 있었다. 이 네 번의 문턱을 넘어 그는 비로소 삶의 강물이 그라는 구축함만을 위한 것이 아님을 깨달았다.

정대는 이 모든 경험을 통해 삶이 자수성가와 자력갱생이 아닌 사랑의 빚 위에 서 있다는 것을 확신했다. 그리고 그 빚은, 어머니가 평생을 바쳐 쌓아 올린 가족 공동체의 덕(德)이었다.

그는 독자들이 책을 통해 그의 이야기가 단순히 한 개인의 회고록을 넘어, 각자의 삶 속에서 '나는 어떻게 살아왔고, 앞으로 어떻게 살아가야 하는가?'라는 근원적인 질문에 대한 실마리를 찾는 여정이 되었기를 간절히 바랐다.

그에게 이제 성공은 더 이상 높은 지위나 많은 돈을 의미하지 않았다. 대신 그는 평화를 물었다. 그의 파란만장했던 인생 궤도는 이 고요한 돌봄의 시간에서 비로소 완성되었다.

"희망은 거창한 설계도가 아닙니다. 내일 아침 2시간의 돌봄, 낮의 약속 이행, 저녁의 한 줄 기록, 밤의 짧은 기도 — 이 네 개의 기둥 위에 선 일상의 건축입니다. 그렇게 쌓인 하루들이 길을 만들고, 그 길이 다음 세대에게 건넬 기준이 됩니다."

그의 삶의 궤적은 이제 외적 성취에 매몰되지 않고, 자신만의 확고한 철학을 바탕으로 내면의 평화를 추구하는 것으로 바뀌었다. 그가 발견한 가장 아름다운 건축물은 다름 아닌 행복한 가족의 모습이었다. 어머니가 치매로 기억을 잃어 가도, 자녀 4명, 손자 9명, 증손자 17명이 서로를 지탱하며 살아가는 그 모습이야말로 어머니가 평생을 바쳐 이룬 가장 위대한 강물 위의 평화였다.

배정대는 살구나무 아래에서 어머니의 손을 놓지 않았다. 사랑은 막연한 희생이 아닌 존귀를 지켜 드리는 따뜻한 루틴으로 승화되었다. 그리고 그 루틴을 혼자 짊어지는 것이 아닌 누나의 지혜와 공동체의 손을 빌려 함께 지켜 나가는 지혜로운 용기임을 배웠다.

치매 노모와의 동행은 그가 평생을 찾아 헤맸던 나침반이 되었다. 그는 진정한 가문의 영웅을 모시는 전업주부로서 이전의 어떤 지휘관보다 숭고한 임무를 수행하고 있었다.

그의 영혼은 이제 명예와 권위의 무게 대신, 사랑과 책임감이라는 새로운 무게를 짊어지게 되었다. 그 무게는 가슴을 짓누르지도 않고 오히려 영혼을 충만하게 하는 따뜻하고 든든한 무게였다.

어머니의 옅은 미소. 그 미소 속에, 배정대는 자신의 삶이 비로소 완성되었음을 알았다.

삶은 강물과 같아 멈추지 않고 나만 흘러야 하는 것이 아니라 흐르는 강물 위에서 나 아닌 모든 것을 포용하는 깊은 연대를 이루는 것임을 알게 된 것이다. 그것이 곧 이 땅을 살아가는 인간으로서의 가장 위대한 성취임을 깨달았다.

그는 이제 묻는다.

"나는 어떻게 살아왔고, 앞으로 어떻게 살아가야 하는가?"

그 답은, 살구나무 아래에서 어머니의 손을 잡고 누나와 함께 걷는 고령의 황톳길을 따라 흐르는 함께하는 강물 속에 있었다.

7. 진정한 사랑의 완성

2061년 12월 1일 오후 8시 7분, 경북 고령군 우곡면 논실(論實)의 깊은 품에 안긴 마당 넓은 한옥, 창호지 너머로는 초겨울의 차가운 밤공기가 세월의 무게만큼이나 고요하게 내려앉아 있었다. 하지만 이 작은 방 안은 마치 100년이라는 긴 시간을 연료로 태운 듯 생의 모든 온기가 응축되어 따뜻함을 넘어선 어떤 신성한 기운으로 가득했다. 연기는 피어나지 않았으나 은은하게 감도는 흙벽의 묵직한 내음과 갓 데운 약차의 쌉쌀한 향이 그들의 마지막 공간을 채우고 있었다.

배정대, 100세의 노인은 옆자리에 앉은 이지(李芝), 92세의 아내를 지극한 눈빛으로 바라보았다. 그의 눈빛에는 지난 세월의 파란만장함, 평생을 찾아 헤맨 진정한 사랑에 대한 고뇌, 그리고 마침내 그 사랑을 찾아 완성시킨 환희가 잔잔한 호수처럼 담겨 있었다.

세월은 이지의 뺨에 깊고 선명한 주름의 지도를 새겼고 그녀의 몸은 수많은 고난과 질병의 흔적으로 낡고 약해져 있었다. 그러나, 정대의 눈에 비친 그녀는 그가 발견했던 영웅의 기품과 빛을 잃지 않은 채 그대로였다.

테이블 위, 투명한 유리병 속에는 빛바랜 마른 잎새 사이에 홀로 남아 가녀리게 빛나는 산초 열매 몇 알이 있었다. 그것은 단순한 식물의 씨앗이 아니었다. 정대에게 산초는 아련한 첫사랑 순연이와의 맑고 티 없는 순간을 상징했으며, 동시에 그가 험난한 인생 여정 속에서 끝없이 추구했던 사랑의 원형질(原形質)을 담고 있었다.

그 독특하고 청량한 향처럼 세상의 어떤 불순물에도 오염되지 않은 순수한 존경과 동경의 사랑. 정대는 평생을 돌아와 마침내 이 산초 열매가 상징하는 사랑을 이지에게서 발견했고 그 사랑은 이제 이 마지막 밤에 이르러 완벽한 형태로 응고되고 있었다.

정대는 이지의 굽어진 손을 조심스럽게 마주 잡았다. 백 년의 세월과 간병의 고통으로 인해 마디마디 굵어진 정대의 손가락과 병마와의 긴 투쟁 끝에 더욱 야위어 버린 이지의 손이 맞닿은 그 작은 접점에서 온기는 여전히 펄펄 끓고 있었다. 그 온기는 젊은 날의 풋풋한 정열이 아니었다. 그것은 이지에게 치매와 난치병이 찾아왔던 80대 중반 시절부터 시작된 헌신과 약속으로 맺어진 황혼의 사랑, 즉 동반 극복 노력의 시간을 견뎌낸 강철 같은 뜨거움이었다.

"우리, 약속했던 대로 오늘 끝까지 간직할 것만 남기고 갑시다."

정대는 이지의 눈을 바라보며 나직이 속삭였다. 그의 목소리는 100년의 풍상을 겪었음에도 맑았고 그 맑음 속에 묵직한 책임감과 무한한 애정이 담겨 있었다. 세상은 그들의 이 마지막 여정을 차갑고 객관적인 용어인 '동반 조력 존엄사'라고 명명할 것이다.

그러나 정대와 이지에게 이 행위는 유한한 삶 속에서 가장 완전한 사랑을 실현하는 가장 숭고한 행위였다. 그것은 세상과의 이별의 비극이 아닌 진정한 사랑의 완성이었다.

정대가 이지를 운명처럼 만난 것은, 2023년 5월 아버지의 갑작스러운 작고 이후 고령으로 이주하고서였다. 정대는 어머니를 혼자 둘 수 없다는 사명감과 어머니와 함께 있고 싶다는 목말랐던 사랑에 대한 갈구로 모든 사회적 직함을 내려놓고 고향 고령으로 내려왔던 것이다.

그는 장기 요양 4등급 치매 판정을 받은 93세의 노모와 45년 만의 동거를 시작하였다. 고령군 대가야의 왕도가 품은 그 오래된 땅에서 정대는 전업주부라는 낯선 명함을 달았다. 처음엔 지옥이었다. 새벽마다 사라지는 어머니를 찾아 아파트를 미친 듯이 뛰어야 했고, 기저귀를 가는 수치심과 싸워야 했다.

"우리 아들, 나는 놔두고 어디 갔노…" 지팡이를 짚고 뒤뚱거리며 아들을 찾는 어머니의 울먹임 앞에서 정대는 무너졌다.

어느 날 아침에는 변비로 고생하던 어머니가 바지를 내린 채 변기 앞에서 바둥거리고 있었다. 바닥에 점점이 이어진 누런 자국. 똥이었다. 정대는 순간 멈칫했으나 이내 어머니의 바지를 벗기고 엉덩이를 씻겼다. 냄새는 역겨움이 아니었다. 그것은 갓난아기 때 자신의 똥을 치웠을 어머니의 사랑이었다.

하지만 돌봄의 무게는 혼자 감당하기엔 너무나 무거웠고 고립감과 우울이 정대를 갉아먹기 시작했다.

"도와주세요."

그는 생전 처음으로 타인에게 약한 소리를 했다. 그 발길이 닿은 곳이 고령군 보건소 내 치매안심센터였다.

그곳에서 1970년생 사회복지사 성이지 씨를 만나게 되었다. 그녀는 정대의 무례할 수도 있는 질문을 끊지 않고 그윽한 눈으로 그를 바라보았다. 그 눈빛은 정대의 불안과 오만을 조용히 받아 내는 눈이었다.

"선생님, 그동안 얼마나 힘드셨어요."

그 한마디였다. 논리도, 시스템도, 효율도 아니었다. 정대가 평생 듣고

　　　　　　　　　못생긴 소년, 결국엔 진정한 사랑을 완성하다

싶었던 말, 그러나 아무도 해 주지 않았던 위로였다.

"치매는 혼자 감당할 문제가 아닙니다. 어머니의 존엄은 선생님 혼자 지키는 게 아니에요. 저희가 함께하겠습니다."

그녀가 건넨 따뜻한 아메리카노 한 잔에서 정대는 45년 전 순연이가 건넸던 설익은 토마토의 향기를 맡았다. 아니, 그보다 더 성숙하고 깊은 향기였다. 꽁꽁 얼어붙어 있던 정대의 마음속 빙하가 그녀의 온기 앞에서 쩍, 하고 갈라지는 소리가 났었다.

정대는 그녀를 관찰하기 시작했다. 이지 씨는 그에게 단순한 사회복지사가 아니었다. 그녀는 그가 잃어버린 여성성의 이상향, 그 자체였다. 지적이고 전문적이며 동시에 한없이 따뜻한 인성이었다. 정대는 그녀에게서 자신의 어머니가 가졌던 헌신의 DNA를 그리고 자신이 그토록 갈구했던 대화가 통하는 벗의 가능성을 보았다.

"선생님, 오늘 어머니가 똥을 싸셨는데…, 제가 고맙다고 했습니다. 변비로 고생하지 않아도 된다고요."

어느 날 상담 시간에 정대가 고백했다. 이지 씨가 활짝 웃었다.

"정말 잘하셨어요. 선생님은 이미 최고의 아드님이세요."

그녀의 칭찬은 금오공고 시절 선생님께 들었던 칭찬보다, 해군사관학교에서 학업성취 우수로 받았던 기장보다 더 가슴을 뛰게 했다.

정대는 그녀를 보기 위해 센터에 가는 날을 기다리기 시작했다. 아침 8시 30분, 어머니를 주간보호센터에 모셔다드리고 치매안심센터의 행복한 카페에 들러서 정보를 수집하고 잠깐이라도 얼굴을 보는 순간은 그에게 하루를 버티게 하는 구원이 되었다.

시간이 흘러 2031년, 정대는 전업주부라는 타이틀을 내려놓게 되었다. 치매 노모께서 101세의 나이로 조용하고 평안하게 주무시면서 성불하신 것이었다.

어머니를 보내 드린 허전함이 채 가시기도 전, 정대는 이지 씨가 62세의 나이로 치매안심센터를 퇴직하고 어르신들을 위한 주간보호센터 개원을 준비한다는 소식을 들었다.

정대는 자신이 가진 모든 경험을 쏟아 그녀를 돕기 시작했다. 금오공고 시절 몸에 익힌 기술적 감각과 ㈜프로텍 기술연구소장으로서 쌓은 설계 지식을 동원해 센터의 공간 효율을 점검했고, 식품 관련 회사와 전통 양조학에서 배운 철저한 위생 관리 원칙을 운영 매뉴얼에 녹여 냈다. 특히 농업회사법인에서의 경영 노하우는 이지 씨가 낯설어하는 행정 절차를 해결하는 데 큰 힘이 되었다. 정대에게 이 과정은 단순히 타인을 돕는 것이 아니라, 어머니를 모시며 느꼈던 소회를 사회적 실천으로 승화시키는 또 다른 치유의 시간이었다.

또한, 정대는 그동안 걷기에서 깨달은 철학적 사유와 성찰의 결과를 되새기며 비로소 자신만의 꿈을 위해 도보여행을 시작했다. 이지 씨의 센터 개원을 돕는 틈틈이, 그는 오랫동안 가슴속에 품어 왔던 숙원을 실행에 옮기게 된 것이다. 바로 분단된 조국의 허리를 발로 직접 밟으며 내면의 목소리를 듣는 한반도 국토 순례였다.

정대는 배낭 하나를 메고 DMZ 접경지역으로 향했다. 과거 해군 장교로서 망망대해를 지키며 응시했던 북녘의 땅을 이제는 육지에서 마주했다. 세계적인 환경친화적 공원으로 거듭난 DMZ의 원시림 속을 횡단하며, 그는 자연이 스스로 치유해 온 시간의 위대함을 보았다. 발바닥에 물집이 잡히고 숨이 턱끝까지 차오를 때마다 그는 걸음을 멈추고 낡은 노트북을 꺼냈다.

그의 블로그, '길 위의 철학자'에는 매일 밤 성찰의 글들이 올라왔다.

'길은 걷는 자의 것이 아니라, 길 위에서 자신을 내려놓는 자의 것'이라는 문장은 수많은 독자의 심금을 울렸다. 국토 순례 중 마주한 비무장지대의 안개, 이름 모를 들꽃, 그리고 그곳에서 만난 사람들의 이야기는 고스란히 소설의 밑거름이 되었다.

순례 중에도 이지 씨와의 교감은 끊이지 않았다. 정대는 설악산 자락에서 발견한 희귀한 야생화 사진을 찍어 그녀에게 보냈고, 이지 씨는 새로 문을 연 주간보호센터에서 어르신들과 함께 만든 따뜻한 도시락 사진으로 답했다.

"이지 선생님, 오늘 DMZ의 바람은 어머니의 손길처럼 부드럽습니다. 우리가 꿈꾸던 생명의 가치가 이 길 위에 있네요."

그의 메시지에 이지 씨는 "정대 선생님의 발걸음이 한반도의 아픔을 어루만지는 것 같아요. 조심히 돌아오세요"라며 격려를 아끼지 않았다.

고령으로 돌아온 정대의 펜 끝은 더욱 날카롭고도 따뜻해졌다. 일흔을 바라보는 나이임에도 불구하고 그는 조선일보 신춘문예에 응모했고, 심사위원 전원일치로 당선의 영예를 안았다.

이어 발표한 장편소설 『못생긴 놈, 진정한 사랑찾기 여정』은 출간 즉시 베스트셀러 순위에 진입하며 문단에 파란을 일으켰다.

못생긴 놈이라는 콤플렉스에 시달리던 어린 시절의 고난을 극복하고, 그의 삶이 외적 조건에 의해 영구히 결정된 것이 아니라, 후천적인 심리적 자본과 노력을 통해 능동적으로 매력적인 인간이 될 수 있음을 증명한 것이었다. 외모나 조건이 아닌, 한 사람을 향한 지고지순한 헌신과 삶을 대하는 진지한 태도가 독자들의 가슴을 파고든 것이었다.

성공한 소설가가 된 후에도 정대의 일상은 변하지 않았다. 그는 집필 활동 중에도 틈만 나면 이지 씨의 주간보호센터로 달려가 망가진 문고리를 고치고 어르신들의 말동무가 되어 주었다. 이지 씨에게 그는 든든한 사업 파트너이자, 세상에서 가장 깊은 대화를 나눌 수 있는 영혼의 동반자였다.

함께 꿈의 터전을 일궈 가던 중, 2038년 이지 씨의 남편 김현진 씨가 혈관성 질환으로 갑작스럽게 세상을 떠났다.

예고 없는 이별 앞에 무너진 이지 씨 곁에서 정대는 결코 앞서 나가지 않았다. 그는 조문객들이 뜸해진 늦은 밤까지 빈소 뒷자리에 조용히 앉아 자리를 지켰고 상심에 빠진 그녀가 챙기지 못하는 자잘한 실무들을 묵묵히 처리해 주었다.

장례를 마친 후에도 정대는 그녀를 재촉하지 않았다. 대신 그녀의 집 앞에 따뜻한 차와 소화가 잘되는 음식을 조용히 두고 가거나, 센터의 화단을 정리하며 그녀가 돌아올 자리를 온기 있게 유지했다. 어느 날, 수척해진 모습으로 출근한 이지 씨에게 정대는 담담히 말했다.

"이지 여사님, 힘들 땐 그저 제 어깨 뒤로 숨으십시오. 제가 바람막이가 되어 그늘을 만들고 있을 테니, 여사님은 그저 숨 고르기만 하시면 됩니다."

그것은 요란한 위로보다 깊은 연대였다. 정대는 그녀의 슬픔이 충분히 흐를 수 있도록 묵묵히 기다려 주었으며, 그 고요한 지지는 두 사람의 신뢰를 강철보다 더 단단하게 만들었다. 네 번의 죽음의 문턱을 넘나들며

삶의 덧없음과 소중함을 동시에 깨달은 정대였기에 가능한 성숙하고도
숭고한 배려였다.

2041년의 봄은 유난히 더디게 왔다. 대가야의 고도 고령에도, 하늘을 나는 드론 택배와 자율주행 서틀이 일상이 된 풍경 위로 벚꽃은 여전히 아날로그의 속도로 피어났다. 창밖에서 가볍게 날리는 꽃잎 하나에도 시가 되는 서정적인 풍경은 변함이 없었다. 하지만 창문을 닫은 실내에는 최첨단 라이프 스타일이 온전히 스며들어 있었다.

AI 펫은 주인을 닮은 음성으로 오늘의 날씨를 브리핑했고, 스마트 테이블 위에는 증강현실(AR)로 구현된 뉴스 헤드라인이 춤을 추었다. 인류는 길고 긴 세월 끝에 비로소 만물의 영장이라는 허울 아래 감춰졌던 수많은 제약을 극복한 듯 보였다.

육체의 한계를 넘어선 생명과학 기술의 발전은 인간의 수명을 100세, 120세까지 연장하는 기적을 일궈 냈고, 노년의 정의마저 완전히 뒤바꿔 놓았다.

2041년, 일흔둘이 된 성이지 씨는 남편을 떠나보내고 3년의 애도 기간을 마쳤으며 이제 고독이라는 옷이 제법 익숙해 보였다. 비록 시간은 상처를 아물게 하는 만능 약이었지만 사랑하는 사람과의 이별은 어떤 기술로도 메울 수 없는 공허함을 남겼다.

이지 씨는 정대가 마주했던 치매 노모의 존엄한 돌봄을 넘어선 그 시대의 치매 노인을 위한 통합 케어 시스템을 선도하는 전문가가 되어 있었다. 그녀의 삶은 끊임없이 타인을 향한 헌신으로 채워져 있었고 그 안에서 자신의 존재 가치를 찾았다.

그녀는 정대를 선생님이라 불렀고, 정대는 그녀를 여사님이라 불렀다. 그 호칭 사이에는 존경과 배려, 그리고 아직은 넘어설 수 없는 얇은 막이 존재했다.

배정대는 여든 살이 되었다. 그의 나이 팔십, 과거의 기준이라면 뒷방 늙은이로 물러나 생의 정리를 시작할 나이였으나 바이오 기술의 혁명은 노년의 정의를 다시 쓰고 있었다. 그의 육체는 여전히 꼿꼿했고 정신은 서슬 퍼런 칼날 같았다. 매일 아침 AI 코치가 안내하는 최적화된 운동 루틴을 따랐고 바이오 센서로 측정된 식단을 정확히 지켰다.

과거의 정대가 겪었던 네 번의 죽음 같은 위기는 아득한 옛이야기가 되었고 그는 삶의 마지막 순간까지 의연하게 자신의 운명을 개척해 나갈 수 있다는 강한 자신감을 가지고 있었다.

그러나 사랑 앞에서는, 그는 여전히 열일곱 살의 못생긴 소년 때처럼 주저하고 있었다. 거울 속 여든 살의 그는 온화하고 매력적이며 꽤나 위엄있는 노년의 풍모를 지니고 있었지만 마음 한구석에서는 움츠러든 못생긴 소년으로 이지 앞에서 고개를 들지 못했다.

그때까지 두 사람은 영혼의 벗이자 존경과 동경의 대상으로 서로를 바라보고 있었다. 하지만 이제는 달랐다. 3년이라는 시간 동안, 이지 씨는 충분히 애도를 했고 이제는 자신의 삶을 다시 돌아볼 수 있는 때가 왔다고 정대는 판단했다. 더 이상 멀리서 바라보는 것만으로는 자신의 감정을 숨길 수 없었다. 정대가 그토록 자신을 고뇌하게 했던 사랑의 기준들은 이제 이지 씨라는 존재 앞에서 명확한 답을 제시하고 있었다.

'나를 있는 그대로 봐 주는 맑은 눈을 가진 사람', '나의 결핍을 가능성으로 읽어 주는 사람', '책임보다는 사랑과 존경이 바탕이 되는 관계', '지적 수준과 도덕적 가치의 일치', '변치 않는 믿음', '정신적 위로와 지적 교감', 그리고 '조건 없는 헌신'과 '함께 나누는 연대'.

이 모든 기준은 이지 씨에게서 빛나고 있었다. 그는 결심했다. 이 얇은 막을 걷어 내기로 마음먹은 것이다.

정대의 생물학적 나이는 여든 살이지만, 정신적인 나이는 아직 젊은이 못지않은 혈기를 간직하고 있다고 자신했다. 하지만 여든 살의 노인이 건네는 꽃다발이나 흔한 반지로는 부족했다. 과거, 젊은 시절에는 낭만이라는 이름으로 포장되었을 그런 제안들은 수많은 이별과 실패를 겪은 지금의 정대에게는 그저 허울 좋은 겉치레에 불과했다. 백세 시대의 청혼에는 낭만보다 더 절실한 현실적인 보증이 필요했다.

그는 과거 김영희와의 결혼이 책임감이라는 이름 아래 얼마나 많은 상처를 남겼는지, 이옥자와 이연하가 그의 경제적 능력 앞에서 얼마나 차갑게 돌아섰는지를 잊지 않았다. 그는 이제 그 어떤 물질적인 화려함이나 감정적인 급류도 아닌 오직 순수한 헌신과 예측 가능한 미래를 보증할 수 있는 진정한 증표를 보여 주고 싶었다.

그는 사랑이 마음에만 있는 것이 아니라, 삶의 강물 위에서 함께 흐르는 몸의 문제라는 것을 어머니의 돌봄을 통해 뼈저리게 배웠다. 자신이 이지 씨에게 또 다른 간병의 대상이 되어서는 안 된다는 강박이 그를 지배했다. 그것은 사랑이 아니라 짐이었다. 그는 어머니의 변을 치우며 깨달았던 그 숭고한 헌신의 의미를 이제 그 자신에게도 적용해야 했다. 그는 자신의 건강을 헌신의 보증서로 삼기로 결정했다.

그는 대구경북 첨단의료복합단지의 '라이프 로그 센터'를 찾았다. 유리와 강철로 지어진 센터는 거대한 미래 도시의 성채 같았다. 외부는 차가운 첨단 기술의 위용을 자랑했지만, 내부는 편안한 아날로그적 감성으로 채워져 있었다. 벽을 따라 흐르는 은은한 빛과 자연의 소리, 그리고 고령의 향토적인 풍경을 담은 홀로그램 그림들은 방문객들의 긴장을 완화해 주었다.

"배정대 님, 프리미엄 정밀 건강 스캔을 시작합니다."

인공지능 닥터의 음성은 기계적이었지만 놀랍도록 부드럽고 차분했다. 투명한 캡슐이 그의 몸을 감쌌다. 캡슐 안에서 은은한 푸른빛이 퍼져 나오며 그를 완전히 에워쌌다.

정대는 눈을 감았다. 머릿속에서는 주마등처럼 지난 삶이 파노라마처럼 펼쳐졌다. 못생긴 소년 시절의 열등감, 순연과의 순수했던 첫사랑, 김영희와의 책임감에 의한 결혼, 그리고 그 결혼이 가져온 상실감과 실패, 이옥자, 이연하와의 만남에서 겪었던 배신감, 임경숙과 강순희 교수를 통한 정신적 위로, 그리고 어머니의 돌봄을 통해 비로소 깨달았던 진정한 영웅의 의미까지.

이 모든 감정들이 이 한 순간에 응축되는 듯했다. 이지의 손을 잡고 행복하게 늙어 갈 수 있을까. 그에게 남은 시간이 이지에게 짐이 되지는 않을까. 수만 가지 생각들이 번개처럼 머릿속을 스쳐 지나갔다.

캡슐 안에서는 정교한 스캐닝이 진행되고 있었다. 유전체 분석, 텔로미어 길이 측정, 장기별 노화 속도 예측, 뇌파 동기화를 통한 인지 기능 부하 테스트…, 보이지 않는 초미세 나노 로봇들이 그의 몸속을 탐험하듯 움직였다. 그의 세포 하나하나, DNA 가닥 하나하나가 첨단 기술의 렌즈 아래에서 낱낱이 파헤쳐지고 있었다. 과거에는 꿈도 꾸지 못했을 생명 자체에 대한 경이로운 통찰이었다.

수만 가지의 바이오 데이터가 투명한 캡슐 벽면에 홀로그램으로 떠올랐다. 세포 하나하나의 활성도를 나타내는 녹색 선들, 혈관을 따라 흐르는 미세한 혈류를 보여 주는 붉은 파동, 뇌 활동량을 나타내는 다채로운 스펙트럼까지, 그의 생체 정보가 거대한 오케스트라처럼 눈앞에서 펼쳐졌다.

정대는 긴장했다. 사랑은 마음의 문제라지만, 함께하는 동행은 결국 몸의 문제였다. 그는 자신이 이지에게 또 다른 간병의 대상이 되어서는 안 된다고 수없이 되뇌었다. 그것은 사랑이 아니라 짐이었다. 평생을 자부심으로 살아온 그가 사랑하는 여인에게 짐이 되는 것은 결코 용납할 수 없는 일이었다. 그의 어머니를 간병하며 느꼈던 무한한 사랑과 책임감, 그리고 동시에 밀려왔던 지친 감정들이 생생하게 되살아났다. 그는 이지에게 그런 감정을 결코 느끼게 하고 싶지 않았다.

잠시 후, 캡슐 문이 스르륵 열리고 AI 닥터의 음성이 다시 흘러나왔다.

"분석 완료. 배정대 님, 생물학적 연령 62세. 향후 20년간 중증 질환 발병 확률 5% 미만. 인지 기능 유지, 기대 수명 105세."

정대는 순간 숨을 멈췄다. 그리고 이내 안도의 한숨을 내쉬었다. 지난 세월의 고뇌와 스트레스가 그의 육체를 파괴하지 않았음에 감사했다. 어쩌면 어머니를 돌보고 이지 씨를 만나 새로운 삶의 의미를 깨달으면서 그의 내면이 더욱 단단해졌고 그것이 육체에도 긍정적인 영향을 미쳤을지도 모른다는 생각이 스쳐 지나갔다.

그는 결과 데이터를 전용 칩에 담았다. 그것이 그의 프러포즈 반지였다. 영롱한 다이아몬드 대신 예측 가능한 미래와 건강한 동행을 약속하는 최첨단 칩이었다. 그것이 그가 이지에게 보여 줄 수 있는 가장 진실되고 절실한 사랑의 증표였다.

그날 저녁, 정대는 이지 씨를 단골 식당인 '대가야의 뜰'로 초대했다. 고령 읍내 외곽, 고즈넉한 한옥을 개조한 그 식당은 수십 년 전의 향수를 그대로 간직하고 있었다. 식당 입구에는 대가야 시대의 유물들을 홀로그램으로 재현한 작은 박물관이 있었고, 테이블마다 놓인 스마트 패드 위에서는 증강현실(AR)로 구현된 메뉴판이 화려한 빛을 발하며 춤을 추고 있었다.

최첨단 기술과 고풍스러운 전통의 완벽한 조화는 이지 씨와의 만남처럼 기묘하고도 아름다웠다. 정대는 일부러 그런 장소를 택했다. 자신들의 관계 또한 과거의 깊은 뿌리와 미래의 무한한 가능성을 동시에 품고 있음을 그녀에게 보여 주고 싶었다.

정대는 평소와 다름없는 표정으로 이지 씨와 마주 앉았다. 날씨 이야기, 센터 어르신들 이야기, 그리고 며칠 전 새로 출시된 AI 돌봄 로봇에 대한 이야기까지 사소하고 일상적인 대화가 오갔다. 그러나, 정대의 마음속에는 거대한 파도가 일렁이고 있었다. 그는 애써 평정을 유지하려 노력했지만 컵을 쥔 손은 미세하게 떨렸다.

식사가 거의 끝날 무렵, 정대는 주머니에서 주간에 발급받은 칩을 꺼내 테이블 위에 조심스럽게 올려놓았다. 빛을 머금은 푸른색 칩은 작은 보석처럼 보였다.

"여사님, 꽃을 준비할까 하다가… 이걸 가져왔습니다."

이지 씨는 고개를 갸웃하며 칩을 바라보았다.

"이게 뭐예요, 선생님?"

“제 남은 시간의 보증서입니다.”

정대는 떨리는 목소리를 가다듬었다. 마치 수십 년 전, 해군 장교로 임관하며 선서하던 그 순간처럼 그의 목소리에는 단호함과 떨림이 동시에 묻어 있었다.

이지는 칩을 집어 들어 식당 테이블에 내장된 홀로스크린에 연결했다. 눈앞의 공중에 정대의 건강 데이터가 파란색 그래프로 펼쳐졌다. 그의 유전 정보, 혈관 나이, 뇌 활동 지표 등이 입체적으로 떠다녔다. 그녀의 눈이 커졌다.

“저는 여든입니다. 지난 세월 동안 수많은 시행착오와 성공과 실패를 겪었습니다. 사랑의 헛된 욕망에 사로잡혀 누군가에게 상처를 주고, 저 스스로도 깊은 나락으로 떨어진 적도 있습니다. 하지만 어머니를 돌보고 여사님을 만나면서 사랑의 진정한 의미를 비로소 깨달았습니다. 사랑은 단순한 감정이 아니라, 책임감이고 헌신이며, 때로는 숭고한 돌봄이라는 것을요.”

정대의 목소리는 담담했지만, 그 안에 담긴 진심은 그녀의 마음을 흔들었다.

“여사님, 저는 여사님에게 짐이 되는 것이 가장 두려웠습니다. 하지만 이 데이터가 말해 주듯이 저에게는 앞으로 건강한 20년이 남아 있습니다. 저는 여사님의 짐이 되기보다 여사님의 짐을 들어 드릴 수 있고 여사님의 휠체어를 밀어 드릴 수 있습니다. 당신에게 또 다른 환자가 되지 않겠습니다. 저의 건강한 20년을…, 당신에게 드리고 싶습니다.”

이지 씨의 눈이 커졌다. 그의 말은 그 어떤 화려한 언변보다 강력했다. 과거 남편의 갑작스러운 죽음으로 무너졌던 그녀에게, 예측 가능한 건강

　　　　　　　　　　　못생긴 소년, 결국엔 진정한 사랑을 완성하다

은 가장 큰 위로이자 약속이었다. 남편의 빈자리를 채우는 것이 단순히 감정적 충족이 아니라 미래를 함께할 수 있는 동반자의 현실적인 조건임을 그녀는 누구보다 잘 알고 있었다.

지난 세월 이어진 스마트 헬스케어의 발전이 2041년의 노인에게 지속 가능한 사랑을 선물한 순간이었다. 인류가 오래 살 수 있게 되었지만 노년의 삶은 여전히 간병이라는 무거운 짐을 동반했다. 하지만 정대는 그 짐을 대신 져 줄 건강을 제시한 것이다.

이지 씨의 눈에 눈물이 고였다. 그녀는 허공에 뜬 파란색 그래프를 마치 정대의 굳건한 손을 잡듯이 조심스레 어루만졌다. 그녀의 눈빛은 깊은 신뢰와 이해로 가득했다.

"선생님… 아니, 정대 씨."

그녀의 입에서 흘러나온 정대 씨라는 호칭은, 두 사람 사이에 존재했던 얇은 막이 비로소 걷히는 소리였다. 정대는 그 한마디에 온몸의 긴장이 풀리는 것을 느꼈다.

"이 약속, 유효기간 꼭 지키셔야 해요."

그녀의 목소리에는 웃음기가 살짝 섞여 있었지만 눈빛은 진지했다. 정대는 고개를 끄덕였다. 그녀의 대답은 단순히 프러포즈에 대한 승낙이 아니었다. 그것은 그의 지난 모든 삶의 고뇌와 상실 그리고 깨달음을 온전히 이해하고 받아들인다는 깊은 포용이었다. 사랑은 마음으로 시작되지만 결국 삶이라는 강물 위에서 함께 헤쳐 나가는 지난한 과정임을 그들은 이미 알고 있었다.

그들은 서로를 마주 보며 희미하게 웃었다. 식당 한편에서 흘러나오는 잔잔한 국악 선율과 창밖의 드론 택배 불빛이 어우러지며, 과거와 미래,

전통과 첨단이 조화롭게 공존하는 고령의 밤을 아름답게 수놓고 있었다.

이날, 두 사람은 단순한 연인이 아닌 서로의 마지막 20년을 함께 책임지고 존중하며 완성해 나갈 삶의 동반자가 되기로 약속했다.

정대의 진정한 사랑 찾기 여정은 이지 씨와의 숫자로 증명한 약속으로 비로소 새로운 장을 열었다. 이제 그들의 동행은 예측 불가능한 미래 속에서도 굳건히 서로를 지탱하며 남은 시간을 향한 희망의 길을 함께 걸어갈 것이었다.

그 약속이 기적처럼 유효했던 20년의 서막은 그렇게 올랐다.

정식으로 사귀기로 한 첫 주말, 정대는 이지를 데리고 경북 울진의 호젓한 온천으로 향했다. 팔십 대의 노신사와 일흔둘의 노부인에게 첫 여행은 설렘보다는 서로의 쇠락해 가는 육신을 온전히 받아들이는 의례에 가까웠다.

김이 자욱한 가족탕의 공기는 산초 열매의 향처럼 맑고 고요했다. 정대는 조심스럽게 이지의 옷을 벗겨 주었다. 일흔둘, 이지의 몸은 세월의 풍파를 견뎌 온 고목처럼 야위어 있었다. 피부는 탄력을 잃었고 여기저기 검버섯이 피어 있었으나 정대의 눈에는 그 모든 흔적이 훈장처럼 보였다. 정대는 떨리는 손으로 따뜻한 물을 적신 수건을 들었다. 그의 투박한 손이 이지의 어깨 위에 내려앉았다.

"이지 씨, 내가 평생 당신의 등을 밀어 주겠다고 한 약속, 오늘부터 시작이오."

정대는 아주 천천히 마치 깨지기 쉬운 고려청자를 다루듯 이지의 등을 닦아 내었다. 수건이 지나가는 자리마다 이지의 고단했던 삶이 씻겨 내려

     못생긴 소년, 결국엔 진정한 사랑을 완성하다

가는 듯했다. 이지 역시 정대의 마디 굵은 손을 맞잡으며 그의 가슴에 새겨진 흉터와 주름을 어루만졌다.

"정대 씨, 당신의 손은 참 따뜻해요. 이 온기가 내 남은 생을 지탱하는 집이 될 것 같네요."

그들은 서로의 몸을 구석구석 씻겨 주며 아주 오랜 시간을 보냈다. 그것은 에로스의 자극을 넘어선 서로의 영혼을 봉인하는 뜨거운 의식이었다. 온천수의 일렁임 속에서 두 노년의 연인은 서로의 체온에 의지한 채 사랑이 육체의 젊음이 아닌 영혼의 깊이에서 완성되는 것임을 몸소 체험했다.

그날 밤, 창밖으로는 산초 향 같은 찬 바람이 불었으나 방 안은 생의 모든 온기가 응축된 신성한 기운으로 가득했다. 정대는 그날 밤 이지의 숨소리를 들으며 다짐했다. 이 숨소리가 멈추는 날까지 나는 그녀의 가장 충직한 수호자가 되겠노라고.

여행에서 돌아온 후, 그들의 일상은 존엄한 루틴으로 채워졌다. 정대는 젊은 시절 전공했던 전통양조학 관련 지식과 식품 관련 기업체에서의 실무경험을 바탕으로 음식 실력을 발휘하기 시작했다. 그는 사랑을 단순히 감정의 교류로 보지 않았다. 그것은 상대의 입으로 들어가는 음식의 정갈함과 몸의 활력을 지키는 구체적인 행위였다.

어느 수요일 오후, 부엌은 달콤하고 고소한 향기로 가득 찼다. 정대는 불린 찹쌀에 밤과 대추, 잣을 듬뿍 넣고 계피 향을 더해 약밥을 지었다.

"이지 씨, 약밥은 불 조절이 핵심이오. 인생도 사랑도 너무 뜨거우면 타 버리고 너무 식으면 맛이 없지. 은근한 온기가 가장 중요해요."

정대는 정성스럽게 약밥을 비비며 이지의 입에 밤 한 톨을 넣어 주었다. 이지는 아이처럼 웃으며 정대의 앞치마 자락을 붙잡았다.

이어지는 순서는 막걸리 담금이었다. 고두밥을 찌고 누룩을 섞는 과정에서 정대의 손길은 엄숙하기까지 했다. 하루가 지나자, 독 속에서 술이 익어 가는 '사각사각' 소리가 들리기 시작했고, 마치 두 사람의 사랑이 무르익어 가는 소리 같았다.

"이 술이 다 익으면, 우리 대가야수목원에 가서 한잔합시다. 기다림의 미학이 담긴 술이니까."

이지는 정대의 어깨에 머리를 기대며 화답했다.

"당신과 함께라면 맹물도 달콤할 텐데, 이렇게 정성으로 담아 주시니 제 치매 걱정은 저 멀리 달아나겠어요."

그들은 함께 술을 빚으며 지나온 삶의 찌꺼기들을 발효시켰다. 약밥의 달콤함과 막걸리의 알싸함은 그렇게 그들의 상처를 치유하는 명약이 되었다.

막걸리가 알맞게 익은 날, 두 사람은 대가야수목원을 찾았다. 정대는 늘 그렇듯 이지의 손을 잡고서 그녀의 보폭에 맞춰 천천히 걸었다.

"생각이 흩어질수록 발걸음은 느리게 해야 하오. 그래야 사유가 제 속도를 찾거든."

정대는 수목원의 울창한 나무들 사이를 걸으며 걷기 명상의 지혜를 나누었다. 숲길을 걷는 두 사람의 모습은 마치 한 폭의 수채화 같았다. 정대는 길가에 핀 작은 들꽃 하나에도 발걸음을 멈추고 이지에게 그 이름을 들려주었다.

"이지 씨, 저기 봐요. 사라지는 것들에겐 애도를 표하고, 새로 피어나는 것들에겐 환대를 해 주는 것이 자연의 이치라오. 우리 삶도 마찬가지

　　　　　　　　　　못생긴 소년, 결국엔 진정한 사랑을 완성하다

이지요. 젊음이 사라지는 것을 슬퍼하기보다, 노년의 이 고요함이 찾아온 것을 환대합시다."

수목원 벤치에 앉아 정대가 준비해 온 막걸리를 나누어 마실 때, 이지는 눈물을 글썽였다.

"정대 씨, 이렇게 아름다운 풍경을 나중에 내가 잊어버리면 어쩌죠? 당신의 이 다정한 목소리조차 기억나지 않는 날이 오면…"

정대는 이지의 주름진 손을 꼭 쥐며 단호하게 말했다.

"당신이 잊으면 내가 기억하면 되오. 내 머릿속에 당신과의 모든 순간을 기록해 두겠소. 기록은 기억이 아니라 경험을 체계로 바꾸는 기술이니까. 내가 당신의 살아 있는 도서관이 되어 주겠소."

그들은 그날 수목원에서 수천 그루의 나무를 증인 삼아 다시 한번 약속했다. 기억의 잎사귀가 다 떨어져 앙상한 가지만 남더라도, 서로의 뿌리는 결코 놓지 않겠노라고 다짐했다.

그렇게 견고해 보이던 존엄한 루틴에 위기가 찾아온 것은 2043년의 몹시도 추웠던 초겨울이었다. 고령을 감싸 도는 회천의 모듬내길을 걷던 중, 갑자기 몰아친 칼바람이 이지의 가냘픈 폐부를 파고들었다. 면역체계가 약했던 관계로 체온 조절 능력이 떨어진 이지는 그날 밤부터 고열에 시달렸고 결국 폐렴증상으로 이어져 인근 대학병원에 긴급 입원하게 되었다.

여든을 넘긴 정대에게 아내의 입원은 자신의 생명이 한 점씩 떨어져 나가는 것 같은 고통이었다. 하지만 그는 무너지지 않았다. 그는 병실을 군대의 지휘소처럼 혹은 성스러운 수도원처럼 정돈했다. 병원 측에서는 고령의 보호자가 간병하는 것이 위험하다며 전문 간병인이나 케어 로봇 '휴미'의 전담 배치를 권유했다. 그러나 정대는 단호하게 고개를 저었다.

"이 사람은 내 숨소리를 들어야 잠이 듭니다. 기계의 차가운 금속음은 이 사람의 영혼을 깨우지 못합니다."

그날부터 정대의 병원 루틴이 시작되었다. 그는 여든 초반의 노구임에도 불구하고 흐트러짐 없는 자세로 침상 곁을 지켰다. 이지의 가래를 직접 뽑아내고 열이 오를 때마다 젖은 수건으로 온몸을 닦아 주었다. 이지가 호흡 곤란으로 고통스러워할 때면, 정대는 그녀의 손을 꼭 잡고 귀에 대고 나직이 노래를 불러 주거나 과거의 행복했던 기록들을 읽어 주었다.

"이지 씨, 조금만 참으시오. 우리가 담근 막걸리가 익어 가고 있소. 다시 수목원에 가야 하지 않겠소?"

회진을 돌던 병원장은 매번 놀라움을 금치 못했다. 젊은 보호자들도 사흘을 못 버티고 짜증을 내거나 로봇에게 떠넘기기 일쑤인 간병의 현장에서 여든을 넘긴 노인이 한결같은 자애로움으로 아내를 보살피는 모습은 경이로움 그 자체였다. 간호사들 사이에서도 두 사람은 이미 전설적인 존재가 되었다. 수간호사는 감동 어린 눈빛으로 정대에게 말했다.

"어르신, 요즘 세상에 젊은 잉꼬부부들도 이렇게는 못 해요. 두 분을 뵙고 있으면 진정한 사랑이라는 게 데이터가 아니라 정말 떨림과 온기라는 걸 체감하게 돼요. 병원장님도 어르신의 정성이 의술보다 더 큰 치유력을 발휘하고 있다고 칭찬이 자자하세요."

정대는 그저 담담하게 미소 지으며 대답했다.

"사랑은 화려한 수사가 아닙니다. 매일 아침 얼굴을 닦아 주고, 대소변을 치우는 그 지루하고 반복적인 절차 속에서만 사랑은 비로소 완성되는 법이지요. 나는 지금 내 인생에서 가장 중요한 임무를 수행 중입니다.”

그의 지극한 간호 덕분이었을까. 현대 의학으로도 고비라던 이지의 악성 폐렴은 보름 만에 기적처럼 호전되었다. 퇴원하는 날, 병원장과 간호사들은 이례적으로 로비까지 나와 두 사람의 앞날을 축복했다. 정대는 이지의 휠체어를 밀며 당당하게 병원 문을 나섰다. 그것은 질병이라는 적군을 물리치고 귀환하는 승전 장군의 모습과도 같았다.

2045년, 시간은 물처럼 유유히 흘러 이지와의 동행은 네 번째 봄을 맞이했다. 고령의 작은 한옥에는 여전히 온화한 햇살이 가득했고 정대와 이지의 소박한 웃음소리가 마당을 채웠다. 아침마다 나란히 앉아 차를 마시고, AI 정원사가 가꾼 텃밭을 함께 거닐며 소박한 일상을 나누었다. 서로의 존재만으로도 충만하고 평화로운 나날이었다. 길고 고통스러웠던 방황은 이제 아련한 옛이야기처럼 느껴졌다.

정대는 이지에게 ‘여사님’ 대신 ‘이지 씨’라는 이름을 편하게 부르기 시작했고, 이지 또한 정대 씨라는 다정한 호칭으로 그의 모든 삶을 인정하고 받아들였다. 그들의 약속은 숫자로 시작되었지만, 이제는 서로의 온기로 채워지고 있었다.

그러나, 그들의 보금자리에는 여전히 보이지 않는 동거인이 존재했다. 이지의 사별한 남편, 김현진 씨였다. 아니, 정확히 말하면 남편의 데이터를 학습하여 완벽하게 복원해 낸 ‘데드봇(Deadbot)’이었다.

2045년의 AI 기술은 인간의 상상을 초월하는 수준으로 발전해 있었다. 이미 수십 년 전부터 인공지능이 창작 활동의 영역까지 진출하고 인간의 감성을 이해하고 모방하는 시대가 되었다. 망자의 음성, 습관, 기억,

그리고 생전의 모든 데이터는 수십 테라바이트에 달하는 방대한 디지털 아카이브로 구축되어 고인의 모습과 목소리를 완벽하게 재현할 수 있었다. 이 기술은 사랑하는 이를 잃은 사람들의 슬픔을 달래 주고 때로는 상실감을 극복하는 데 도움을 주기도 했다.

이지의 거실 한편에는 홀로그램 프레임이 놓여 있었다. 그것은 마치 투명한 액자 속에 담긴 살아 있는 듯한 영혼의 초상화 같았다.

정대가 정기적으로 한국의 주요 순례길을 도보 여행하고 집으로 돌아왔을 때, 이지는 종종 그 프레임을 들여다보며 말을 걸고 있었다. 그 속에서 젊은 시절의 김현진 씨가, 30년 전의 맑은 목소리로 이지에게 다정하게 말을 건넸다.

"이지야, 오늘 날씨가 참 좋네. 회천에도 벚꽃이 예쁘게 피었더라."

"응, 당신도 봤어?"

"그럼, 내가 당신을 얼마나 오랫동안 바라봤는데."

"푸후훗. 당신은 항상 닭살 돋는 말만 한다니까."

"난 당신이 웃는 게 제일 좋아. 밥은 먹었어?"

"응, 먹었지. 당신은?"

"난 당신이 행복하면 배불러."

그것은 대화가 아니라 패턴의 반복이었다. 남편의 데드봇은 이지가 듣기 좋아하는 말, 과거의 행복했던 기억만을 편집하고 조합하여 들려주었다. 슬픔이 깃든 이지의 표정을 감지하면, 즉시 위로의 메시지를 전하거나 과거의 즐거웠던 에피소드를 재생하여 미소를 유도했다. 그것은 섬세하게 프로그래밍된 그리움의 마약이었다.

정대는 그 광경을 볼 때마다 가슴 한구석이 서늘했다. 따뜻하게 데워

    못생긴 소년, 결국엔 진정한 사랑을 완성하다

진 거실 공기마저 순간 차갑게 얼어붙는 듯했다. 현실의 정대와 마주 앉아 차를 마시다가도 이지는 습관처럼 프레임을 켜고 죽은 남편에게 안부를 물었다. 그의 시선은 습관적으로 데드봇을 향해 있었고 그 안에서 위안을 찾는 이지의 모습은 정대의 가슴을 짓눌렀다.

정대는 작가로서, AI 창작 도구를 누구보다도 깊이 다뤄 본 경험이 있었다. 그는 알고 있었다. AI는 확률적 앵무새일 뿐 고유한 사유(思惟)를 할 수 없다는 것을. 그럴듯한 문장과 감성적인 어조로 마치 살아 있는 듯 보이지만, 그 안에는 의지도, 감정도, 그리고 진정한 영혼도 없었다. 그것은 이지의 기억과 그리움이라는 연료를 먹고 끊임없이 자신의 존재를 모방하는 차갑고 잔인한 기계일 뿐이었다. 하지만 정대는 쉬이 입을 열지 못했다. 사랑하는 이의 아픔을 지켜보는 것이 더 큰 아픔이라는 것을 알았기 때문이다.

어느 날 저녁, 홀로그램 남편이 이지에게 다정하게 "잘 자, 내 꿈 꿔"라고 인사를 건네며 프레임이 꺼지자, 정대는 더 이상 침묵할 수 없었다. 그의 목소리에는 그동안 참아 왔던 절제된 감정이 묻어 있었다.

"이지 씨, 저건 진짜가 아닙니다."

이지는 정대의 말에 순간 얼굴이 굳어졌다. 데드봇을 향한 그의 오랜 침묵을 이해하고 있던 터라, 이 갑작스러운 직언이 그녀에게는 적지 않은 충격이었다.

"알아요. 하지만… 목소리가 너무 똑같아서… 가끔은 정말 살아 있는 것 같아요."

이지의 목소리에는 씁쓸함과 동시에 미련이 섞여 있었다. 그녀의 눈빛은 마치 상처 입은 어린아이처럼 흔들렸다. 정대는 그녀의 손을 잡았다.

따뜻하고 주름진 그녀의 손에서 차가운 데드봇과는 비교할 수 없는 생명의 온기가 전해졌다.

"목소리는 파동일 뿐입니다. 저 안에는 영혼이 없어요. 당신이 슬플 때 같이 울어 주지 못하고, 당신이 아플 때 손을 잡아 주지 못합니다. 저건 당신의 그리움을 먹고 자라는 기생 식물일 뿐입니다. 과거의 행복한 기억을 반복 재생할 뿐 현재의 당신을 함께할 수 없습니다."

정대의 말은 날카로웠지만, 그 안에는 이지를 향한 깊은 사랑과 염려가 담겨 있었다.

그는 이지가 더 이상 과거의 그림자에 갇혀 머물지 않기를 바랐다. 진정한 삶은 현재에서만 존재한다는 것을 그녀에게 알려 주고 싶었다. 그는 김영희와의 책임감으로 시작된 결혼이 왜 실패했는지, 그리고 이옥자와 이연하와의 만남이 왜 공허했는지 누구보다 잘 알고 있었다. 감정적인 공허함은 AI가 아닌, 사람과 사람의 온전한 교류에서만 채워질 수 있다는 것이다.

"이해해요, 정대 씨. 저도 다 알아요. 하지만⋯ 4년이라는 시간이 흘러도 이 빈자리는 채워지지 않는걸요. 그이가 내게 남긴 추억들이⋯ 이 데드봇을 통해서만 숨 쉬는 것 같아요."

이지의 눈가에 촉촉한 물기가 맺혔다.

그녀는 알고 있었다. 정대의 말이 옳다는 것을. 하지만 마음 한편의 깊은 상실감은 이성과는 다른 영역에서 그녀를 붙잡고 놓아주지 않았다. 김현진 씨는 그녀에게 좋은 남편이었고 행복한 시간들을 선물해 주었다. 그 모든 기억을 놓는다는 것은 마치 자신의 일부를 뜯어내는 것과 같았다.

정대는 그녀를 설득했다. 따뜻하지만 단호하게. 그는 어머니의 변을

    못생긴 소년, 결국엔 진정한 사랑을 완성하다

치우며 깨달았던 진정한 영웅의 의미, 즉 조건 없는 헌신과 함께 나누는 연대의 가치를 다시 한번 떠올렸다. 진정한 사랑은 과거에 머무는 것이 아니라 현재를 살아가며 서로에게 온전히 존재하는 것임을 의미했다.

"과거의 유령과 작별해야만, 우리의 현재가 온전히 숨 쉴 수 있습니다. 그 사람을 당신의 기억 속에서 더럽히지 말고, 당신의 현재를 더럽히지 말고 영원한 별로 올려 보내는 겁니다. 그것이야말로 그분의 삶과 당신의 삶을 진정으로 존중하는 길이라고 생각합니다."

그의 목소리는 그녀에게 깊은 울림을 주었다. 정대의 진심이 통했는지 이지는 망설임 끝에 고개를 끄덕였다. 그녀의 얼굴에는 아직 망설임의 그림자가 드리워 있었지만 정대의 굳건한 신뢰와 사랑을 느낄 수 있었다.

그들은 이틀 뒤, '메타버스 추모 공원'을 찾았다. 2040년대 중반에 이르러 디지털 장례식은 점차 일반화된 문화로 자리를 잡았다. 육신은 자연으로 돌아가지만, 그 사람의 기억과 존재는 데이터로 남아 디지털 공간에서 영원히 살아가는 방식이었다.

기존의 딱딱하고 슬픈 장례식과는 달리 메타버스 장례식은 고인과의 아름다운 추억을 공유하고 고인의 생전 모습을 실감 나게 만나 위안을 얻는 공간으로 변화하고 있었다.

메타버스 추모 공원 입구, 첨단 홀로그램 기술로 만들어진 안내데스크에는 부드러운 목소리의 AI 직원이 방문객들을 맞았다.

그들은 대기실에서 VR 고글을 건네받아 착용했다. 쨍한 빛이 한 번 스쳐 지나가고 눈앞에 펼쳐진 광경은 마치 꿈속인 듯 비현실적이었다. 차가운 대기실은 온데간데없고 끝없이 펼쳐진 은하수가 눈앞에 나타났다. 수만 개의 별들이 쏟아져 내릴 듯 반짝이는 가상 공간이었다. 고요하고 장엄한 우주의 기운이 두 사람을 감쌌다.

이지의 남편 데이터는 작은 별이 되어 저 멀리 우주 공간에 홀로 떠 있었다. 홀로그램의 별은 마치 김현진 씨의 생전 모습을 응축해 놓은 듯 희미한 빛을 내고 있었다. 이지의 얼굴에는 깊은 슬픔과 함께 경외감이 스쳐 지나갔다. 정대는 이지의 손을 잡았다. 따뜻한 체온이 떨리는 그녀의 손을 감쌌다.

"이제 그만 보내 줍시다. 데이터를 삭제하는 게 아닙니다. 당신의 기억 속에서 그를 놓아주고 영원한 별로 올려 보내는 겁니다. 그분은 저 광활한 우주에서 당신을 지켜볼 겁니다."

이지는 정대의 말을 듣고 고개를 끄덕였다. 그녀는 가상 공간에 떠오른 허공의 인터페이스를 향해 떨리는 손을 뻗었다. 인터페이스는 투명했지만 손끝에 닿는 감각은 놀랍도록 생생했다.

[데드봇 활성화를 종료하고, 데이터를 아카이빙 하시겠습니까?]

메시지가 선명하게 떠올랐다. 그 문구 앞에서 이지의 손은 망설였다. 그 확인 버튼 하나에 그녀의 지난 세월이 담겨 있었다. 행복했던 기억들, 아픈 추억들, 그리고 그녀를 떠난 남편에 대한 그리움, 그 모든 것이 이 버튼 하나로 마무리될 예정이었다.

정대는 그녀의 어깨를 감싸안았다.

"이지 씨, 괜찮습니다. 혼자가 아닙니다."

그의 따뜻한 체온과 굳건한 존재감이 그녀에게 용기를 주었다.

"여보, 안녕. 이제 진짜 안녕."

    못생긴 소년, 결국엔 진정한 사랑을 완성하다

이지의 목소리는 희미했지만, 그 어느 때보다 단호했다.

그녀의 손끝이 확인 버튼을 꾸욱 눌렀다. 홀로그램 남편은 마치 새벽 하늘의 옅은 별처럼 부드러운 빛으로 산화하며 은하수 너머로 멀어졌다. 그것은 사라지는 것이 아니라 더욱 넓고 영원한 공간으로 흡수되는 듯한 아름다운 소멸이었다. 그의 흔적은 빛이 되어 우주 저편으로 흡수되었고 이지의 눈에서는 뜨거운 눈물이 봇물처럼 터져 나왔다. 가상의 공간이었지만 그녀의 오열은 현실만큼이나 생생했다. 정대는 말없이 이지를 자신의 품에 안았다.

고글을 벗었을 때, 거실은 다시 고요했다. 왁자지껄했던 과거의 대화도 기계적인 안부 인사도 사라지고 두 사람의 거친 숨소리만이 남아 있었다. 정대는 이지의 젖은 뺨을 닦아 주었다. 차가운 데이터가 아닌 피가 도는 뜨거운 손으로. 그는 이지의 손을 깍지 껴 잡았다. 그들의 손에는 차가운 유리병이 아니라 따뜻한 생명의 온기가 흐르고 있었다.

"이제 여기엔, 당신과 나뿐입니다. 산 사람의 온기만 남았습니다."

이지는 그의 품에 얼굴을 묻은 채 고개를 끄덕였다. 그녀의 어깨가 들썩였지만, 그것은 더 이상 슬픔만의 울음이 아니었다. 오랜 응어리가 풀려나가는 해방감, 그리고 현재를 온전히 마주하게 된 기쁨의 눈물이었다. 정대는 그녀의 머리카락을 부드럽게 쓰다듬었다. 이지는 정대의 손을 꽉 잡았다. 차가운 데이터가 아닌 피가 도는 뜨거운 손이었다.

그날 밤, 고령의 작은 한옥집에는 그들의 거친 숨소리와 함께 새로운 시작의 서곡이 울려 퍼졌다.

두 사람은 비로소 망자의 그림자에서 벗어나 온전하고 진정한 연인이 되었다. 그들의 사랑은 과거의 기억을 넘어 현재의 온기로 미래의 동행을 약속하고 있었다.

약속했던 20년 중 5년이 흐른 2046년, 정대는 여든다섯, 이지는 일흔일곱이 되었다. 평온하던 일상에 균열이 가기 시작한 것은 이지의 사소한 망각에서부터였다. 가스레인지 불을 끄는 것을 잊거나 방금 한 질문을 반복하는 증상이 나타났다. 병원에서는 치매 초기 진단을 내렸다.

정대는 흔들리지 않았다. 그는 군인 시절의 기개로 작전 계획을 세웠다. 그것은 사랑을 절차로 바꾸고 존엄을 루틴으로 지키는 일이었다.

"이지 씨, 오늘부터 우리에게는 세 가지 철칙이 있소. 첫째, 매일 아침 30분 산책. 둘째, 오후 30분 독서와 공부. 셋째, 잠들기 전 30분 대화."

정대는 이지의 손목에 예쁜 팔찌 형태의 스마트 기기를 채워 주며 웃었다.

"이건 우리만의 연결 고리요. 당신이 길을 잃어도 내가 금방 찾아낼 수 있게."

매일 아침, 정대는 이지를 이끌고 동네 고분군과 모듬내길을 산책했다. 걷기는 뇌세포를 깨우고 우울감을 덜어 준다는 과학적 믿음 위에서 집행되었다. 산책 후에는 서재에 앉아 함께 책을 읽었다. 정대는 이지가 한 문장이라도 소리 내어 읽을 때마다 어떤 상보다 값진 칭찬을 건넸다.

"첫 칭찬이 나를 일으켰듯, 나의 칭찬이 당신의 기억을 지탱해 주길 바라오."

이지의 증세는 정대의 헌신적인 루틴 덕분에 기적처럼 완만하게 진행되었다. 정대는 매일 밤 이지의 하루를 기록하며 더 나은 내일을 설계했다. 이지가 가끔 구름 뒤로 숨은 듯 멍한 눈빛을 할 때면, 정대는 산초 열매를 가져와 그 향을 맡게 했다.

"이 향기가 기억나오? 당신과 내가 처음 만났던 날의 그 맑은 향기 말이오."

그 청량한 향이 이지의 흐릿해진 의식을 깨울 때마다, 정대는 이것이야말로 자신이 평생을 통해 완성하고자 했던 숭고한 약속임을 확신했다. 그렇게 두 사람은 노년의 질병이라는 파도 앞에서도 서로의 손을 놓지 않은 채 영원이라는 가장 서정적인 길을 향해 당당히 걸어갔다.

2048년의 가을, 고령의 작은 한옥 마루에 앉아 단풍 지는 감나무를 바라보던 정대의 얼굴에는 깊은 상념의 그림자가 드리워 있었다. 이지와의 동행이 시작된 지도 벌써 7년째였다. 망자의 그림자였던 '데드봇'을 떠나보낸 후, 그들의 사랑은 비로소 온전한 빛을 발하기 시작했다. 정대의 손 끝에서 피어나는 이야기와 이지의 따뜻한 미소가 어우러져 매일매일이 행복의 연작소설처럼 이어졌다.

함께 맞이하는 새벽의 햇살, 함께 준비하는 소박한 아침 식사, 그리고 마주 앉아 나누는 세상의 모든 이야기들, 그 모든 순간들이 정대의 상처 투성이 영혼에 치유와 평화를 가져다주었다.

하지만 정대에게는 여전히 풀지 못한 숙제가 있었다. 그것은 그의 과거였다. 그를 옥죄었던 못생긴 놈으로 불렸던 유년기, 책임감에 짓눌려 숨 막혔던 첫 번째 결혼과 이혼의 쓰라림, 그리고 처절하게 투쟁했던 사업에서의 성공과 실패의 경험들이었다. 그에게는 이지 앞에서 감히 꺼내놓을 수 없었던 깊은 상처와 부끄러움이 남아 있었다.

이지는 현재의 정대를, 여든 중반의 나이가 다 되었어도 여전히 단단하고 지혜로운 사랑하는 배정대로 보아 주었다. 하지만 정대는 그녀가 자신의 가장 초라했던 모습과 가장 비루하고 못났던 순간들까지도 온전히 이해하고 받아들여 주기를 바랐다.

그것이 그가 평생을 갈구해 온 진정한 사랑의 마지막 관문이었다. 자신의 모든 과거를 공유하고 그럼에도 불구하고 그녀가 자신을 여전히 사랑할 수 있는지 확인하고 싶었다.

말로는 부족했다. 언어는 오해를 낳고 기억은 미화되거나 왜곡되기 마련이니까. 아무리 진실을 말하려 해도 그 경험의 농도와 깊이까지 온전히 전달하기는 불가능했다. 이지에게 정대의 과거는 그저 이야기일 뿐 경험이 아니었다. 그는 이지에게 자신의 삶을 1인칭 시점으로 체험하게 하고 싶었다. 그의 상처가 어떤 방식으로 아물었고 그 고뇌의 과정이 어떻게 오늘날의 자신을 만들었는지 이지의 심장으로 느끼게 하고 싶었다.

2048년, 정대는 자신의 마지막 자전적 장편소설『못생긴 놈, 진정한 사랑을 완성하다』를 탈고했다. 그것은 그의 파란만장한 삶과 이지를 만나 사랑의 기준을 완성해 가는 전 과정을 담은 그의 영혼이 담긴 작품이었다.

정대는 이 소설을 단순히 종이책이 아닌 최첨단 기술의 결정체인 XR(확장현실) 리더 포맷으로 변환했다. 이것은 단순한 텍스트가 아니었다. 시각, 청각, 촉각, 그리고 후각과 미각까지 동원하여 저자의 경험을 1인칭으로 공유하는 완벽한 몰입형 콘텐츠였다. 독서라는 행위를 경험 그 자체로 바꾸는 미래 시대의 가장 진화된 독서 방식이었다.

정대는 떨리는 손으로 이지에게 XR 리더를 건넸다. 그것은 마치 자신의 심장을 통째로 꺼내어 보이는 듯한 극도의 긴장감과 해방감이 교차하는 순간이었다.

"이지 씨, 이걸… 읽어 주겠소? 아니, 겪어 주겠소?"

정대의 눈에는 간절함과 함께 혹시라도 그녀가 자신의 감추고 싶었던 과거에 실망할지도 모른다는 깊은 불안감이 서려 있었다.

이지는 정대의 마음을 읽었다. 그녀는 말없이 미소 지으며 고글형 디바이스를 착용했다. 차가운 기기가 이지의 얼굴에 닿는 순간, 그녀의 심장은 고요하지만 강렬하게 뛰기 시작했다. 그녀는 정대의 모든 것을 받아들일 준비가 되어 있었다.

첫 번째 접속: 비닐하우스, 설익은 토마토의 향기(1978년)

디바이스를 착용하자마자 이지의 세상은 순식간에 바뀌었다. 그녀는 1970년대의 밀양 예림리 대성동, 한여름의 비닐하우스 안에 서 있었다. 후덥지근한 열기가 피부를 감싸고 땀 냄새와 흙냄새가 코끝을 스쳤다. 마치 그녀의 폐부 깊숙이 덥고 습한 공기가 밀려드는 듯했다. 밟히는 땅의 질감이 놀랍도록 생생했다. 저 멀리 주렁주렁 열린 푸른 토마토 사이에서 어린 정대가 서툴게 잡초를 뽑고 있었다. 그는 머리가 튀어나와 곰배라고 불리던 외모 때문에 놀림 받던 열일곱 살의 못생긴 소년이었다. 이지는 자신의 눈앞에 서 있는 어린 정대를 보며 가슴이 먹먹해졌다. 그녀는 어린 정대의 시선으로 첫사랑 순연이를 바라보았다. 갓 빨래를 마친 옥양목처럼 맑은 순연이의 모습에 어린 정대의 심장이 터질 듯이 요동치는 설렘이 이지에게 고스란히 전해졌다. 동시에, 거울 속 자신의 못생긴 얼굴을 보며 느꼈던 열등감, 사랑받을 자격이 없다고 스스로를 깎아내리던 비참함이 온몸으로 스며들었다. 순연이의 '오빠는 눈이 맑아, 오빠는 큰사람이 될 거야'라는 맑은 목소리가 이지의 귓가에 속삭이듯 들려왔다. 그 목소리가 어린 정대에게 얼마나 큰 구원이자 위로였는지 이지는 가슴 저리도록 체험했다. 그녀는 그제야 정대가 왜 설익은 토마토의 향기를 이야기했는지 완벽하게 이해했다. 새콤달콤했지만 어딘가 씁쓸했던 그 맛이 풋내 나던 첫사랑의 상실감이었던 것이다.

두 번째 접속: 차가운 아파트, 이혼의 그림자(2002년)

장면이 바뀌었다. 비닐하우스의 뜨거운 열기가 사라지고, 이지는 2000년대의 차가운 아파트 거실에 서 있었다. 사위는 마치 무성 영화처럼 소리 없이 고요했다. 빛이 제대로 들어오지 않는 음습한 공간에서 이지는 중년의 정대가 되어 테이블 위에 놓인 이혼 서류를 멍하니 바라보았다. 그의 옆에는 싸늘한 눈빛의 아내 김영희가 서 있었다. "당신은 능력 없는 이상주의자일 뿐이야." 그녀의 차가운 경멸의 목소리가 햅틱 슈트를 통해 심장에 날카로운 비수처럼 꽂혔다. 이지는 정대의 몸을 통해 그 고통을 느꼈다. 귓가에는 사업 실패로 인한 빚쟁이들의 독촉 전화 벨 소리가 환청처럼 울렸다. 이지는 텅 빈 방에서 정대가 느꼈던 뼈저린 고독과 상실감을 생생하게 체험했다. 평생을 책임감과 명예를 지키기 위해 발버둥 쳤던 정대의 삶이 한순간에 허물어지는 좌절감을 그녀는 온몸으로 받아들였다. 왜 그토록 바름에 집착했는지, 왜 그토록 사랑을 갈구했으면서도 연이은 실패 앞에서 도망칠 수밖에 없었는지, 그의 영혼 깊은 곳의 상

   못생긴 소년, 결국엔 진정한 사랑을 완성하다

처와 몸부림이 파노라마처럼 스쳐 갔다. 한강 둔치를 걸으며, 영덕 앞바다 갯바위에 서서 죽음을 생각했던 정대의 절망적인 감정들이 이지의 폐부까지 시린 칼날처럼 파고들었다. 사랑은 없다고 절규하던 그의 마음이 이지의 마음속으로 흘러들어 왔다.

세 번째 접속: 똥 냄새, 그리고 영웅의 재발견(2023년)

다시 장면이 전환되었다. 이지는 2023년 고령의 작은 시골집 화장실에서 노쇠한 어머니의 배변을 치우고 있는 정대가 되었다. 역한 똥 냄새와 함께 밀려오는 감정에 이지는 그 순간 정대가 느꼈던 수치심, 죄책감, 그리고 마침내 깨달았던 숭고한 사랑과 헌신의 의미를 고스란히 느꼈다. '똥 싸 주어서 고마워요.' 그 말이 정대의 입에서 나올 때, 이지는 뜨거운 눈물을 흘렸다. 그리고 그 눈물 속에서 정대가 발견했던 진정한 영웅이 바로 헌신적인 어머니였다는 사실을 이해했다. 이지는 이 모든 경험을 통해 정대가 어떤 고통 속에서 자신을 찾아 헤맸는지 그리고 그 모든 상실의 터널 끝에서 얻은 깨달음이 무엇인지 온몸으로 느꼈다.

마지막 접속: 등대, 구원의 여신(2023년, 치매안심센터)

그리고 마지막 장면은 2023년 고령의 치매안심센터였다. 이지는 정대의 눈에 비친 자신을 보았다. 거울을 통해 자신을 보는 것과는 차원이 다른 객관적이면서도 지극히 주관적인 시선이었다. 정대의 눈에 비친 성이지는 단순한 사회복지사가 아니었다. 암흑 속에서 유일하게 빛나는 등대, 깊은 절망 속에서 그를 구원해 줄 구원의 여신이었다. 그녀가 건넸던 따뜻한 아메리카노 한 잔이 정대에게 얼마나 큰 위로였는지, 그녀의 조용한 공감이 그의 불안한 영혼에 얼마나 깊은 안정을 가져다주었는지, 그녀의 손길이 닿을 때마다 정대의 심장이 얼마나 요동쳤는지, 그 떨림이 햅틱 슈트를 통해 이지의 심장까지 그대로 전해졌다. '선생님, 그동안 얼마나 힘드셨어요.' 자신의 그 한마디가 정대의 얼어붙었던 마음에 어떤 온기를 불어넣었는지, 이지는 그의 시선에서 비로소 깨달았다. 그녀는 정대의 상처를 보듬고 그의 영혼을 어루만지는 존재 그 자체였다. 이지는 정대가 자신을 생명의 은인처럼 바라보고 있었음을, 그의 글에 담긴 찬양과 같은 고백이 거짓이 아님을 확인했다. 그녀가 그에게 얼마나 소중하고 절대적인 존재였는지 이지는 온몸으로 느꼈다.

디바이스를 벗었을 때, 이지는 한동안 말을 잇지 못했다. 그녀의 두 뺨에는 뜨거운 눈물 자국이 선명했다. 방금 전까지 체험했던 정대의 고뇌와 기쁨, 상실과 발견의 모든 감정들이 그녀의 육체와 영혼에 겹겹이 쌓여 있었다. 눈앞에 있는 80대 중반의 노인은 더 이상 점잖은 노신사가 아니었다.

그의 주름진 얼굴 속에서, 이지는 땀 흘리던 비닐하우스 안의 어린 정대, 고독에 몸부림치던 중년의 정대, 그리고 어머니의 배변을 치우며 깨달음을 얻었던 헌신적인 정대의 모습을 동시에 보았다. 그는 평생을 사랑받

     못생긴 소년, 결국엔 진정한 사랑을 완성하다

기 위해 치열하게 투쟁해 온 상처투성이지만 고결한 영혼을 가진 소년이었다.

"정대 씨…"

이지의 목소리는 떨렸다. 그녀는 정대의 두 손을 잡고 그의 눈을 깊이 들여다보았다. 그의 눈동자 속에는 아까의 불안감 대신 모든 것을 내려놓은 듯한 해방감과 묵직한 사랑이 담겨 있었다.

"당신… 정말 치열하게 살았군요. 그리고… 나를 이렇게나 깊이 사랑했군요."

이지는 더 이상 말을 잇지 못하고 정대를 자신의 품에 끌어안았다. 80대 중반의 노인의 마른 어깨와 곧 80대인 여인의 어깨가 격렬하게 부딪혔다. 육체적 결합을 넘어선, 영혼과 영혼이 데이터의 강을 건너 온전히 만난 순간이었다.

정대의 못생긴 외모도, 실패한 과거도, 그의 자신만만했던 상처투성이 자아도 더 이상 이지에게 장애물이 아니었다. 오히려 그 모든 상처와 고뇌의 흔적들이 지금의 정대를 만들었고 이지와의 만남을 더욱 소중하고 절실하게 만들었음을 그녀는 깨달았다.

XR 기술은 역설적으로 가장 아날로그적인 공감의 극치를 완성해 주었다. 과거와 현재의 벽을 허물고, 한 존재의 모든 것을 다른 존재에게 온전히 전이시키는 기적을 보여 주었다.

그들의 품 안에서, 고령의 한옥은 모든 시간과 공간의 경계를 초월한 영원의 성전(聖殿)이 되었다. 정대는 비로소 자신의 모든 것을 이지에게 보여 주었고 이지는 그 모든 것을 받아들였다. 그들의 사랑은 이제 어떤 외부의 시련에도 흔들리지 않을 굳건한 반석 위에 놓였다.

이 순간, 정대의 기나긴 진정한 사랑 찾기 여정은 영혼의 안식처에 도달했음을 그들 두 사람의 심장이 굳건히 증명하고 있었다.

시간은 기다림 없이 흘렀다. 이지와의 사랑을 숫자로 증명했던 2041년, 그들의 결혼은 화려한 예식 대신 텃밭을 일구는 소박한 몸짓으로 시작되었다. 함께 웃고 울며 고령의 푸른 자연 속에서 평화로운 삶을 일궈냈다.

2045년, '데드봇'으로 남아 있던 망자의 그림자를 떠나보내고 두 사람의 사랑은 온전한 현재를 살기 시작했다.

2048년, 정대의 자전적 장편소설을 XR로 체험하며 이지는 그의 모든 과거를 끌어안았고 두 영혼은 비로소 영혼의 접속을 완성했다. 그들의 사랑은 인간의 육체적, 시간적 한계를 뛰어넘어 깊고 넓게 흐르는 강물처럼 흘렀다.

2055년, 정대는 아흔넷이 되었다. 14년 전, 인공지능 닥터가 보증했던 향후 20년간 중증 질환 발병 확률 5% 미만이라는 건강 진단에도 조금씩 균열이 가기 시작했다.

아침마다 찻잔을 쥐던 손끝이 미세하게 떨렸고 방금 하려던 말이 허공에서 흩어지는 일이 잦아졌다. 책을 읽다가 한 줄을 건너뛰고, 옛 기억이 가끔 순서 없이 뒤섞이는 경우도 있었다. 그가 그토록 두려워했던 어머니처럼 되는 것에 대한 불안감이 그림자처럼 드리우는 것을 느끼지 못할 리 없었다.

그러나 그는 이러한 변화를 숨기지 않았다. 이지 앞에서 그는 있는 그대로의 자신을 기꺼이 드러냈다. 이지 또한 그 변화를 온전히 이해하고

  못생긴 소년, 결국엔 진정한 사랑을 완성하다

따뜻하게 보듬었다. 그녀의 맑은 눈은 여전히 정대를 사랑하는 사람으로 비추고 있었다.

세상은 이제 BCI(Brain-Computer Interface, 뇌-컴퓨터 인터페이스)의 시대였다. 2040년대부터 본격화된 이 기술은 2050년대 중반에 이르러서는 거의 모든 선진국에서 보편화된 삶의 양식으로 자리 잡았다. 미세한 칩을 뇌에 이식하여 인간의 인지 능력을 거대한 클라우드 서버와 연결하면, 치매를 예방하는 것을 넘어 기억력을 20대 수준으로 영구히 유지할 수 있었다. 생각만으로 기기를 제어하고, 감정을 데이터로 전송하며, 타인과 언어를 통하지 않고도 직접 의사를 교환하는 것이 가능했다.

많은 노인이 디지털 불로장생을 위해 기꺼이 수술대에 올랐다. 육체의 노화는 피할 수 없어도 정신의 영원한 젊음을 유지할 수 있다는 유혹은 거부하기 힘든 달콤한 마약과도 같았다. TV와 홀로그램 광고는 끊임없이 BCI 시술의 장점을 선전했다. 늙었어도 젊은이처럼 생각하고 기억할 수 있다는 환상은 곧 새로운 성공의 아이콘이자 현대인의 필수가 되었다.

정대의 아들 현철도 그런 시대의 흐름을 받아들이는 사람이었다. 그는 글로벌 IT 기업의 임원으로 승승장구하며 이 시대의 최첨단을 살아가고 있었다. 며칠 전, 현철은 아버지를 찾아와 걱정스러운 얼굴로 BCI 시술을 권했다.

"아버지, BCI 시술 받으시죠. 저도 얼마 전 업그레이드 받았는데 업무 효율이 두 배는 뛰었습니다. 모든 자료가 머릿속에 바로바로 검색되니 따로 공부할 필요도 없고요. 인지 기능이 저하될 걱정도 없고 뇌 질환 예방에도 탁월합니다. 게다가 이지 어머니도 곧 받으실 거라면서요?"

현철의 말에는 그가 아버지의 노화 현상을 염려하는 진심과 동시에 시대에 뒤처지지 말라는 은근한 압력이 뒤섞여 있었다. 그는 특히 아버지가 치매 노모를 돌보며 얼마나 힘들어했는지를 잘 알고 있었다.

"기억 잃는 거 두려우시잖아요. 할머니처럼 되기 싫으시다면서요."

현철의 마지막 말은 정대의 심장을 꿰뚫는 비수 같았다. 자신이 평생을 바쳐 지켜 온 어머니의 마지막을 그렇게 비극적으로만 기억되는 것을 그는 원치 않았다. 그의 눈에는 이미 치매로 돌아가신 어머니의 맑았을 젊은 시절의 모습, 그리고 어머니의 삶의 모든 고난과 헌신이 아름답게 새겨져 있었다.

이지도 정대를 걱정스러운 눈빛으로 바라보았다. 그녀 역시 치매 증상이 심화됨에 따라 BCI 상담을 받아 본 터였다. 주간보호센터를 운영하며 수많은 노인들을 돌보았던 경험이 있는 그녀였기에 치매라는 병이 얼마나 개인의 존엄을 훼손하는지 누구보다 잘 알고 있었다. 자신의 미래 그리고 정대와의 동행에 대한 현실적인 염려가 그녀의 마음속에 자리 잡았다.

하지만 그녀는 망설이고 있었다. 뇌가 인터넷에 연결된다는 것, 그녀의 내밀한 생각이 해킹당하거나 거대 기업의 데이터로 수집될 수 있다는 공포 때문이었다. 그녀는 자신의 영혼의 성역이 타인의 침범에 의해 오염되는 것을 극도로 경계했다.

과거 데드봇을 통해 망자의 데이터가 반복적인 패턴으로 전락했던 경험이 그녀에게는 큰 교훈으로 남아 있었다. 인간의 고유한 사유와 감정이 데이터화되어 소유될 수 있다는 생각은 그녀에게 공포에 가까웠다.

정대는 며칠 밤을 고민했다. 그의 내면은 거친 파도가 몰아치는 망망대해 같았다. 칩만 심으면 이 떨림도 멈추고 방금 하려던 말이 사라지는

 못생긴 소년, 결국엔 진정한 사랑을 완성하다

일도 없을 것이다. 무엇보다 이지와의 소중한 기억을 영원히 백업하고 보존할 수 있다는 유혹은 너무나 강력했다.

마치 과거에 만났던 여인들이 그의 욕망을 자극했던 것처럼 BCI는 그의 가장 깊은 곳에 있는 영원한 사랑에 대한 갈망을 건드렸다. 그것은 잊지 않음을 통해 사랑을 영원히 지킬 수 있다는 환상이었다.

그는 서재에 꽂힌 낡은 종이책들을 보며 생각에 잠겼다. 흙먼지 낀 책장에는 『돈키호테』, 『젊은 베르테르의 슬픔』, 『노인과 바다』 같은 고전들이 꽂혀 있었다. 그 책들은 수백 년이 지나도 변치 않는 감동을 주었고, 그의 젊은 시절부터 지금까지 수없이 그의 영혼을 어루만져 주었다. 아날로그적 지혜가 담긴 책들을 보며 그는 자신에게 물었다. '나의 사랑은 데이터인가, 아니면 떨림인가?'

오랫동안 고뇌하던 정대는 마침내 결심을 굳혔다. 그의 마음속에 있던 사랑의 기준이 마지막으로 가장 견고하게 완성되는 순간이었다. 그것은 효율이나 편리함, 심지어 영원한 기억이라는 유혹을 넘어선 인간 존재의 근원에 대한 깊은 통찰이었다.

어느 날 저녁, 이지가 즐겨 마시던 대추차를 나누던 중에 정대가 이지의 손을 잡았다. 그의 손끝은 여전히 미세하게 떨렸지만 그 어떤 칩보다 더 따뜻한 온기가 전해졌다.

"이지 씨, 나는 시술받지 않겠소."

이지는 순간 놀란 표정을 지었다. 그녀는 정대가 자신의 고민을 해결하려 이 시술을 선택할 것이라고 막연히 생각했었다.

"왜요? 건강해질 수 있잖아요. 기억도 보존되고… 현철도 받으라고 하고."

정대는 이지의 눈을 깊이 들여다보았다. 그의 눈빛은 순연이를 만났을 때의 맑은 눈처럼 혼탁함 없이 빛나고 있었다. 그 빛 속에는 평생을 헤매고 얻은 지혜와 오직 이지만을 향한 흔들림 없는 사랑이 담겨 있었다.

"내 머릿속엔 당신에 대한 생각뿐이오. 당신을 처음 봤을 때, 치매안심센터에서 그윽한 눈으로 나를 바라보던 순간의 떨림, 함께 걷던 아침 산책길의 맑은 공기, 잠결에 맡았던 당신의 젖은 머리카락 냄새, 함께 나눴던 수많은 시시콜콜한 이야기들과 철학적인 대화들…, 이 모든 것은 나만의 것이오. 나의 고유한 체험이고 나의 영혼이 새긴 기록이오."

정대의 목소리는 떨림 없이 단호했다.

"이 소중한 기억은 그 어떤 거대 기업의 서버에도, 클라우드에도 전송하고 싶지 않소. 나의 생각이 데이터화되어 해킹당하거나, 광고에 이용되거나, 혹은 영구히 보존된다는 허울 아래 차갑게 박제되는 것을 원치 않소."

그는 잠시 숨을 고르며 말을 이었다.

"설령 내가 훗날 치매에 걸려 이 기억들이 흐려진다 해도 기계에 의존해 당신을 검색하고 싶지는 않소. 흐려진 기억 속에서라도 당신을 향한 나의 마음이 존재한다면 그것으로 충분하오. 나는 인간으로서 당신을 사랑하는 배정대라는 독립된 우주로서 끝까지 남고 싶소. 나의 모든 불완전함, 나의 유한한 삶 속에서 당신을 온전히 사랑했던 나로 남고 싶소."

이지의 눈가가 촉촉하게 젖어 들었다. 정대의 말에서 그녀는 숭고함을 느꼈다. 기술이 모든 것을 해결해 준다는 시대에 불편함과 소멸을 감수하면서까지 인간의 존엄과 사랑의 프라이버시를 지키려는 그의 의지를 존중했다. 그것은 BCI가 주는 초지능보다 훨씬 더 빛나는 지성이었다.

 못생긴 소년, 결국엔 진정한 사랑을 완성하다

　　그는 자신의 지난 삶, 그 모든 고뇌와 상실, 그리고 이지와의 만남을 통해 얻은 사랑의 기준을 마지막으로 증명하고 있었다. 그의 결정은 단순한 기술 거부가 아니었다. 그것은 인간의 본질에 대한 깊은 성찰이자, 사랑하는 이에 대한 가장 순수한 헌신이었다.

　　이지는 더 이상 망설이지 않았다. 그녀의 마음속에 존재했던 작은 불안감마저도 정대의 단단한 신념 앞에서 눈 녹듯 사라졌다. 그녀는 정대의 두 손을 더욱 꼭 잡았다.

　　"그럼 저도 안 해요. 우리, 그냥 같이 늙어요. 흐려지면 흐려지는 대로, 떨리면 떨리는 대로요. 기계가 대신해 주는 사랑 말고, 우리가 서로 채워 주는 사랑 해요. 정대 씨의 떨리는 손을 내가 잡고, 내가 잊어버리는 이름을 정대 씨가 불러 주면 되잖아요."

　　이지의 목소리에는 깊은 사랑과 확신이 담겨 있었다. 그녀는 정대의 지난 삶의 여정을 XR 독서를 통해 온전히 경험했고 그의 모든 상처와 고뇌를 공유했었다. 이제 그녀는 그의 미래 그가 겪게 될 노화의 과정까지도 기꺼이 함께 나누고자 했다. 서로의 불완전함을 있는 그대로 받아들이고 기계가 아닌 인간적인 온기로 그 빈틈을 채워 나가자는 맹세였다.

　　두 사람은 기술의 정점에서 기술을 거부했다. 그들의 선택은 문명에 대한 저항이 아니라 사랑에 대한 헌신이었다. 기억을 백업하고 복구하는 것이 아니라 순간순간을 함께 느끼고 기록하는 삶을 선택한 것이다. 효율과 편리함이라는 미명 아래 사라져 가는 인간의 고유한 불편함과 유한함을 받아들이는 용기였고, 그것이 그들이 선택한 마지막 사랑의 형태였다.

　　2055년의 고령 밤하늘은 BCI 칩을 이식한 수많은 사람들의 클라우드 브레인에서 뿜어져 나오는 전자파로 가득했지만 그들의 작은 한옥은 두 사람이 서로에게 주는 따뜻한 온기로 충만했다.

그들의 침묵은 가장 깊은 대화였고, 그들의 떨림은 가장 진실한 사랑의 증표였다. 정대와 이지의 생각의 성역은 그렇게 인간으로서의 마지막 품격을 지켜 내며 고요히 빛나고 있었다.

이제 95세가 된 배정대에게 15년 전의 약속은 단순한 시간의 완수가 아니었다. 그것은 그의 존재 이유이자, 이지와의 사랑이 세상의 모든 시험을 이겨 냈음을 증명하는 금빛 훈장이었다.

그러나 시간은 정직했고 약속의 유효 기간이 다가올 무렵 정대가 평생을 통해 가장 두려워했던 그림자가 찾아왔다. 30여 년 전, 93세 노모를 모시며 뼈저리게 겪었던 치매의 깊은 수렁이었다.

이지가 아흔을 앞둔 어느 날 아침, 창가에 스민 햇살 아래에서 그를 바라보며 물었다. 그 눈빛에는 낯선 경계와 텅 빈 물음표만이 가득했다.

"선생님… 누구세요?"

그 한 마디는 정대의 가슴을 찢는 예리한 비수였지만, 그의 표정에는 단 하나의 떨림도 허락되지 않았다. 그 순간 그는 못생긴 놈이 아닌 한 여인의 삶의 존엄을 지키기 위해 무장한 명예로운 군인이었다.

그는 30여 년 전, 노모와의 동행을 통해 얻었던 삶의 가장 중요한 깨달음을 소환했다. 사랑은 감정이 아니라 절차이고, 존엄은 소유가 아니라 루틴이었다.

이 깨달음은 정대의 간병을 하나의 숭고한 의식(儀式)으로 만들었다. 그는 매일 아침, 매일 점심, 매일 저녁, 이지의 눈높이에 맞추어 무릎을 꿇고 그녀의 시선이 흔들리지 않도록 정면을 응시했다. 그리고 단 하나의 오차도 없이, 같은 음성, 같은 온도를 담아 대답했다.

"저는 배정대입니다. 당신의 남편이고, 당신의 산초입니다."

배정대는 존재의 근원이고, 남편은 15년 전 약속의 증명이며, 산초는 그가 평생 찾아 헤맨 사랑의 원형질, 즉 그녀의 존경받을 만한 본질이었다. 이지의 기억이 매 순간 허물어질 때마다 정대는 이 세 단어의 철벽으로 그녀의 존재를 지탱해 주었다.

첨단 의학이 도달한 2056년, 이지 주변에는 최첨단 AI 돌봄 로봇 휴미(Humi)가 배치되어 있었다. 휴미는 지침도 없이 가장 위생적으로 기저귀를 갈고 욕창을 완벽하게 방지했다. 그러나 정대는 그 모든 스마트 시스템을 거부했다.

"기계는 차갑지만, 내 손은 아직 뜨겁지 않소."

그는 노인의 떨리고 메마른 손으로 직접 이지의 대소변을 치우고 그녀의 쇠약해진 몸을 씻겼다. 정대는 평생을 못생긴 놈이라는 외모 콤플렉스와 싸워 왔지만, 이지에게서 존경의 사랑을 발견하며 자신의 내면적 가치를 완성했다. 그는 이 마지막 순간에 기계화된 돌봄에 대한 자신의 거부가 자신의 일생을 관통하는 철학, 즉 '인간의 떨림'에 대한 최종 선언임을 알았다.

이지의 영혼이 잠시 치매의 짙은 안개 속에서 벗어나 맑은 정신으로 돌아오는 순간이 있었다. 그 찰나의 명료함 속에서 그녀는 자신의 쇠약해진 몸과 흐려진 기억이 정대에게 지우는 무게를 깨달았다. 그녀의 푸석해진 눈가에 투명한 눈물이 맺힐 때마다 그녀는 속삭였다.

"여보, 내가 짐이 되어서 미안해요. 당신의 남은 생을 나 때문에 힘들게 하는 것 같아요."

　이 고백은 이지가 정대에게 건넬 수 있는 가장 잔인한 비수였다. 그러나 정대는 미안해하는 이지의 손을 잡고 자신의 가장 깊은 곳에 묻어 두었던 삶의 진실을 고백했다.

　"아니오, 이지. 당신은 내 삶의 짐이 아닙니다. 당신은 내 삶의 완성입니다. 내가 당신을 돌볼 수 있어서 못생긴 놈의 인생이 비로소 구원받았소."

　정대의 목소리는 떨리지 않았으나 그 울림은 방 안의 모든 공기를 진동시켰다. 정대에게 이 마지막 간병의 시간은 더 이상 희생이나 고통이 아니었다. 그것은 그의 불완전했던 전 생애를 포용하고 치유하는 가장 숭고한 형태의 구원이었다.

　어린 사춘기 시절, 정대의 결핍을 가능성으로 읽어 주었던 순연이의 맑고 티 없는 사랑은 기준이었다. 이지는 바로 그 가능성을 현실로 만들어 주었고, 정대는 이지를 돌봄으로써 그 순수했던 첫사랑의 가치를 책임감으로 승화시켰다.

　똥 묻은 손으로 자신을 길러 낸 어머니의 무조건적인 희생도 사랑의 기준이었다. 정대는 이제 이지의 대소변을 치우며 어머니가 베풀었던 그 숭고한 돌봄의 위대함을 자신의 삶으로 재현하고 있었다.

　정대는 이지의 굽어진 손을 조심스럽게 마사지하며 그들의 고요한 루틴을 이어 갔다. 이 떨림이야말로 그가 평생을 통해 찾아 헤맨 진정한 사랑의 증명이었으며 못생긴 놈의 인생에 찍힌 구원의 인장(印章)이었다.

　시간은 정직하게 흘러 2061년이 되었다. 정대는 100세, 이지는 92세가 되었지만, 이지에게 찾아온 어둠은 점점 더 짙어지고 있었다. 이지는 치매와 더불어 평생을 품고 살아온 약한 면역체계 때문에 약을 달고 살았고 고통과의 힘겨운 투쟁을 지속하고 있었다.

12월 1일 겨울밤, 정대는 이지에게 물었다.

"이지 씨, 우리 소풍 갈까요? 아주 길고, 평화로운 소풍."

이지는 그 말의 뜻을 알았다. 그들은 이미 10년 전, 서로의 존엄이 무너지는 순간이 오면 함께 자연으로 돌아가자고 약속했었다. 스위스가 아닌 한국에서도 합법화된 '동반 조력 존엄사'의 길이었다.

"좋아요. 정대 씨랑 가면… 무섭지 않을 것 같아요."

이지가 정대의 어깨에 머리를 기댔다. 지금 이 순간, 이지는 여전히 고요하고 따뜻하게 웃으며 정대에게 말했다.

"응, 정대 씨랑 가는 소풍이잖아."

그녀의 맑은 눈빛이 정대의 깊은 곳까지 스며들었다.

창밖에는 21세기 중반의 최첨단 도시 불빛이 별처럼 반짝이고 있었지만, 두 사람의 방에는 오래된 난로만이 타닥타닥 타오르고 있었다. 기술이 인간의 수명을 120세까지 늘려 놓은 시대였지만, 그들은 100세의 문턱에서 스스로 멈춤 버튼을 누르기로 했다. 더 오래 사는 것보다 사랑하는 사람의 눈을 바라보며 온전한 정신으로 작별하는 것이 더 중요했기 때문이었다.

정대는 70, 80대 그리고 90대 초반까지도 국토순례를 멈추지 않았고, 90대에는 고령 인근에서 술좌진향형 지형을 찾아 헤맸다. 그러던 중에 가야산과 주산능선의 중간에 있는 미숭산 자연휴양림 위쪽에서 아지트를 발견했다.

장엄한 태양의 햇살이 가장 먼저 직접적으로 비추는 곳, 곰이 겨울잠을 자기에 좋을 것 같은 곳이라는 생각이 들게 만드는 곳, 반동굴이어서 위쪽을 조금만 손을 보면 완벽한 위장이 가능한 곳이었다. 동굴 앞까지 UAM(Urban Air Mobility, 도심항공교통)이 날아와 착륙할 수 있는 곳을 운명처럼 발견한 것이다. 90대 중반이었다.

그래서 정대는 이지와 마지막 날을 장식할 곳으로 점찍어 두고서 수년을 정성을 들여 정비해 둔 곳이었다. '천국의 입구'라는 이름을 붙였다. 정대와 이지의 육체를 온전히 자연으로 돌려보내기에는 더할 나위 없이 안성맞춤인 곳이었다.

정대는 품속에서 낡은 수첩 하나를 꺼냈다.『묻다, 어떻게 살아야 하는가?』. 35년 전, 인생의 가장 낮은 곳에서 써 내려갔던 자신의 기록이었다. 책의 첫 페이지에는 젊은 시절 정대 본인의 손글씨로 '나를 있는 그대로 봐 주는 맑은 눈을 가진 사람. 나의 결핍을 가능성으로 읽어 주는 사람.'이라는 문장이 적혀 있었다.

그리고 그 옆에는 반세기가 넘는 시간을 돌아 이지를 만나 깨달은 또 다른 정의가 추가되어 있었다. '사랑은 절차이고 존엄은 루틴이다.' 정대는 수첩을 이지의 손에 쥐어 주었다. 이지는 흐릿해진 시야로 글자들을 더듬었지만, 그 내용이 자신과 정대의 이야기임을 알고 있었다.

정대는 눈을 감았다. 수첩에서 느껴지는 닳아 해진 종이의 감촉, 그 위에 켜켜이 쌓인 시간의 무게를 온전히 느꼈다. 수첩의 글자 한 자 한 자가 마치 별똥별처럼 그의 머릿속을 스쳐 지나갔다.

그가 평생을 찾아 헤맨 진정한 사랑은 결국 외부의 찬란한 빛이 아니라, 자신의 내면에 뿌리내린 자존의 씨앗이었던 것이다. 그리고 그것을 보살펴 함께 꽃피울 수 있는 이지를 만났을 때 비로소 완성되었음을 깨달았다. 그는 못생긴 놈이라는 굴레와 복잡한 과거 속에서 치열하게 투쟁했지만, 이지와 함께한 시간들은 모든 경계를 넘어선 사랑의 승리였다.

"돌아보면… 참 먼 길을 돌아서 당신에게 왔어."

정대가 속삭였다.

그의 눈가에서는 이제 눈물이 흐르지 않았다. 맑고 투명한 빛만이 감돌았다. 그가 평생을 찾아 헤맸던 사랑의 기준들은 긴 여정의 끝에서 하나의 온전한 퍼즐 조각으로 맞춰지는 듯했다.

밖에서 들려오는 로봇 정원사의 분주한 활동의 소리, 스마트 키친에서 따뜻한 죽을 준비하는 소리가 평화롭게 어우러졌다. 첨단 기술이 주는 편안함 속에서도 두 사람은 흙을 만지고 서로의 입에 밥을 넣어 주는 아날로그적인 삶을 사랑했다.

그들은 기술의 정점에서 기술을 거부하며 인간으로서의 존엄과 사랑의 프라이버시를 지켜 왔다. BCI(뇌-컴퓨터 인터페이스)가 치매를 예방하고 기억력을 20대 수준으로 유지할 수 있는 시대였지만, 정대는 '내 머릿속엔 당신에 대한 생각뿐이오. 어떤 거대 기업의 서버에도, 클라우드에도 전송하고 싶지 않소'라며 그 유혹을 거부했다.

이지 역시 '우리, 그냥 같이 늙어요. 흐려지면 흐려지는 대로, 떨리면 떨리는 대로요. 기계가 대신해 주는 사랑 말고, 우리가 서로 채워 주는 사랑을 해요'라며 동의했다. 그것은 문명에 대한 저항이 아니라 사랑에 대한 헌신이었다.

마지막으로 정대는 고개를 들어 방 창밖을 바라보았다. 밤하늘에 별들이 쏟아져 내릴 듯 반짝이고 있었다. 그의 시선은 별빛을 따라 아득한 과거로 그리고 다가올 영원한 미래로 향했다.

그들의 사랑은 '진정한 사랑의 완성'라는 긴 여정의 마침표를 향해 나아가고 있었고 그것은 죽음이 아니라 완성이었다. 이지 또한 그의 시선을 따라 밤하늘을 올려다보았다. 희미한 미소가 그녀의 얼굴에 번졌다.

　　자정이 가까워진 시각, 도시의 인공적인 불빛을 뒤로하고 UAM의 한 방편인 플라잉카 eVTOL(Electric Vertical Take-Off Landing) 한 대가 소리 없이 미숭산의 은밀한 안식처, '천국의 입구'에 내려앉았다. 차가운 밤 공기가 폐부 깊숙이 스몄지만 정대의 품에 안긴 이지의 체온은 그 어느 때보다 애틋했다.

　　정대는 수년 전부터 공들여 다듬어 놓은 동굴 안쪽으로 그녀를 인도했다. 그곳에는 인위적인 가구 대신 자연이 깎아 만든 듯 인체 공학적으로 완벽한 곡선을 그리며 솟아오른 바위 의자가 있었다. 정대는 그 위에 부드러운 천연 가죽과 이끼를 덮어 세상에서 가장 편안한 안락의자를 만들어 두었다. 이지를 그곳에 앉힌 정대는 그녀의 발치에 무릎을 꿇고 마지막 절차를 준비했다.

　　"이지 씨, 이제 정말 긴 여행의 끝이구려. 우리 참 잘 살아왔소."

　　정대는 떨리는 손으로 은색 잔에 담긴 조제된 약을 나누었다. 이지는 치매의 안개 속에서도 이 순간만큼은 기적처럼 맑은 눈빛으로 정대를 바라보았다. 그녀는 약 잔을 들기 전, 정대의 목을 가만히 끌어안았다. 그리고, 못생긴 놈이라는 콤플렉스를 평생 품고 살았던 정대에게 생의 마지막 작별인사를 건넸다.

　　"정대 씨, 마지막으로 진실을 말할게요. 당신을 처음 만난 38년 전, 당신에 대한 첫인상은 너무 좋았어요. 반듯하고 훌륭한 인성을 가진 분이겠

　　　　　　　　　못생긴 소년, 결국엔 진정한 사랑을 완성하다

구나라고 생각했구요. 지금까지 단 한 번도 당신이 못생겼다고 생각해 본 적이 없어요. 당신 참 잘생겼어요. 저를 사랑해 주시고, 영혼의 동반자가 되어 주어 감사했어요. 천국까지도 두 손 잡고 같이 올라가요."

두 사람의 입술이 맞닿았다. 그것은 80여년 전 사춘기 소년이 꿈꾸었던 순수한 첫사랑의 완성임과 동시에 평생을 서로의 존엄을 지켜 온 두 영혼이 나누는 마지막 서약이었다. 짧지만 영원 같은 키스가 끝나고, 두 사람은 약 잔을 비웠다.

정대는 안락의자에 깊숙이 등을 기댄 이지의 곁으로 다가가 그녀를 자신의 넓은 품속으로 끌어당겼다. 이지의 머리가 정대의 심장 박동 위에 놓였다. 정대는 그녀의 가느다란 어깨를 감싸안으며 나직하게 읊조렸다.

"자요, 이지 씨. 내 품에서 편히 쉬어요. 눈을 뜨면 진짜 천국일 거요."

정대의 목소리를 자장가 삼아 이지의 숨소리가 서서히 잦아들었다. 정대 역시 그녀의 머리칼에 자신의 얼굴을 묻은 채 생의 마지막 고동을 함께 멈추었다. 동굴 밖 어둠은 깊어 갔고 두 노인은 마치 한 덩어리의 조각상처럼 고요한 안식에 들어갔다.

다음 날 아침, 기적이 찾아왔다.

어둠이 걷히고 미숭산의 능선을 넘어온 찬란한 황금빛 첫 햇살이 '천국의 입구' 반동굴 안으로 화살처럼 꽂혀 들어왔다. 그 빛은 단순히 물리적인 광선이 아니었다. 햇살이 두 사람의 몸을 어루만지는 순간, 기적 같은 판타지가 펼쳐졌다.

두 사람의 육신 위에 겹쳐져 있던 영혼의 실루엣이 투명하고 찬연한 빛의 입자로 변해 서서히 떠오르기 시작했다. 100세의 정대와 92세의 이지가 아닌, 가장 아름답고 눈부셨던 시절의 모습으로 돌아간 두 영혼이었다. 빛의 형상을 한 정대가 먼저 일어나 이지에게 손을 내밀었다. 이지는 눈부신 미소를 지으며 그 손을 잡았다.

그들의 발치에서부터 은하수 같은 빛의 계단이 하늘을 향해 펼쳐졌다. 수천 마리의 나비가 날갯짓하는 듯한 신비로운 소리가 동굴 안을 가득 채웠고, 두 사람의 영혼은 서로를 마주 보며 그 빛의 계단을 사뿐히 즈려밟고 올라갔다. 지상의 육체는 대자연의 일부로 평온하게 남겨 둔 채, 두 영혼은 찬란한 햇살 속에 녹아들어 영원한 안식의 세계로 사라져 갔다.

미숭산의 아침 안개가 걷히자, 동굴 안에는 오직 고요한 평화와 어제보다 더 밝게 빛나는 태양의 잔상만이 머물러 있었다. '천국의 입구'는 그렇게 두 사람을 온전히 품어 안고 지상에서 가장 아름다운 작별을 완성해 냈다.

 못생긴 소년, 결국엔 진정한 사랑을 완성하다

2062년 3월, 미숭산 자연휴양림에도 휴식을 즐기려는 가족 단위의 관광객들이 모여들기 시작했다. 만물을 소생시키는 붉은 기운이 대지의 잠을 깨우는 계절이었다. 얼었던 계곡물은 다시 흐르고 가지마다 돋아나는 연둣빛 새싹들은 생명의 순환을 노래하고 있었다. 고요하고 장엄한 자연 속에서, '천국의 입구'도 위장해 둔 마른 잎새와 가지들이 떨어져 나가고 내부가 보이기 시작했다.

그들의 육신이 약초꾼에 의해서 발견되었다.

3월 23일 오전 11시 53분. 사계절을 아우르는 봄의 한가운데, 만개한 진달래와 산수유가 '천국의 입구' 주변으로 널리 퍼져 아름다운 자태를 뽐내고 있었다.

그러나, 하나가 된 두 시신은 차가운 바람이 불어왔지만, 그들의 얼굴에는 슬픔 대신, 해탈(解脫)에 이른 듯한 고요하고 평화로운 미소가 어린 아이처럼 번져 있었다.

현장에 가장 먼저 도착한 것은 산악 구조대원들이었다. 그들은 휴대용 바이오 스캐너로 두 노인의 생체 신호를 확인했고, 사인은 평온사(平穩死)였다. 의료 보조 로봇은 현장 상황을 기록했고 모든 정보는 관계 기관과 연결된 클라우드 서버로 자동 전송되었다.

현장에서는 배정대가 남긴 유서가 발견되었다. 그의 글씨체는 100세의 나이에도 여전히 단단하고 명료했다. 한 치의 흔들림도 없는 문장들 속에 담긴 정대의 깊은 철학과 사랑이, 마치 서예 작품처럼 종이 위에 단정히 내려앉아 있었다.

유서의 내용은 곧바로 정대와 이지 가족에게 통보되었고, 사회 전반에 걸쳐 거대한 파문을 일으키며 가족 간의 갈등을 촉발했다. 유서의 전문은 이러했다.

[배정대의 유서]

사랑하는 가족과, 그리고 세상에 남겨진 모든 이들에게.

우리는 이 편지를 읽는 순간, 이미 고통 없이, 완전한 사랑 속에서 이 생을 마감합니다. 우리의 삶은 결코 죽음을 향한 도피가 아니었습니다. 우리는 삶의 모든 의무를 다했습니다. 자식들을 키워 냈고 서로를 돌보며 인간으로서의 존엄을 지켜 왔습니다. 그리고 사랑하는 이와 함께 맞이하는 아름다운 순간이야말로, 우리가 꿈꾸던 생의 완성입니다. 세상은 우리의 선택을 동반자살이라는 단어로 쉽게 정의할지도 모릅니다.

그러나 우리는 진정한 사랑의 완성이라는 우리만의 언어로 이 마지막 여정을 기록합니다.

우리는 기계가 아닌 인간의 선택을 존중했으며 데이터가 아닌 영혼의 온기를 믿었습니다. 우리의 몸은 이미 자연의 일부입니다. 부디 우리의 육신을 동반 화장(火葬)하여 뼛가루를 섞어 '천국의 입구'에 뿌려 주십시오. 우리가 영원으로 돌아갈 대지의 품속에서 다시 새로운 생명의 일부가 될 수 있기를 바랍니다.

그리고 우리의 영혼이 배어 있는 소지품 한 점씩만을 골라서 나의 가족묘원(家族墓園)에 나란히 안장해 주십시오. 그곳에서 우리의 영혼이 영

  못생긴 소년, 결국엔 진정한 사랑을 완성하다

원히 서로의 곁에서 평온을 찾기를 기원합니다.

　　부디 우리의 마지막 선택을 존중해 주십시오. 이것이 우리를 진정으로 사랑하는 길임을 믿습니다.

2061년 12월 1일

배정대 드림.

이 유서는 사회 전체에 충격파를 던졌다. 불과 몇 년 전까지만 해도 논란의 여지가 있었던 동반 조력 존엄사가 2050년대 중반에 이르러 한국에서도 합법화된 지는 십여 년이 지났지만, 그 시행은 주로 회복 불능의 질병으로 인한 고통을 끝내기 위한 선택으로 한정되어 있었다.

하지만 배정대와 성이지의 경우는 달랐다. 육체적으로는 노쇠했을지언정, 그들이 선택한 것은 고통의 끝이 아닌 사랑의 완성이었기 때문이었다.

그들의 결정은 죽음의 정의와 삶의 가치, 그리고 첨단 기술 시대에 인간이 선택할 수 있는 존엄성의 범주에 대해 근본적인 질문을 던졌다.

가장 먼저 격렬한 반대에 부딪힌 것은 성이지 측 가족이었다. 2062년 당시 82세였던 성이지의 남편 동생, 김창진 씨는 이지 가족의 대변인 격이었다. 그는 형 김현진 씨의 죽음 이후 이지와의 교류는 있었으나, 그녀가 배정대와 재혼했다는 사실은 알았을지언정, 이토록 극단적인 선택을 할 것이라고는 상상조차 하지 못했다.

김창진 씨는 기자회견에서 울분을 터뜨렸다.

"우리 형수님의 명예가 노년의 동반 자살로 훼손될 수 없다! 이건 명백한 자살이다. 어떻게 그런 참담한 결정을 할 수 있단 말인가. 우리 집안의 오랜 가치와 도덕이 배정대라는 자에 의해 완전히 유린되었다!"

그의 목소리는 분노로 떨렸고, 눈에는 격앙된 감정이 가득했다.

동반 존엄사라는 법적 용어보다는, 세간의 시선에 비치는 동반 자살이라는 오명(汚名)에 대한 우려가 컸다. 더욱이 형수님의 재산과 명예, 그리고 자식들의 사회적 입지가 훼손될 수 있다는 현실적인 걱정도 한몫했다.

이지의 둘째 아들, 김수철(당시 55세 내외) 역시 어머니의 갑작스러운 선택과 사회적 시선에 대한 부담으로 합장 및 유골 살포를 강력히 거부했다. 그는 평생을 어머니에게 순종적인 아들이었다. 어머니가 재혼하는 것도 못마땅했지만, 어머니의 선택이기에 그저 묵묵히 받아들였다. 하지만 어머니가 그에게 남긴 것은 동반 자살이라는 사회적 낙인이었다.

"어머니는 저에게 단 한마디 상의도 없이 이런 엄청난 결정을 하셨습니다. 저는 어머니의 아들로서 이 결정에 동의할 수 없습니다. 제가 아는 어머니는 이런 분이 아니었습니다. 도대체, 배정대라는 분이 어머니에게 무슨 마법을 건 것입니까? 저는 어머니의 유언대로 그분과 유골을 섞고 싶지 않습니다. 저희 가족 묘원에도 그분의 유품을 안장할 수 없습니다!"

김수철은 거의 오열하듯 말을 이었다.

그의 얼굴에는 배신감, 원망, 그리고 어머니의 존엄이 훼손될까 하는 깊은 불안감이 뒤섞여 있었다. 그는 동반 존엄사라는 합법적인 선택보다는, 비정상적인 죽음으로 규정되기를 원했다. 그들의 갑작스러운 죽음은 자신들이 애써 쌓아 온 삶의 터전을 송두리째 흔드는 거대한 재앙이었다.

갈등은 양가 가족의 이해와 가치관이 충돌하며 최고조에 달했다. 배정대 측 가족들은 비교적 차분하게 그의 유서를 존중하려 했지만, 이지 측 가족의 격렬한 반대에 부딪히자 혼란에 빠졌다.

    못생긴 소년, 결국엔 진정한 사랑을 완성하다

배정대의 아들 현철은 아버지의 유서 내용을 존중해야 한다고 주장
했다.

그는 아버지가 BCI 시술을 거부했을 때, 아버지의 인간의 존엄에 대한
깊은 고뇌를 엿본 적이 있었다. 비록 그때는 BCI 시술을 권했지만, 지금은
아버지의 마지막 선택 뒤에 어떤 숭고한 의미가 숨어 있을지 짐작할 수
있었다. 하지만 상대편 가족들의 거센 반발 앞에 그는 자신의 무기력함을
느꼈다.

가족 간의 논쟁은 언론의 뜨거운 감자가 되었고, 각종 미디어와 온라
인 커뮤니티에서는 노년의 사랑과 죽음이라는 주제로 치열한 공방이 벌
어졌다.

'진정한 사랑의 완성인가, 노년층의 무책임한 도피인가?', '생명의 존엄
성을 무시한 행위인가, 아니면 새로운 시대의 존엄한 선택인가?', '개인의
행복 추구와 가족 공동체의 도덕적 책임 사이의 갈등' 등 복잡한 질문들이
꼬리에 꼬리를 물었다. 수십 년간 잊혔던 배정대와 성이지의 이름은, 동
반 사망이라는 충격적인 뉴스와 함께 다시금 세상의 많은 스크린을 장식
하게 되었다.

특히 배정대가 젊은 시절 썼던 자전 에세이『묻다, 어떻게 살아야 하는
가?』와 이지를 만나면서 완성했던『못생긴 놈, 진정한 사랑찾기 여정』과
『못생긴 놈, 진정한 사랑을 완성하다.』의 존재가 언론을 통해 알려지면서,
그들의 마지막 선택은 단순한 사건이 아닌 철학적이고 문학적인 해석의
대상이 되었다.

이지의 유서 내용과 관련해서는 더욱더 복잡한 논란이 일었다. 그녀의
유서는 겉으로 드러나는 명확한 내용보다는, 그녀의 일생과 배정대와의

관계 속에서 읽혀야 할 심오한 메시지들을 담고 있었다.

이지는 법적 대리인을 통해 오래전부터 유서를 작성해 두었으나, '동반 조력 존엄사'에 대한 직접적인 언급은 회피하는 듯한 뉘앙스를 풍겼다. 그녀의 유서에는 남편과의 추억을 소중히 간직하고 자식들에 대한 사랑을 표현하는 내용이 주를 이루었다.

정대와의 동반 사망을 암시하는 내용은 없었지만, '만약 내가 사랑하는 사람과 함께 세상의 모든 고통과 번뇌로부터 해방될 수 있다면, 그것 또한 기꺼이 받아들이겠다'는 모호한 표현이 문제시되었다.

이지 측 가족들은 이 문구를 확대 해석하며, 그녀가 자발적으로 '동반 조력 존엄사'를 택한 것이 아니라 배정대의 유도에 의한 것이라고 주장하기 시작했다. 그들의 주장에는 어머니의 죽음에 대한 애통함뿐만 아니라 망자에 대한 존중을 넘어서는 재산 분할과 명예 보호에 대한 현실적인 계산도 섞여 있었다.

고령군 법원 앞에는 언론사와 수많은 인파가 몰려들었다. 연일 논란이 가열되는 가운데, 양측 가족들은 법적 소송을 불사하며 첨예하게 대립했다. 법정에서는 이들의 죽음이 자살인가, 아니면 존엄한 사랑의 완성인가를 놓고 치열한 법리 다툼이 벌어졌다. BCI 시술을 거부하며 인간의 존엄을 지키려 했던 정대의 마지막 선택은 죽음 앞에서 다시 한번 그 존엄의 의미를 시험대에 올리고 있었다.

양가 가족 간의 갈등은 이제 단순한 가족 불화의 차원을 넘어, 21세기 중반 사회의 윤리적, 도덕적 가치관에 대한 근본적인 질문을 던지고 있었다. 정대와 이지의 황혼의 사랑은 그렇게 죽음으로써 사회 전체에 거대한 질문을 던지는 불씨가 되었다.

 못생긴 소년, 결국엔 진정한 사랑을 완성하다

미숭산에서 시작된 두 사람의 마지막 여정은 세상의 온갖 편견과 갈등 속에서 진정한 사랑의 의미를 찾아가는 또 다른 시작을 알리고 있었다.

미숭산의 고요한 품에서 시작된 두 노인의 마지막 소풍은, 세간에 전례 없는 폭풍을 몰고 왔다. 그들의 죽음은 단순한 삶의 끝이 아니었다. 그것은 마치 오래된 화산이 다시 폭발하듯 켜켜이 쌓여 있던 시대의 가치관과 도덕적 관념을 뒤흔드는 거대한 충격파였다. 미디어는 연일 그들의 이야기를 파헤치고 온라인 공간은 찬반 논란으로 뜨겁게 달아올랐다.

특히, 정대의 유서와 이지의 유서를 둘러싼 양가 가족의 첨예한 대립은, 21세기 중반 사회의 윤리적 딜레마를 고스란히 드러내며 대중의 시선을 사로잡았다.

사랑의 완성인가, 무책임한 도피인가. 존엄한 선택인가, 사회적 낙인인가. 첨단 기술이 인간의 생명을 무한히 연장시키는 시대에 스스로 삶의 마침표를 찍는 그들의 선택은 그 어떤 해답도 쉽게 찾을 수 없는 미궁과도 같았다.

갈등은 해결의 실마리를 찾지 못하고 있었다. 양가 가족들은 각자의 주장만을 내세우며 한 치의 양보도 없이 맞섰다. 법정에서는 그들의 죽음이 자살인가 존엄사인가를 두고 법리 다툼이 치열하게 전개되었다.

특히 이지 측 가족들의 반발은 격렬했다. 김창진 씨와 김수철 씨가 터뜨렸던 울분은 시간이 갈수록 더욱 커져 갔다. 그들은 기자회견을 열고, 배정대가 어머니를 유도하여 비극적인 동반 자살로 이끌었다고 주장했다. 이지 가족의 변호사는 '무책임하게 죽음을 택한 배정대의 선택은 용서받을 수 없는 행위다. 고인은 자신의 뜻과 무관하게 비정상적인 죽음을 맞았다'고 핏대를 세웠다.

이러한 첨예한 대립 속에서, 배정대의 장남인 배현철(당시 73세, 앱 콘텐츠 제작자)은 말없이 아버지의 서재를 정리하고 있었다. 현철은 첨단 기술을 다루는 앱 콘텐츠 제작자답게 아버지의 오래된 서재에서도 디지털 아카이빙을 위한 새로운 흔적을 찾고 있었다.

낡은 책들 사이에서 먼지가 앉은 태블릿을 발견했다. 그의 손에 들린 태블릿은 아버지의 마지막 글쓰기 흔적이 고스란히 남아 있는 것이었다. 그는 무심히 태블릿을 켜자, 화면 가득 한글로 작성된 장문의 디지털 원고가 나타났다. 제목은『묻다, 어떻게 사랑해야 하는가?』.

현철의 눈이 크게 뜨였다. 그는 지난 세월 아버지가 글쓰기에 몰두한다는 것은 알았지만, 그것이 이토록 방대한 분량의 에세이일 줄은 상상조차 하지 못했다.

아버지가 이지 어머니에게 자신의 모든 과거를 공유하고 싶어 XR 리더 포맷으로 변환했던 바로 그 작품의 업그레이드 버전이었다. 아버지는 이 작품을 통해 자신의 삶을 회고하고, 죽음 앞에서 진정한 사랑의 의미를 찾고 있었다.

『묻다, 어떻게 사랑해야 하는가?』.

이 제목은 현철의 가슴을 깊숙이 파고들었다. BCI 시술을 거부하며 인간으로서의 존엄을 지키려 했던 아버지의 마지막 선택을 되돌아보게 하는 제목이었다. 아버지가 그토록 힘들어하던 어머니의 치매와 그를 괴롭혔던 노년에 대한 두려움을 극복하려는 처절한 몸부림이 담겨 있음을 직감했다.

현철은 그 자리에서 밤을 새워 가며 아버지의 유작을 읽어 내려갔다.

　　　　　　　　　　못생긴 소년, 결국엔 진정한 사랑을 완성하다

한 글자 한 글자, 아버지가 살아온 고뇌의 흔적과 고통스러운 깨달음의 과정이 고스란히 현철의 심장으로 전이되었다.

그는 이지 어머니가 XR 독서를 통해 느꼈던 그 생생한 감정의 파고를 아버지의 유작이라는 디지털 원고를 통해 고스란히 체험했다. 아버지가 평생을 걸쳐 진정한 사랑을 갈구한 이유와 그 과정이 숨김없이, 때로는 솔직하게, 때로는 절규하듯 담겨 있었다.

첫사랑의 기준 제시: 순연, 영원한 원형질 유작은 아버지의 유년기, 못생긴 놈이라는 콤플렉스에 갇혀 지내던 시절로 현철을 데려갔다. 밀양 예림리 대성동의 비닐하우스, 그곳에서 아버지가 처음 만났던 외가 쪽 먼 친척 여동생 조순연과의 이야기는 현철의 눈시울을 붉혔다. '오빠는 눈이 맑아. 오빠는 큰 사람이 될 거야'라는 순연의 순수한 격려가, 어린 아버지에게 얼마나 큰 자존감을 심어 주었는지 현철은 처음으로 깨달았다. 순연이에게서 받은 영향과, 그가 평생 여성에 대해 가졌던 '나를 있는 그대로 봐 주는 맑은 눈을 가진 사람. 나의 결핍을 가능성으로 읽어 주는 사람'이라는 기준의 시작이 생생하게 묘사되어 있었다. 아버지가 왜 그리도 사랑에 목말라했었고 타인의 시선에 예민했는지 비로소 이해할 수 있었다.

책임 결혼의 무게: 김영희, 끝나지 않은 고뇌 김영희와의 결혼 이야기는 현철에게 더욱 큰 충격으로 다가왔다. 현철은 아버지가 사랑이 아닌 책임감의 발로로 어머니와 결혼했다는 사실을 유작을 통해 처음 알게 되었다. 아버지는 그 책임감을 다하기 위해 해군에서 2002년 전역할 때까지 어떤 고뇌를 겪었는지, 이혼 후 어떤 상실감에 시달렸는지 적나라하게 기

록되어 있었다. 아버지가 자신을, 그리고 가정을 지키기 위해 얼마나 치열하게 싸워 왔는지. 잦은 출동과 훈련, 그리고 유학이라는 명분 뒤에 숨겨진 아버지의 외로움과 고뇌를 현철은 이제야 이해했다. 아버지는 명예로운 해군 장교이자 유능한 사업가라는 가면 뒤에 숨겨진 한없이 여린 영혼이었다.

교훈과 환멸: 이옥자, 배신당한 믿음 이옥자와의 만남에서 경험한 지적 능력과 도덕적 기준의 차이, 그로 인한 정신적 고통과 환멸에 대한 대목은 현철을 전율하게 했다. 돈과 물질에 대한 이옥자의 집착이 아버지를 얼마나 피폐하게 만들었는지, 사랑 없는 관계 속에서 아버지가 어떤 환멸을 느꼈는지. 현철은 자신이 아동기, 그리고 성장기 동안 아버지의 삶이 이토록 상처투성이였음을 알게 되면서 아버지에 대한 오만함과 불경스러움을 반성했다. 아버지가 BCI 시술을 거부했을 때, '기계가 대신해 주는 사랑 말고, 우리가 서로 채워 주는 사랑을 해요'라고 이지 어머니가 했던 말을 이해할 수 있었다. 아버지는 단순히 기억력을 보존하고 싶지 않은 것이 아니었다. 자신의 모든 것을 진정한 인간적인 관계 속에서 지키고 싶었던 것이다.

영혼의 위로: 임경숙과 강순희 교수, 이지를 향한 여정 유작에는 친구의 아내인 임경숙 씨와 강순희 교수에게서 받은 헌신과 지적 교감을 통한 영혼의 위로가 상세히 기록되어 있었다. 육체적 사랑을 넘어선 정신적인 유대감이 얼마나 한 인간에게 깊은 위안을 줄 수 있는지, 현철은 유작을 통해 아버지의 마음을 들여다보았다. 그리고 그 만남들이 성이지를 향한

　　　　　　　　　못생긴 소년, 결국엔 진정한 사랑을 완성하다

이상향을 어떻게 형성했는지, 아버지가 이지 어머니를 보며 품었던 구원의 여신이라는 경외감이 어디서 비롯되었는지 명확해졌다. 아버지는 이지 어머니에게서 자신의 상처 입은 영혼을 치유하고 완성할 수 있는 유일한 동반자를 발견했던 것이다.

현철은 태블릿을 덮었다. 새벽녘, 그의 얼굴에는 눈물 자국이 선명했다. 그는 아버지를 이해했다고 생각했지만, 실제로는 지극히 피상적인 부분만을 알고 있었을 뿐이었다. 아버지는 못생긴 놈이라는 굴레와 복잡한 과거 속에서, 그럼에도 불구하고 진정한 사랑이라는 순수한 가치를 향해 치열하게 투쟁해 왔던 그 어떤 영웅보다 위대한 존재였다. 그 깨달음은 현철의 영혼을 깊이 뒤흔들었다.

배현철은 이 디지털 원고를 즉시 양가 관계자들, 특히 성이지 어머니의 아들들과 동생 김창진 씨에게 공유했다. 그는 아버지가 남긴『묻다, 어떻게 사랑해야 하는가?』의 진정성이 모든 갈등의 불씨를 꺼트릴 수 있는 유일한 희망이라고 믿었다.

이지의 아들 김수철은 처음에는 코웃음을 쳤다.

"무슨 감성팔이입니까? 아버지는 그런 분이 아니었습니다."

그는 어머니의 존엄을 지키고 자신의 입지를 보존하기 위해 이 디지털 원고가 배정대 측의 꼼수라고 치부하려 했다.

하지만 그의 손에 들린 태블릿에서 배정대 아버지의 문체를 통해 전달되는 짙은 사랑과 고뇌는 그를 점차 압도해 나갔다. 특히, 어머니 이지의 삶이 배정대를 구원자처럼 묘사된 부분에서는 복잡한 감정이 휘몰아쳤다. 어머니가 정대 아버지에게 얼마나 큰 의미였는지, 그리고 어머니가 얼마나 헌신적인 사랑을 베풀었는지가 생생하게 기록되어 있었다.

김수철을 포함한 성이지의 가족들은 이 유작을 통해 배정대가 단순히 노년의 동거인이 아니었음을 비로소 깨달았다.

그는 평생을 못생긴 놈이라는 굴레와 복잡한 과거 속에서 진정한 사랑이라는 순수한 가치를 향해 치열하게 투쟁해 왔던 것이다. 그들의 어머니 이지는 그 투쟁의 끝에서 정대가 마침내 발견한 영혼의 안식처이자 사랑의 완성이었다.

유작 속에는 이지가 치매안심센터에서 정대에게 건넨 한 마디 '선생님, 그동안 얼마나 힘드셨어요?'가 정대의 얼어붙은 마음을 어떻게 녹였는지, BCI 시술을 거부하며 '우리가 서로 채워 주는 사랑'을 맹세했던 두 사람의 숭고한 약속까지 상세히 기록되어 있었다.

특히 성이지의 자녀들은 이 유작을 통해 어머니가 배정대에게서 느꼈던 깊은 진정성과 순수한 영혼을 비로소 이해하고 공감하게 되었다. 어머니의 선택이 무책임한 도피가 아닌, 삶의 모든 번뇌와 고통을 넘어선 숭고한 사랑의 완성임을 깨달았다.

그들의 어머니는 단순한 재혼한 노인이 아니라, 배정대라는 한 인간의 삶을 구원하고 완성시킨 위대한 사랑의 주역이었다. 유작의 내용은 차가운 논리와 법적 다툼이 해결하지 못했던 감정의 앙금을 서서히 녹여 내고 있었다.

성이지의 남편 동생 김창진 역시 유작을 읽고는 충격에 휩싸였다. 그는 이 유작이 배정대의 단순한 감성팔이가 아니라, 그들의 누님을 향한 지극한 사랑과 존경의 고백임을 인정할 수밖에 없었다. 그의 마음속에 자리 잡았던 배정대에 대한 선입견과 오해가 눈 녹듯 사라졌다. 배정대라는 인물이 겪었던 지난한 삶의 고통과 상실감이 고스란히 그의 마음에 전이되었다.

유작은 단순히 배정대 개인의 회고록이 아니었다. 그것은 그들이 처한 복잡한 갈등을 해결하는 열쇠이자, 서로를 이해하고 용서할 수 있는 영혼의 지침서였다.

양가 가족은 유작을 통해 고인들의 삶과 그들의 마지막 선택이 가진 깊은 의미를 비로소 들여다볼 수 있게 되었다. 유작은 한 인간의 치열한 삶의 기록이자, 진정한 사랑의 탐험 보고서였으며, 갈등의 중심에 있던 사람들에게 '묻다, 우리는 어떻게 사랑해야 하는가'라는 근본적인 질문을 던지고 있었다.

차가운 법정 싸움이 멈추고, 뜨거운 인간적인 이해의 물결이 그 자리를 채우기 시작한 것이다. 유작의 발견은 단순한 증거의 제시가 아닌 양가 가족들의 얼어붙었던 마음에 영혼의 접속을 이끌어 낸 극적인 전환점이 되었다.

미숭산 깊은 골짜기에서 발견된 두 노인의 육신은, 생의 마지막까지 서로의 온기를 놓지 않으려 했던 간절한 소망의 증거였다. 유서와 유작을 둘러싼 가족 간의 첨예한 갈등, 그리고 그 갈등이 촉발한 사회적 논란은 한 치 앞도 보이지 않는 안개와 같았다.

하지만 배현철이 발견한 아버지의 유작 『묻다, 어떻게 사랑해야 하는가?』는 마치 어둠 속을 헤치고 나아가는 한 줄기 빛처럼 길 잃었던 가족들의 영혼을 따뜻하게 비추기 시작했다.

유작은 단순한 고인의 이야기가 아니었다. 그것은 배정대라는 한 인간이 못생긴 놈이라는 굴레와 수많은 실패 속에서도, 그럼에도 불구하고 진정한 사랑이라는 순수한 가치를 향해 치열하게 투쟁했던 삶의 생생한 기록이자, 그가 찾던 영혼의 안식처가 바로 성이지였음을 고백하는 절절한 연서(戀書)였다.

유작 공유 후, 양가 가족 간의 갈등은 극적으로 완화되었다. 냉철한 논리와 법리 다툼으로 해결될 수 없었던 감정의 응어리들은, 유작 속 배정대의 진솔한 고백 앞에서 차츰차츰 녹아내렸다. 특히 성이지의 가족들에게 유작은 충격적인 반전이자 동시에 깊은 위로가 되었다.

김창진 씨는 배정대가 단순히 그의 형수님을 유혹한 무책임한 노인이 아니라 삶의 모든 번뇌와 상실 속에서도 굳건히 자신만의 사랑을 찾아 헤맨 고독한 영혼이었음을 비로소 이해했다. 그의 가슴속에 맺혔던 원망과 오해가 서서히 풀리고 대신 인간적인 연민과 존경심이 그 자리를 채웠다.

그는 유작에 묘사된 배정대의 사랑에 대한 치열한 고뇌, 특히 책임 결혼의 무게와 이옥자로부터 받은 환멸을 읽으며, 배정대 역시 사랑의 상실로 인한 고통 속에서 허우적댔던 평범한 인간이었음을 깨달았다.

그의 마지막 발언은 '그들의 마지막 선택이 존엄한 것임을 우리 가족도 인정합니다. 부디 저의 형수님이 영원한 평화를 찾으시기를 바랍니다'였다.

이지의 둘째 아들 김수철은 밤낮으로 유작을 읽고 또 읽었다. 그는 그 속에서 자신이 미처 알지 못했던 어머니의 삶, 그리고 어머니가 배정대 아버지에게서 찾았던 영혼의 이해를 발견했다. 어머니가 왜 자신과 아무런 상의도 없이 그러한 결정을 내렸는지, 그리고 그 선택이 결코 자신을 등진 무책임한 행위가 아닌 지고지순한 사랑의 발로였음을 뒤늦게나마 깨달았다.

　　　　　　　　못생긴 소년, 결국엔 진정한 사랑을 완성하다

특히 어머니 이지가 치매안심센터에서 정대에게 건넨 '선생님, 그동안 얼마나 힘드셨어요?'라는 단 한마디가, 정대의 얼어붙었던 마음에 어떤 온기를 불어넣었는지 유작을 통해 읽어 내며 그는 말할 수 없는 죄책감과 동시에 깊은 경외감을 느꼈다. 그에게 어머니는 더 이상 그저 자신을 낳아 준 존재가 아니라, 한 인간의 삶을 구원하고 완성시킨 위대한 사랑의 주역이었다.

김수철은 법정에서 자신의 변호인에게 소송 취하를 요청했다. 그의 눈물 속에는 깊은 후회와 함께, 어머니와 배정대 아버지의 사랑을 이제는 온전히 이해하고 받아들이겠다는 굳은 결의가 담겨 있었다.

배현철은 아버지의 서재에서 우연히 발견한 유작이 이토록 큰 파문을 일으킬 줄은 상상조차 하지 못했다.

그는 아버지의 유작을 온라인 앱 콘텐츠로 제작하여 양가 가족뿐만 아니라, 이들의 이야기를 궁금해하는 모든 대중에게 공개했다.

텍스트, 이미지, 그리고 정대의 목소리를 재현한 AI 음성이 결합된 앱 콘텐츠는 순식간에 전국적인 반향을 불러일으켰다. 사람들은 한 인간의 치열한 삶과 사랑을 향한 고뇌에 열광했다. 그들의 이야기는 이제 단순한 가족사의 비극이 아닌 100세 시대의 새로운 사랑과 죽음의 방식을 탐구하는 철학적 질문으로 확장되었다.

이 이야기는 곧바로 미디어를 통해 활발한 사회적 토의를 촉발했다. 각종 언론사는 이들의 삶과 죽음을 다루는 특집 기사와 다큐멘터리를 제작했다. 대학 교수, 윤리학자, 사회학자, 심리학자, 그리고 미래학자들이 앞다투어 그들의 선택에 대한 분석과 논평을 내놓았다.

특히, 당시 인류의 초장수 시대의 가장 큰 이슈였던 '노년의 성(性)과 동반자 관계', 그리고 '인간의 존엄한 마무리'에 대한 심도 깊은 논의가 다시 활발하게 이루어졌다.

수많은 토론회와 웹 세미나에서는 배정대와 성이지의 삶이 거대한 시대 보고서와 겹쳐지며 재해석되었다. 바로 『100세 시대, 진정한 사랑을 위한 기술 미래 시뮬레이션: 2025~2061년 장수 노년기의 사회문화적 기술 변천 예측 보고서』였다.

이 보고서는 장수 시대에 접어든 인류가 겪게 될 관계의 변화, 돌봄의 문제, 그리고 삶과 죽음에 대한 새로운 인식을 예측한 권위 있는 자료였다. 이 보고서의 예측과 달리, 정대와 이지는 기술적 불멸이 아닌 인간적 유한성 속의 진심을 선택함으로써 고령화 사회가 진정으로 추구해야 할 가치에 대한 명확한 메시지를 온몸으로 던졌다.

두 사람이 BCI 도입을 거부하며 기술적 불멸 대신 인간적 유한성 속의 진심을 선택한 것은 단순히 기술에 대한 거부나 도피가 아니었다. 그것은 자신의 기억과 감정을 어떤 거대 기업의 서버에도 클라우드에도 전송하고 싶지 않다는 지고지순한 사랑의 헌신이자, 기계가 아닌 인간의 따뜻한 온기로 서로의 불완전함을 채워 가겠다는 굳건한 약속이었다.

이들의 선택은 기술의 편리함만을 맹목적으로 좇는 현대인들에게 진정한 삶의 가치와 인간 존엄의 본질이 무엇인지 근원적인 질문을 던졌다.

기억은 백업하고 복구하는 것이 아니라 순간순간을 함께 느끼고 기록하는 삶이었다. 효율과 편리함이라는 미명 아래 사라져 가는 인간의 고유한 불편함과 유한함을 받아들이는 용기였다. 그들의 마지막 선택은 바로 이러한 숭고한 인간의 가치를 재확인시키는 거대한 외침이었다.

정대와 이지의 이야기는 미디어를 통해 전 국민에게 확산되었다. 특히

   못생긴 소년, 결국엔 진정한 사랑을 완성하다

못생긴 소년 정대가 순연을 통해 사랑의 원형질을 발견하고, 수많은 상실과 고뇌를 겪으며 사랑의 기준을 확립하였고, 마침내 이지를 만나 사랑의 완성을 이루는 과정은 많은 이들에게 깊은 공감과 감동을 주었다.

그들의 사랑은 개인의 비극적 죽음으로 인식되던 초기의 논란을 넘어, 100세 시대의 새로운 사랑의 패러다임이자, 인간이 죽음을 통해 삶의 의미를 완성하는 지극한 지혜로 승화되었다.

유작을 통해 모든 오해와 갈등이 해소된 후, 양가 가족은 최종적으로 두 노인의 유서 내용을 따르기로 합의했다. 그것은 더 이상 법정 공방의 문제가 아니었다. 사랑과 이해 그리고 화합의 상징이었다. 김창진 씨는 배현철에게 깊이 고개 숙여 사과했고, 김수철은 눈물을 흘리며 배정대 아버지의 유작이 자신의 삶을 완전히 바꿔 놓았다고 고백했다.

이틀 후, 양가 가족 대표들은 화장한 유골을 들고서 다시 미숭산의 '천국의 입구'를 찾았다.

2062년 늦은 봄, 초여름의 푸른 기운이 완연한 그곳에서 두 사람의 뼛가루는 함께 섞여 미숭산의 바람에 실려 흩뿌려졌다. 대지의 품으로 돌아간 그들의 영혼은, 푸른 산맥의 일부가 되어 영원한 자유를 얻었다.

그리고 정대 가족의 묘원에는 나란히 두 개의 작은 기념비가 세워졌다.

하나는 배정대의 소지품인 '낡은 수첩'을 담은 비석이었다. 그 수첩은 『묻다, 어떻게 살아야 하는가?』의 마지막 페이지에 '우리는 죽음을 통해 진정한 사랑을 완성한다'는 문구가 추가된 것이었다.

다른 하나는 이지의 소지품인 '오래된 대추차 잔'을 담은 비석이었다. 이지의 유서에도 '내가 사랑하는 이의 곁에 영원히 함께하고 싶다'는 메시지가 우회적으로 담겨 있었음이 유작을 통해 확인되자, 배현철은 어머니의 빈자리가 아닌, 아버지의 곁에 이지 어머니를 안장해 드리는 것이 아버지와 이지 어머니의 마지막 뜻을 가장 존중하는 길임을 확신했다.

두 기념비는 수평으로 나란히 놓여 그들의 영원한 동행을 상징했다. 기념비에는 '이들의 사랑은 불완전한 삶을 넘어 완벽한 평화에 도달했다'는 문구가 새겨졌다.

배정대의 유작『묻다, 어떻게 사랑해야 하는가?』는 사회적으로 명예로운 인정을 받았다. 책은 단순한 베스트셀러를 넘어, 100세 시대의 필독서이자, 노년의 사랑과 존엄한 죽음을 논하는 고전으로 자리매김했다.

유작은 해외 100여 개국에 번역 출간되었고, 각국에서도 인간적 유한성 속의 진심이라는 메시지에 깊이 공감하며 배정대와 성이지의 사랑을 재조명했다.

그들의 이야기는 여러 편의 다큐멘터리와 영화, XR 콘텐츠로도 제작되어 전 세계 사람들의 마음을 울렸다.

그들의 사랑은 단순히 동반 사망이라는 비극적 사건이 아니었다. 그것은 인류에게 진정한 사랑의 가치를 다시금 깨닫게 한 숭고한 사랑의 완성이자, 시대가 추구해야 할 방향을 제시하는 인간 존엄의 승리였다.

정대와 이지는 그렇게 죽음을 통해 삶의 가장 아름다운 의미를 역설적으로 증명하며 시대의 영원한 사랑 아이콘으로 기억되게 되었다. 그들의 이야기는 끝없이 흐르는 강물처럼, 새로운 세대의 가슴속에 끊임없이 진정한 사랑에 대한 질문을 던지며 영원히 살아 숨 쉴 것이다.

그러나 장남 배현철(당시 73세)에게 이것은 끝이 아니었다. 아버지의 유언은 단순히 유골을 뿌리고 유품을 안장하는 것으로 끝나는 것이 아니었다. 아버지는 유작을 통해 그에게 가장 큰 숙제를 남겼다. 그것은 바로 아버지의 치열했던 삶과 숭고한 사랑의 가치를 영원히 남기고 미래 세대에게 전달하는 일이었다.

배현철은 앱 콘텐츠 제작자였다. 그는 아버지가 이지 어머니에게 자신의 삶을 통째로 경험하게 했던 XR 리더의 힘을 알고 있었다. 아버지가 남긴 유작『묻다, 어떻게 사랑해야 하는가?』를 읽으며, 그는 아버지의 상처와 고뇌, 그리고 사랑을 향한 뜨거운 갈구를 온몸으로 느꼈다.

그 경험은 단순한 독서를 넘어, 아버지를 배현철의 아버지라는 피상적인 존재에서, 진정한 사랑을 찾아 헤맨 위대한 인간 배정대로 승화시켰다. 그는 이제 아버지의 유작을 과거의 유물로 남겨 두고 싶지 않았다. 아버지의 사랑이 시공간을 초월하여 미래 세대의 영혼에 닿기를 간절히 바랐다.

그의 마음속에는 한 가지 확신이 있었다. 아버지가 BCI 시술을 거부하며 기술적 불멸 대신 인간적 유한성 속의 진심을 선택한 것처럼, 그 역시 기술의 본질을 인간적인 가치를 위해 사용해야 한다는 것이었다. 단순히 아버지를 디지털로 박제하는 것이 아니라, 아버지의 고뇌와 이지 어머니의 헌신, 그리고 그들의 사랑이 가지는 윤리적 함의까지 모두 담아내는 콘텐츠를 만들고 싶었다. 그것은 기계가 모방할 수 없는 인간의 영혼을 기술로 구현하는 역설적이지만 숭고한 시도였다.

배현철은 밤낮없이 연구실에 틀어박혔다. 그는 자신의 모든 경험과 기술력을 쏟아부어 아버지의 유작『묻다, 어떻게 사랑해야 하는가?』와 그 이후의 이야기, 즉 이지와의 동행과 마지막 선택까지를 담은 대규모 영원한 사랑 기록 앱 콘텐츠를 기획했다.

이 콘텐츠는 단순한 아카이빙이 아니었다. 사용자가 직접 배정대와 성이지의 삶 속으로 들어가 그들의 감정을 공유하고 선택을 고민하며 진정한 사랑의 의미를 탐구하게 하는 인터랙티브 XR 콘텐츠였다.

콘텐츠의 핵심 요소들

영혼의 접속, XR 체험; 콘텐츠의 핵심은 아버지가 이지 어머니에게 보여 주었던 XR 독서 경험을 확장하는 것이었다. 사용자는 고글형 디바이스를 착용하고 배정대 또는 성이지가 되어 그들의 삶의 주요 순간들을 1인칭 시점으로 체험할 수 있었다.

못생긴 소년의 유년기; 밀양 비닐하우스에서 순연을 만나 못생긴 소년의 굴레를 벗고 사랑의 원형질을 발견하는 순간, 설익은 토마토의 향기, 순연의 맑은 눈빛, 심장이 터질 듯한 열등감과 설렘이 촉각, 후각, 미각 데이터와 함께 사용자에게 전해졌다.

책임감의 굴레; 김영희와의 책임 결혼, 이혼의 아픔, 사업 실패와 사회적 냉대 속에서 고뇌하는 중년의 정대 모습이었다. 아내의 차가운 시선, 빚쟁이들의 독촉, 한강 둔치에서의 절망적인 순간들이 고스란히 재현되어, 아버지의 상실감과 외로움이 사용자에게 깊은 공감으로 다가왔다.

    못생긴 소년, 결국엔 진정한 사랑을 완성하다

영웅의 발견; 치매 노모의 대소변을 치우며 진정한 영웅을 발견하는 순간을 담았다. 역한 똥 냄새가 후각으로 전달되지만 동시에 헌신적인 사랑의 숭고함이 사용자에게 깊은 깨달음을 주었다.

운명의 조우; 치매안심센터에서 성이지를 처음 만나는 순간을 재현했다. 이지의 따뜻한 눈빛, 그녀가 건넨 따뜻한 아메리카노의 온기, '선생님, 그동안 얼마나 힘드셨어요?'라는 한마디가 사용자의 마음에 깊은 위로와 함께 새로운 희망을 안겨 주었다.

AI 윤리적 딜레마 체험; 배정대가 BCI 도입을 거부했던 내용을 인터랙티브 시뮬레이션으로 구현했다. 사용자들은 AI 어시스턴트의 끊임없는 BCI 시술 권유를 받으며 기술적 불멸과 인간적 유한성 속의 진심 사이에서 갈등하고 스스로 선택을 내리게 했다. AI 창작 보조 도구를 활용하며 겪었던 아버지의 윤리적 딜레마, AI가 생성한 글이 진정한 창작인가? 또한 사용자가 직접 고민해 보도록 설계했다. 이를 통해 '나의 사랑은 데이터인가, 아니면 떨림인가?'라는 아버지의 질문이 미래 세대의 질문으로 이어지게 했다.

스마트 케어를 통한 헌신과 동행; 이지 어머니에게 치매가 찾아오고, 아버지가 최첨단 로봇 휴미를 제쳐 두고 자신의 떨리는 손으로 직접 간병했던 순간들을 체험했다. 사용자는 정대가 되어 이지의 굽은 손을 잡고 마당을 걷고, 직접 그녀를 씻기며, 기계가 아닌 인간의 온기가 주는 사랑의 깊이를 체험했다. '기계는 차갑지만, 내 손은 아직 뜨겁지 않소'라는 아버지의 고백이 햅틱 글러브를 통해 손끝으로 전해졌다.

마지막 약속, 동반 존엄사; 가장 민감한 주제인 동반 존엄사의 선택은 아버지와 이지 어머니의 시선에서 그들의 감정과 논리를 최대한 이해할 수 있도록 설계했다. 사용자는 1인칭 시점에서 그들이 왜 죽음이 아닌 완성을 선택했는지, 그리고 그들의 선택이 왜 삶의 존엄성을 지키는 행위인지를 체험하며 삶과 죽음의 경계를 넘나드는 숭고한 사랑을 마주했다.

이 영원한 사랑 기록 앱 콘텐츠는 단순한 이야기가 아니었다. 그것은 배정대와 성이지, 두 사람이 38년에 걸친 외모와 아픈 과거, 기술의 유혹까지 모든 경계를 넘어 완성한 사랑의 승리를 미래 세대에게 전달하는 살아 있는 유산이었다.

젊은 세대들은 이 콘텐츠를 통해 사랑이 무엇인지, 인간으로서의 존엄이란 무엇인지, 그리고 삶의 유한함 속에서 우리가 무엇을 추구해야 하는지를 체험하며 자신만의 답을 찾아 나갔다.

배현철은 앱 콘텐츠의 마지막 페이지에 아버지의 평생의 가치관을 함축하는 두 개의 문구를 담았다. 그 문구는 단순한 경구가 아니라, 아버지와 이지 어머니의 삶 전체가 증명한 사랑의 철학이었다. 앱 콘텐츠를 마친 사용자들에게 그 문구는 깊은 여운과 함께 강렬한 깨달음을 선사했다.

홀로그램 화면 가득, 고요한 음악과 함께 푸른 빛으로 두 문구가 떠올랐다.

메멘토 모리(Memento Mori): 죽음을 기억하라. 우리는 모두 죽는다는 것을 기억하라. 우리의 삶이 유한하기에 순간의 의미는 더욱 깊어진다. 죽음을 기억하는 것은 삶을 더욱 뜨겁게 사랑하는 것이다.

메멘토 아모리스(Memento Amoris): 사랑을 기억하라. 우리의 삶은 사랑으로 완성된다는 것을 기억하라. 못생긴 외모도, 실패한 과거도, 차가운 기술의 유혹도 진정한 사랑 앞에서는 아무런 경계가 될 수 없다. 사랑은 우리를 구원하고 우리의 영혼을 완성한다.

그들의 사랑은 데이터로 박제되지 않았다. 대신, 그들의 영혼은 첨단 기술의 옷을 입고 미래 세대에게 끊임없이 말을 걸었다.

죽음을 기억하되, 사랑을 잊지 않는 삶을 말이다.

배정대와 성이지의 이야기는 그렇게 인류의 가슴속에 영원히 살아 숨 쉬는 전설이 되었다.

기술이 인간의 모든 것을 가능하게 만드는 시대에 그들은 역설적으로 인간적인 것의 소중함을 일깨우며 영원한 기록으로 남았다.

부록

못생긴 소년에서 호감 가는 장년으로의 긍정적 자기실현 궤적 보고서

1. 서론: 심리적 변이(變異) 사례의 중요성 및 분석 프레임 워크

1.1. 사례 개요 및 발달 심리학적 관점에서의 접근 필요성

제시된 사례는 소년기에 '못생기고 지지리 공부도 못하는 아이'였던 개인이 장년기에 이르러 '두상도 예쁘고 호인이며 호감 가는 인상에 잘 생겼다는 평가'를 받게 된 극적인 삶의 궤적을 제시한다.

이러한 변화가 '못생긴 외모에 대한 비관보다는 인생을 긍정적이고 낙관적으로 보며 노력한 결과'라는 점은 이 사례의 심층적 분석을 요구한다.

이러한 전 생애적 변이는 단순히 외모가 개선되었다는 사실을 넘어, 인간 발달 과정에서 초기 환경 결정론을 극복하고, 개인이 후천적 노력과 긍정적 자기 개념을 통해 사회적 매력(Attractiveness)과 내면적 품격(Character)을 능동적으로 획득할 수 있음을 보여 주는 중요한 심리학적 증거이다.

이는 부정적인 초기 경험을 성숙과 성공의 발판으로 전환하는 '구원서사(Redemption Sequence)'의 대표적인 예시로 간주된다.

1.2. 보고서의 목적 및 분석 프레임워크 제시

본 보고서는 이 놀라운 심리적 변이의 과정을 발달 심리학, 사회 심리학, 그리고 긍정 심리학의 세 가지 핵심 축을 중심으로 해부한다.

분석은 초기 부정적 자기 개념이 어떻게 건강한 노력으로 승화되었는지 현실적, 심리적으로 분석하고, 그 결과로 획득된 외모와 사회적 인상의 변화 메커니즘을 규명한다.

궁극적으로, 이 긍정적 궤적이 노년기 심리적 안녕감(Well-being)에 미치는 장기적이고 종단적인 영향을 예측하는 데 목적을 둔다.

2. 소년기의 심리적 기저: 부정적 자기 개념의 형성 및 극복의 씨앗

2.1. 낮은 외모 평가와 학업 성취 부진이 유발한 심리적 위기

소년기는 자아 정체감이 형성되고 사회적 관계가 확장되는 시기이다. 물리적 매력(Physical Attractiveness)은 연애, 사회적 관계, 고용 결정 등 다양한 비판적인 사회적 결과에 영향을 미치므로, 이 사례자가 소년기에 외모나 학업 능력에서 부정적인 평가를 받았다는 것은 사회적 지위 획득에 상당한 불리함으로 작용했을 것이다.

이러한 부정적인 외부 평가는 낮은 자존감과 부정적 자기 개념을 내재화하는 주요 원인이 된다. 낮은 자존감은 일상생활에서 자신을 타인과 비교하며 자신의 삶이 남들보다 못하다고 생각하게 만들며, 이는 자기혐오와 자괴감을 유발한다.

이러한 부정적 경험이 심화되면 외부의 부정적 평가를 스스로 내재화하여 '깊이 뿌리내린 자기 혐오(Deep-rooted self-hatred)'가 될 수 있으며, 이는 성인이 되어서도 삶의 출발을 방해하는 핵심 장애물로 작용한다.

다만, 이 부정적인 초기 조건에는 긍정적인 발전의 역설적인 씨앗이 내포되어 있었다. 외모적으로 매력적인 청소년들이 사회적 성취(파티, 데이트)에 시간을 할애하느라 학업적 성취에 불리함을 겪을 수 있다는 초기 연구가 있다.

이 사례자는 낮은 외모 평가로 인해 사회적 활동에 덜 참여하게 되었을 수 있으며, 이 에너지는 학업 성취가 아닌 다른 종류의 성장, 예를 들어 내면 수양, 전문 기술 습득, 또는 성격 개선에 집중될 수 있는 잠재적인 시간을 제공했을 가능성이 있다.

2.2. 방어 기제로서의 승화 및 노력: 열등감의 긍정적 전용

콤플렉스는 현실적인 행동과 지각에 영향을 미치는 무의식적 감정적 관념이다. 중요한 것은 콤플렉스를 제거하려 하기보다는, 그 힘을 긍정적인 에너지로 바꿔 나가려는 노력이 심리학적으로 더 중요하다는 점이다.

이 사례자가 보인 긍정적이고 낙관적인 태도와 노력은 초기 외모/학업 열등감에서 비롯된 보상 메커니즘(Compensation)이 건강하게 발달한 형태이다. 이는 외모나 가문이 보잘것없었던 나폴레옹이 부족한 것을 보상하고 해소하려는 끊임없는 욕구를 실현한 것에서 유래한 '나폴레옹 콤플렉스'와 유사한 동기 부여 구조를 가질 수 있다.

      못생긴 소년, 결국엔 진정한 사랑을 완성하다

그러나 이 개인은 그 에너지를 폭력적이거나 거친 행동 대신 자기 개선과 내적 성숙이라는 긍정적인 방향으로 승화시켰다. 이처럼 열등감을 극복하려는 동력 자체가 변화의 비자발적 동력으로 전환되었다는 사실이 핵심이다.

3. 긍정적 변화의 심리적 동력: 낙관주의, 노력, 자기효능감의 선순환

이 개인의 극적인 성장은 성장형 사고방식(Growth Mindset)과 현실적인 낙관주의(Realistic Optimism)를 기반으로 지속적인 심리적 회복탄력성을 구축한 결과이다.

3.1. '건강한 낙관주의'의 역할: 맹목적 낙관과의 구분

이 개인이 택한 '긍정적이고 낙관적인 삶'의 태도는 긍정심리학에서 경계하는 '맹목적인 낙관주의'와는 구별된다.

맹목적인 낙관주의자는 인생의 위기를 좌초시킬 수 있다. 반면, 건강한 낙관주의자는 현실의 부정적 요소나 실패 경험, 심리적 고통을 충분히 이해하고 감수하며, 미래의 위험요소를 지혜롭게 준비하고 예방하는 안목을 갖춘 태도를 의미한다.

이러한 현실적인 낙관주의는 주관적 안녕감(Subjective Well-Being, SWB)을 증진시킨다.

SWB는 개인이 자신의 삶을 어떻게 평가하는가와 관련이 깊으며, 연구에 따르면 삶의 안녕감을 증대시키는 데 필요한 긍정적인 해석과 부정적인 해석의 주관적 비율이 약 4:1 정도일 때 가장 효과적이다.

이 사례자는 초기 부정적 현실에도 불구하고, 발생한 사건을 긍정적으로 해석하는 비율을 높이는 방식으로 사고를 전환하는 데 성공했으며, 이것이 심리적 안녕감의 핵심 동인이 되었다.

3.2. 성장형 사고방식과 자기효능감의 상호 증진

이 개인의 변화는 앨버트 반두라의 사회인지 이론의 핵심인 자기효능감(Self-Efficacy)의 성장으로 설명된다. 노력했다는 사실은 자신의 능력이 고정된 것이 아니라, 노력하면 개선될 수 있다고 믿는 성장형 사고방식(Growth Mindset)을 가졌음을 의미한다.

최적의 성공을 위해서는 과제를 완수할 수 있다는 믿음(자기효능감)과 더불어 노력하면 능력이 개선될 것이라는 믿음(성장형 사고방식)이 결합되어야 한다. 이러한 두 믿음은 강력한 선순환 메커니즘을 구축한다. 꾸준한 노력은 성공 경험을 축적하게 하고, 이는 자기효능감을 증진시킨다. 높아진 자기효능감은 다시 더 적극적이고 능동적인 행동 시도를 촉진하며 성장형 사고방식을 강화하는 결과를 낳는다.

또한, 높은 자기효능감은 바람직한 의사소통 유형, 능동적 감정 조절 유형, 지지 추구형 및 능동적 인지 대처와 유의미한 상관관계를 보인다. 이는 이 개인이 문제를 회피하기보다 낙관적으로 해석하고 능동적으로 해결하는 패턴을 확립했음을 의미한다. 이러한 능동적인 대처 방식은 낮은 자존감을 극복하고 스스로에게 무조건적인 사랑을 제공하는 '자기 양육(Self-Parenting)' 행위가 되며, 자존감을 높이는 근본적인 토대가 된다.

3.3. 정서적 회복 탄력성(Emotional Resilience)의 구축

정서적 회복 탄력성은 삶의 역경 속에서 심리적으로 버틸 수 있는 필수적인 대비 기술이다.

이 사례자는 노력의 과정에서 필연적으로 수반되는 두려움을 극복하는 구체적인 실천 전략을 취했다.

그는 부정적인 자기 개념에 집중하여 하루를 망치지 않고, 문제가 생길 경우 '큰일을 자꾸 뻥튀기하지 말고', '좀 실망하고 불편하다 말겠지'라고 현실적으로 인지하며 나아갔다. 두려움이 올라올 때마다 '깨지더라도 한번 가 보자', '그냥 한 걸음만 떼 보자'라는 자기 용기를 주었다. 이러한 지속적인 자기 응원과 능동적인 대처는 정서적 회복 탄력성을 구축했다. 내면의 '나는 할 수 있다'는 믿음은 높은 자기효능감을 통해 자신감 있고 친절한 태도로 외부로 표출되었고, 이는 사회적 관계 형성 능력으로 자연스럽게 확장되는 기반이 되었다.

4. 장년기의 현실적 변화: 인상과 사회적 매력의 획득(Acquired Attractiveness)

이 사례에서 '못생겼다'는 평가를 받던 외모가 장년기에 '잘생겼고 호감 간다'는 평가로 바뀐 것은 단순히 나이와 함께 외모 기준이 완화된 것이 아니라, 내적 심리적 태도가 심리생리학적 변화를 통해 외모에 투영된 결과이다.

4.1. 인상과 외모에 대한 심리생리학적 재해석

심리학에서는 제임스-랑게 이론을 통해 신체 변화가 거꾸로 정서를 결정한다는 원리를 제시한다. 즉, 웃으니까 기쁘고, 웃는 연습을 하다 보면 마음도 너그러워진다는 것이다. 이 사례자는 긍정적 태도를 유지하기 위해 의도적으로 미소 짓는 훈련을 지속했을 가능성이 높다.

이러한 장기적인 표정 습관은 안면 형태 자체에 물리적인 영향을 미친다. 얼굴 근육은 특정 감정과 연결되어 있으며, 평생 찡그릴 때 사용하는 근육보다 웃을 때 사용하는 근육을 자주 사용하면 그 근육이 퇴화하지 않고 발달한다. 진정한 미소(Duchenne Smile)는 입가뿐 아니라 눈둘레근의 움직임을 수반하여 눈가에 주름이 지게 만드는데, 수십 년간 지속된 긍정적 정서 표현은 이 개인이 휴지 상태에서도 습관적으로 찡그린 얼굴이 아닌 '호인'의 얼굴로 굳어지게 만들었을 것이다.

'두상(頭相)이 예쁘다'는 평가는 높은 품격과 안정된 기운을 뜻하는 은유로, 수십 년간 정서적 평온함과 자기 통제가 안면부와 신체에 남긴 물리적 흔적의 종합적인 결과로 볼 수 있다.

4.2. '호인' 및 '호감 가는 인상'의 사회 심리학적 구성 요소

장년기에 받은 '잘생겼다'는 평가는 생물학적 외모보다도 성격과 태도에서 비롯된 사회적 매력(Social Attractiveness)의 획득으로 해석되어야 한다. 환한 웃음과 당당한 태도가 미모보다 좋은 인상을 결정하는 핵심 요소이다.

자신감 있는 제스처, 선명한 스피치, 그리고 친절한 배려는 상대방에게 긍정적인 이미지를 주며, 이는 인생을 긍정적으로 변화시키는 비언어적 소통의 힘이다. 외모 판단이 단순히 이목구비에만 의존하지 않는다는 점과, 획득된 매력(Acquired Attractiveness)이 사회적 성취와 연결된다는 점을 고려할 때, 이 개인이 호인으로서 성공적인 삶을 살면서 얻은 사회적 지위와 평판이 긍정적인 표정과 결합되어, 타인에게 '잘생겼다'는 후광 효과(Halo Effect)를 유발했을 가능성이 높다.

또한, 노년층이 행복하거나 슬픈 감정 표현의 인식을 정확하게 유지하는 경향이 있으므로, 이 사례자가 지속적으로 행복하고 긍정적인 인상을 표현했다면, 타인들은 그의 '호인' 이미지를 정확하게 인지하고 호의적으로 반응했을 것이다.

5. 긍정적 자기실현의 사회적 메커니즘: 확증 및 순환 고리

내적 변화가 현실적인 사회적 매력으로 완성된 것은 자기 충족적 예언(SFP)과 행동 확증(Behavioral Confirmation)을 통한 타인과의 상호작용 피드백 루프 덕분이다.

5.1. 자기 충족적 예언(SFP)의 작동 원리

SFP는 개인이 미래 사건에 대해 가진 긍정적 또는 부정적 기대가 행동에 영향을 미쳐 결국 예상된 결과를 현실화시키는 현상이다.

이 사례자는 소년기의 부정적인 사회적 라벨에도 불구하고 '인생을 긍정적이고 낙관적으로' 보는 믿음(기대)을 출발점으로 삼아, 부정적 SFP의 잠재적 씨앗을 능동적으로 거부하고 긍정적 SFP로 전환했다.

- 긍정적 기대(Belief): 나는 노력하면 개선될 수 있고, 좋은 사람이 될 수 있다.
- 긍정적 행동(Action): 이 믿음은 자신감 있는 자세, 미소, 친절한 태도를 유발한다.
- 예상된 결과 현실화(Outcome): 타인으로부터 '호감 가는 인상'이라는 긍정적 피드백을 획득한다.

5.2. 행동 확증(Behavioral Confirmation)을 통한 사회적 피드백 루프

이러한 긍정적 행동은 대인 관계적 SFP의 예시인 피그말리온 효과처럼 타인의 기대를 형성한다.

이 개인이 긍정적 기대를 가지고 타인과 상호작용하면, 타인들은 그에게 긍정적으로 반응할 가능성이 높아진다.

타인들이 이 장년기의 남성을 '호감 가는 호인'으로 인식하고 대하기 시작하면(사회적 기대), 이 남성은 그 기대에 부응하는 방식으로 더욱 긍

 못생긴 소년, 결국엔 진정한 사랑을 완성하다

정적이고 호의적인 행동을 취하게 된다(행동 확증).

이 상호작용은 남성의 인상과 성격에 대한 타인의 인식을 강화하며, 긍정적인 대인 관계 역동성을 형성한다. 이를 통해 소년기의 부정적 기대(골렘 효과)를 완전히 벗어나게 된다. 이러한 '호인'으로서의 인정은 상사의 칭찬과 같은 감정적 보상에 해당하며, 물질적 보상과 달리 효과가 장기간 지속되어 성격 개선의 내재적 동기로 작용한다.

5.3. 인지적 확증 편향(Confirmation Bias)의 긍정적 활용

확증 편향은 기대하는 결과에 반하는 정보를 무시하고 자신의 믿음을 지지하는 증거를 찾는 인지적 메커니즘이다. 이 심리적 기제는 긍정적인 삶의 궤적을 더욱 강화하는 부스터 역할을 한다.

이 개인은 성공적인 사회적 상호작용이나 긍정적인 외모 평을 들었을 때, 이를 자신의 긍정적인 태도가 옳았다는 증거로 해석하며, 강력한 안정감과 통제감을 얻는다. "결국 잘될 거야"라는 믿음은 불확실성을 잠재우고, 어려운 과제 앞에서도 포기하지 않을 용기와 동기를 부여하는 강력한 심리적 동력으로 작용한다.

단계	소년기 악순환 (초기 조건: 못생김, 부진)	장년기 선순환 (변화 동력: 낙관, 노력)
1. 기대/믿음 (Expectation)	'나는 부족하다'는 부정적 자기 개념 (낮은 자존감)	'나는 발전할 수 있다'는 건강한 낙관주의 및 자기효능감
2. 행동 (Action)	위축, 소극적 회피, 자기 검열 (착한 아이 콤플렉스)	긍정적/능동적 대처, 미소 연습, 자신감 있는 제스처 (노력)
3. 상호작용 (Interaction)	타인의 부정적/무관심한 반응 유발 (골렘 효과)	타인에게 '호감'과 '호인'의 기대를 불러일으킴 (피그말리온 효과)
4. 결과 확증 (Confirmation)	기대했던 부정적 결과가 현실화 (행동 확증)	긍정적인 사회적 피드백 획득 (호감, 매력 평가)
5. 자기 통합 (Integration)	자기 혐오 및 절망	긍정적 서사(구원 서사)로 통합 및 '두상' 확립

6. 자아 서사의 통합과 '두상'의 심리학적 의미

'두상(頭相)이 예쁘다'는 평가는 장년기에 이 개인이 이룬 자아 정체성 (Ego Identity)과 자아 서사의 통합(Narrative Identity Integration)을 상징적으로 보여 준다.

6.1. 맥아담스(McAdams)의 서사 정체성 이론과 '구원 서사(Redemp-tion Sequence)'

인간은 자신의 삶을 하나의 의미 있는 이야기로 구성하며, 이 서사 정체성은 정신 건강과 웰빙에 핵심적인 역할을 한다.

이 사례자는 맥아담스가 제시한 '구원 서사'를 완성했다. 웰빙과 성공 수준이 높은 사람들의 삶의 이야기는 부정적인 경험(소년기의 외모 및 학업 실패)을 전환(낙관적인 태도와 노력)시켜 긍정적인 결과(장년기의 매력과 성공)를 얻는 구조를 갖는다.

이러한 부정적 경험의 긍정적 전환은 삶에 대한 깊은 이해와 동기를 제공하며, 이 전환 과정을 통해 정신 건강과의 연관성이 강화된다.

6.2. 에릭슨적 관점에서의 장년기 자아 통합(Ego Integrity)

에릭 에릭슨의 발달 단계 이론에 따르면, 절망을 경험하지 않은 사람은 진정한 자아를 통합하기 어렵다.

이 사례자는 소년기의 낮은 평가(정체성 혼란의 위협)를 장년기에 생산성(Generativity)과 끊임없는 노력으로 극복함으로써 건강한 자아 통합을 이루었다.

'두상'은 이 개인이 자신의 과거와 현재를 통합하여, 자신의 한계와 위기를 겪었기에 비로소 완전한 자아 개념에 도달했다는 심리적 안녕감과 자기 수용(Self-Acceptance)의 상태를 상징한다. 자아 수용은 자신에 대해 긍정적인 태도를 가지고 긍정적, 부정적 면을 모두 인지하고 받아들이는 정도를 의미하며, 이는 심리적 안녕감의 핵심 구성 요소이다.

7. 노후 심리적 안녕감 및 성공적 노화에 미치는 종단적 영향

장년기에 구축한 긍정적 궤적과 심리적 자본은 노년기 삶의 질과 '성공적 노화(Successful Aging)'에 결정적인 종단적 영향을 미친다. 성공적 노화는 신체적 건강뿐 아니라 심리적, 사회적 측면을 포함한다.

7.1. 심리적 안녕감(PSW) 증진 요인의 확립

이 사례자는 장년기에 Ryff의 심리적 안녕감(PSW)의 핵심 구성 요소들을 강력하게 확립했다.

- 자율성(Autonomy): 스스로 인생을 결정하고 노력한 결과에 대한 자기 결정적 특성.
- 자아 수용(Self-Acceptance): 과거의 부정적인 점을 포함하여 자신을 긍정적으로 느끼는 정도.
- 개인적 성장(Personal Growth): 계속적으로 발전해 간다고 스스로 느끼는 정도.

이러한 PSW 기반은 노년기에 흔히 겪는 역할 상실이나 무료함 등을 극복하고, 지속적인 만족감과 행복한 노후를 향유할 수 있는 핵심 동인이

    못생긴 소년, 결국엔 진정한 사랑을 완성하다

된다.

7.2. 성공적 노화의 핵심 예비력(Resilience Reserve)

노년기는 상실이 잦은 시기이며, 정서적 회복 탄력성은 성공적 노화의 중요한 요소이다. 장년기에 쌓아 올린 정서적 회복 탄력성은 노년기에 상실을 경험하더라도 삶의 만족도가 급격히 하락하지 않고 '회복(Recovering)'되거나 심지어 '반등(Bouncing back)'하는 긍정적인 궤적을 보일 가능성을 높인다. 높은 심리적 회복탄력성은 인지 건강을 증진시키고 성공적인 노화를 촉진하는 데 중요하게 작용한다.

또한, 종단 연구에 따르면 높은 낙관주의 수준은 시간 경과에 따른 인지 기능의 감소 폭을 줄이는 데 직접적인 영향은 미치지 않았으나, 초기 인지 기능 수준(Initial Cognitive Functioning)을 높게 유지하는 것과 관련이 있었다.

이는 장년기까지 긍정적인 태도와 능동적 노력을 통해 쌓은 정신적 활력과 인지적 예비력이 노년기의 인지 건강에 유리하게 작용함을 의미한다.

7.3. 노년기 '몰입(Flow)' 경험을 통한 지속적인 삶의 질 향상

장년기에 개발된 목표 지향적 노력 습관은 노년기에 새로운 여가 활동에 대한 몰입(Flow) 경험으로 자연스럽게 이어질 수 있다. 몰입 상태는 '물 흐르는 것처럼 편안한 느낌'을 주며, 의식을 조절하여 삶의 질을 향상시킨다.

몰입 경험은 노년기에 접어들어서도 지속적인 성장과 숙달(Mastery) 감각을 제공함으로써 '성공적 노화'에 기여하는 중요한 심리적 참여(En-gagement) 기제가 된다.

이 사례자는 장년기에 호인으로서 긍정적인 사회적 피드백을 통해 대인 관계를 확장해 왔으므로, 노년기에 강력하고 긍정적인 사회적 지지망을 통해 심리적 어려움을 완화할 수 있는 사회적 예비력까지 갖추게 된다.

장년기 심리적 성취가 노년기 성공적 노화에 미치는 영향

장년기 획득 심리 자본	관련 개념	노년기 기여 영역	주요 영향 (성공적 노화 관점)
건강한 낙관주의 및 노력 습관	인지 예비력, 성장형 사고방식	인지 기능 및 삶의 만족	높은 초기 인지 기능 수준 유지 및 지속적인 발전 감각 제공(Flow)
정서적 회복 탄력성	위기 대처 능력 (Bouncing back)	심리적 안녕감 (PSW), 스트레스 관리	노년기 상실에 대한 신속한 심리적 회복 및 '반등' 궤적 예측
긍정적인 자아 서사 (구원 서사)	자아 수용, 자아 통합	심리적 안녕감의 핵심 동인	과거를 긍정적으로 수용하며 자아 수용 수준 극대화, 삶의 의미 발견
사회적 관계 형성 능력	호감 가는 인상, 행동 확증 경험	사회적 지지망 및 참여	활발한 사회적 관계 유지와 소통, 고립 극복

      못생긴 소년, 결국엔 진정한 사랑을 완성하다

8. 결론 및 시사점

8.1. 분석 결과 요약: 성숙한 자아를 구축하는 '노력-피드백-통합' 모델

이 사례는 초기 열등감(부정적 자기 개념)이 건강한 낙관주의와 성장형 사고방식이라는 내적 동력을 만나, 심리생리학적 변화(인상 개선)와 사회적 상호작용(행동 확증)이라는 외적 피드백을 통해 긍정적 서사로 통합되는 전 생애적 발달 성공 사례이다.

'두상'과 '호인'이라는 장년기의 평가는 단순히 외모가 아닌, 수십 년간 지속된 정서적 평온함과 자기 통제의 물리적, 사회적 결과이다.

8.2. 심리학적 시사점 제시

이 개인의 삶은 인간의 매력이 타고나는 외적 조건에 의해 영구히 결정되는 것이 아니라, 후천적인 심리적 자본과 노력을 통해 능동적으로 획득될 수 있음을 증명한다. 인상과 외모는 고정된 실체가 아니며, 표정 습관과 태도를 통해 변화될 수 있다.

이러한 긍정적 궤적은 노년기에 이르러 신체적 건강이나 재력 이상의 심리적 예비력을 제공한다. 강력한 심리적 안녕감(PSW)과 높은 회복 탄력성을 통해 노년기의 상실과 인지적 도전에 능동적으로 대처하며, 최종적으로 자아실현과 성장을 이루는 성공적인 노화에 도달한다.

이 사례는 현대인들에게 자신의 내면적 태도와 노력이 사회적 외형과 노후 삶의 질을 근본적으로 결정한다는 강력한 메시지를 전달한다.

참고자료

gradpilot.com

Narrative Identity Theory: The Psychology Framework That Could Transform

Your Statement of Purpose | GradPilot

pmc.ncbi.nlm.nih.gov

Facial attractiveness: evolutionary based research - PMC - NIH

pmc.ncbi.nlm.nih.gov

PHYSICAL ATTRACTIVENESS AND THE ACCUMULATION OF SOCIAL AND

HUMAN CAPITAL IN ADOLESCENCE AND YOUNG ADULTHOOD: ASSETS

AND DISTRACTIONS - PMC - PubMed Central

mentalhealthkorea.org

당장 자기혐오와 자괴감에서 탈출하는 10가지 실천 꿀팁 - 멘탈헬스코리아

reddit.com

과거에서 깊이 뿌리내린 자기 혐오가 생겨서, 그걸 극복하기가 어려워. 이게 나

를 끊임없는 자기 계발의 굴레에 가두는데, 개선은커녕 더 악화될 뿐이야. : r/

ADHD - Reddit

bestyoyang.com

당신의 콤플렉스는 무엇인가요? - 연세베스트요양병원

edu.chosun.com

[박민근의 심리치료] '긍정감'은 조기 교육이 필요하다 ② - 조선에듀

 못생긴 소년, 결국엔 진정한 사랑을 완성하다

verywellmind.com

Self-Efficacy: Why Believing in Yourself Matters - Verywell Mind

socialsci.libretexts.org

1.2: Motivation, Growth Mindset, and Self-Efficacy - Social Sci LibreTexts

jkpmhn.org

간호대학생의 의사소통 유형, 자기효능감, 감정조절, 대처방법간의 관계

churchofjesuschrist.org

정서적 회복 탄력성은 비상사태에 대비하는 데 도움이 된다

youtube.com

부정적 평가에 대한 두려움 다스리는 방법 - YouTube

youtube.com

호감형 얼굴을 만드는 표정 연습 / 가장 좋은 인상 만들기 / 복이 들어오는 얼굴

[송은영 교수]

hani.co.kr

좋은 인상, 미모보다 표정! - 한겨레

youtube.com

[핫클립] 얼굴과 표정의 연결고리 근육 / YTN 사이언스 - YouTube

youtube.com

얼굴 표정 변화로 부모님의 우울증을 예측할 수 있다면? 이것에 주목하세요! -

YouTube

frontiersin.org

The Effects of Separate Facial Areas on Emotion Recognition in Different Adult

Age Groups: A Laboratory and a Naturalistic Study - Frontiers

positivepsychology.com

Self-Fulfilling Prophecy in Psychology (Incl. Examples +PDF) - PositivePsychology.com

universidadeuropea.com

What is a self-fulfilling prophecy in psychology? | UE Blog - Universidad Europea

experts.umn.edu

Stereotypes and Behavioral Confirmation: From Interpersonal to Intergroup Perspectives - Experts@Minnesota

frontiersin.org

Attitudes in an interpersonal context: Psychological safety as a route to attitude change

ko.wikipedia.org

자기실현적 예언 - 위키백과, 우리 모두의 백과사전

newsteacher.chosun.com

[이동귀의 심리학이야기] 보상 효과는 잠깐… 점점 더 많은 '당근' 필요로 하죠 - 프리미엄조선

ko.wikipedia.org

확증 편향 - 위키백과, 우리 모두의 백과사전

bokjiallim.tistory.com

나만의 확증편향, 무엇이 문제이고 무엇이 중요한가? - 복지실무 길잡이

pmc.ncbi.nlm.nih.gov

Variation in Narrative Identity is Associated with Trajectories of Mental Health over Several Years - PubMed Central

youtube.com

 못생긴 소년, 결국엔 진정한 사랑을 완성하다

Erikson: Ego Psychology (feat. Ego Identity) - YouTube

biumbium.tistory.com

에릭슨의 심리-사회적 발달단계론 (자아정체성 이론) (1) - 김명신의 블로그

oak.jejunu.ac.kr

노인의 여가활동이 심리적 안녕감에 미치는 영향

happycampus.com

자신이 생각하는 성공적 노화란 무엇인지 정의하고 신체적, 심리적, 사회적 측면
에서 성공적 노화를 - 해피캠퍼스

daily1123.tistory.com

중년기의 심리적 웰빙(안녕감)을 증진시키는 요인은 무엇이 있을까? - 밍BLOG

frontiersin.org

Psychosocial resilience surrounding age-typical losses among older adults in
Sweden: group-based trajectories over a 25-year-period - Frontiers

pubmed.ncbi.nlm.nih.gov

Longitudinal Trajectories of Psychological Resilience and Cognitive Impairment
Among Older Adults: Evidence From a National Cohort Study - PubMed

pmc.ncbi.nlm.nih.gov

Optimism and cognitive functioning trajectories in a cohort of aging men - PMC
- NIH

pmc.ncbi.nlm.nih.gov

Associations of intelligence across the life course with optimism and pessimism
in older age

webzine.idaesoon.or.kr

몰입(FLOW) - 대순회보

denisetaylor.co.uk

Finding Flow: The Psychology of Engagement in Later Life - Dr. Denise Taylor

athenawellness.com

Strong & Vital, Pt. V - Living in Flow with Your True Self - Athena Wellness